核 心 素 养 阅 读

金 帆／主 编

巴黎圣母院

BALI SHENGMUYUAN

［法］维克多·雨果／著

高晓丽／译

四川人民出版社

图书在版编目（CIP）数据

巴黎圣母院 /（法）维克多·雨果著；高晓丽译. — 成都：四川人民出版社, 2019.7（2021.10重印）
（核心素养阅读·统编《语文》推荐阅读丛书 / 金帆主编）
ISBN 978-7-220-11420-5

Ⅰ.①巴… Ⅱ.①维… ②高… Ⅲ.①长篇小说—法国—近代 Ⅳ.①I565.44

中国版本图书馆CIP数据核字（2019）第107262号

核心素养阅读·统编《语文》推荐阅读丛书
金 帆 / 主 编

BALI SHENGMUYUAN

巴黎圣母院

[法]维克多·雨果 / 著　高晓丽 / 译

出 版 人	黄立新
策划组稿	张明辉
责任编辑	段瑞清
技术设计	李子奇
封面设计	牧云堂工作室
责任印制	李 剑
出版发行	四川人民出版社（成都市槐树街2号）
网　　址	http://www.scpph.com
E-mail	scrmcbs@sina.com
新浪微博	@四川人民出版社
微信公众号	四川人民出版社
发行部业务电话	（028）86259624　86259453
防盗版举报电话	（028）86259624
印　　刷	四川机投印务有限公司
成品尺寸	168mm×237mm
印　　张	14
字　　数	224千
版　　次	2019年7月第1版
印　　次	2021年10月第2次印刷
书　　号	ISBN 978-7-220-11420-5-01
定　　价	28.90元

■版权所有·侵权必究

本书若出现印装质量问题，请与我社发行部联系调换
电话：（028）86259453

序言

　　在读书上，数量并不列于首要，重要的是书的品质与所引起的思索的程度。人生漫漫，变化无常，我们往往不能决定自己遇到什么样的人，也不能决定自己这一辈子走什么样的路。然而，幸运的是，我们可以决定读什么样的书，读多少书。

　　目前，有一个词在国家自上而下的大力推广下，成了社会热词，这个词就是"全民阅读"。"全民阅读"是一件很好的事情，有国家的提倡，更容易在社会上引起阅读的潮流，弘扬传统文化，接收世界文明，塑造国民性格，提升国民素质。作为中小学生，更应该养成读书的习惯，因为青少年时期是一个人价值观、世界观和个人性格形成的关键时期，而阅读对人生正确的价值观的确立起着至关重要的作用。甚至可以这样说，一个人的阅读史就是其价值观的形成史，阅读的内容与方式在一定程度上决定了其价值观的内容与形成过程。在青少年的成长过程中，他们的阅读数量与质量影响了其成长的方向与速度。

　　当今社会，电子产品带来的快节奏娱乐已经让人们的心灵变得异常浮躁，他们很难静下心来，去慢慢阅读一本书，细品一首诗、一篇散文、一部小说……因而不能体会文字之美、阅读之乐。久而久之，读书成了一件很遥远的事情，而孩子的心得不到书籍的滋润，也将慢慢成为文化沙漠。这对一个国家、一个人来说，是多么遗憾、多么危险的事情啊！

正因为如此，我国教育部为中小学生量身定制了一套新课标推荐阅读书目，把一些世界经典名著列入其中，在考试中加以考查。现在，有了国家对阅读的大力提倡，顺应"全民阅读"的潮流，加上学校和家长对孩子们的引导，我们相信孩子们会拿起书，喜欢上阅读，渐渐得到读书带来的快乐。

而且，有了推荐书目的指导，我们就有了阅读的方向和大致的范围，面对浩如烟海的书籍，我们就不会感到无从选择。

但是，阅读也是一门学问。怎么阅读一本书呢？读一本书的时候，我们应该注意什么、抓住什么、体会什么？只有掌握了一定的阅读方法，我们才能从《小巴掌童话》里体会纯真与美善，从《钢铁是怎样炼成的》里感受顽强与坚毅，从《城南旧事》里领略北平的风土人情，从《老人与海》里学习永不放弃的精神……

所以，我们策划出版了这套丛书，教学生学习阅读的方法，掌握阅读的技巧，解开阅读的奥秘，从而提高阅读成绩，品尝阅读的快乐，得到生命的滋养。为此，我们做了以下策划：

一 制定"名师导读方案"和"名著阅读导航"，帮助学生详细深入理解、体会作品

为了帮助读者快速了解每一部名著的阅读要点，我们聘请教育专家和作家团队，根据中小学生的阅读特点，制定了一整套阅读方案，包括对名

著主题、形象塑造、语言风格、艺术特色、作家生平、写作背景、作品评价、名著情节、人物关系、重点章节的总结与归纳等，可以让中小学生迅速把握一本名著的阅读要点，懂得怎么深入理解名著，提高阅读能力与欣赏水平。

㊁ 名师撰写点评与赏析，帮助学生把握解析要点，体会名著之美

名著不同于一般的作品，它的文字往往更具美感，更有深意。为了帮助学生更好地理解、体会与学习，我们特别邀请了一线著名语文教师，根据学生的需要和他们的阅读特点与水平，在文中和文末撰写赏析文字，这里有对精彩语言的赏析，有对人物形象的解读，也有对作品思想与主题的挖掘，可以帮助学生全面体会名著之美。

㊂ 设置"考试真题回放"和"阅读达标训练"，帮助学生提高考试成绩

为了适应教育部对中小学生关于阅读世界经典名著的考查，我们特意设置了"考试真题回放""阅读达标训练"两个栏目。"考试真题回放"可以帮助中小学生了解、熟悉考题范围和类型，从而更好地备考。"阅读达标训练"中的训练题，题型丰富，贴近真题，可以巩固学习成效。相信这二者的结合，可以提高学生的考试成绩！

㊃ 组织多方面专家，全力为中小学生打造完美的世界名著阅读丛书

在丛书的编写过程中，我们特别邀请了著名作家、中小学一线著名语文教师，从文学和教学的角度对本套丛书进行整体策划、栏目撰写、严格审定，希望把本套丛书打造成中小学生新课标课外阅读读物的首选读本，

让中小学生从这里出发，拿起名著，阅读名著，爱上名著，体会名著的语言之美、人物之美、思想之美，从而提高阅读成绩！

本书在保持原著思想及主题不变的前提下，对原著做了删减，这样符合学生的阅读水平，方便学生把握该书主要内容。

读书是一个人值得用一辈子去做的事情，书籍是沙漠中的一抹浓绿，是山间的一缕清风，是夜空的一轮明月……它滋润我们干涸的心田，吹走内心无名的焦灼，照亮暗夜里前行的道路……拿起名著，热爱读书，从这套丛书开始吧！相信你会收获人生的华枝春满、天心月圆！

- 名师导读方案

 一 通过文学名著了解丰富的社会生活……………………001

 二 把握人物形象的塑造……………………………………002

 三 品味文学作品的语言……………………………………003

 四 体会其他艺术特色………………………………………004

- 名著阅读导航

 一 基础知识…………………………………………………005

 二 鉴赏与品读………………………………………………007

 一 喧闹的节日………………………………………………011

 二 伽西莫多…………………………………………………018

 三 广场上的狂欢……………………………………………031

 四 奇特的婚姻………………………………………………042

 五 从前的故事………………………………………………052

六　荒唐的惩罚	059
七　一滴水，一滴泪	070
八　少女的心事	077
九　进展	090
十　阴谋	100
十一　金币变枯叶	118
十二　母亲	137
十三　残疾的悲伤	150
十四　红门的钥匙	159
十五　欢乐万岁	167
十六　流浪汉的口令	179
十七　重逢又分离	189
十八　殉葬的爱情	195

- 我的读后感 …… 203
- 中考真题回放 …… 208
- 阅读达标训练 …… 210
- 参考答案 …… 214

名师导读方案

著名作家+著名老师=联合导读

名著阅读四大要点

一 通过文学名著了解丰富的社会生活
二 把握人物形象的塑造
三 品味文学作品的语言
四 体会其他艺术特色

一 通过文学名著了解丰富的社会生活

文学作品反映了宏阔的历史画面，展现了丰富的社会生活。阅读名著，要注意把握作品的主要内容，了解作品所反映的社会生活。

❶了解作品中所展现的社会生活

文学作品往往通过设置重要的情景及典型事件来反映社会问题，揭示出相关的社会本质。阅读名著，要注意把握作品的主要内容，了解作品反映出来的丰富的社会生活。

> **15世纪法国人民群众与宫廷教会斗争的真实写照** → 《巴黎圣母院》艺术地再现了15世纪法王路易十一时期的历史：宫廷与教会如何狼狈为奸压迫人民群众，人民群众怎样同两股势力英勇斗争。小说揭露了宗教的虚伪，宣告了禁欲主义的破产，歌颂了下层劳动人民的善良、友爱、舍己为人，反映了雨果的人道主义精神思想。

| 展现15世纪法国巴黎社会风貌 | → | 1815年，波旁王朝复辟，1830年7月，法国爆发了革命，结束了波旁王朝的封建统治。黑暗的现实使雨果对波旁王朝从拥护到痛恨，对劳动人民从漠视到同情。《巴黎圣母院》就是作家借用中世纪题材对封建专制制度和天主教会罪行的总清算，也是对复辟的波旁王朝反动暴政的深刻批判。 |

❷ 体会作者在文中所表达的思想和感情

文学作品在反映社会生活的同时，也包含了作者丰富的思想和感情，体现出作者对社会生活的评价和态度，阅读名著时要注意把握作品的中心思想。

| 《巴黎圣母院》歌颂下层人民的善良、勇敢与反抗精神 | → | 作者聚焦反叛者吉卜赛女郎爱斯梅拉达和面容丑陋的残疾人伽西莫多，对他们的善良、勇敢、不屈的精神进行歌颂，他们是真正的美的化身。 |
| 《巴黎圣母院》揭露宫廷与教会掌控之下的黑暗社会现实 | → | 通过描写主要人物爱斯梅拉达、伽西莫多等的善良、单纯，以及他们不断遭受的压力与迫害，对黑暗的宫廷与教会势力进行无情的揭露和批判，歌颂了下层人民的反抗精神。 |

二 把握人物形象的塑造

人物形象的塑造是评价文学作品的一个重要标准，学会分析、品评人物形象是阅读文学名著能力的体现。阅读文学名著，要抓住人物形象进行解读，深入分析人物性格特点，从而加深对作品主要内容和中心思想的理解。

❶ 人物形象的主要性格

塑造人物成功与否的一个关键就是看人物是否具有鲜明的特点。一个能使读者留下深刻印象的形象必定具有某些不可替代性，具有其他人物所没有的个性特征。

| 伽西莫多：心地善良 | → | 伽西莫多刑场解救爱斯梅拉达，托着女郎逃跑时，"他是那样小心翼翼地托着她，好像生怕把她打碎……仿佛那是他的财富，他的珍宝"。这段描写将伽西莫多的善良与对吉卜赛女郎的爱慕完全表现了出来。 |

| 伽西莫多：勇敢反抗 | → | 伽西莫多在教堂屋顶的孤军奋战，只为保护爱斯梅拉达；而得知爱斯梅拉达被副主教骗走而被处以绞刑，他义无反顾地把副主教推下教堂顶楼，这彻底表现出他的反抗。 |

❷ 人物性格的复杂性

文学作品总是要反映生活的复杂性，人物刻画也是如此，一个成功的人物形象不仅要具有鲜明的特点，还要具有人性的复杂性和矛盾性。

| 伽西莫多的麻木、服从 | → | 伽西莫多也具有麻木、单纯服从的性格，副主教让他去劫掠吉卜赛女郎，他不经思考就依言照办，因而受到了荒唐的惩罚。 |

| 伽西莫多的犹豫、不忍 | → | 当发现副主教企图强占爱斯梅拉达，出于对其尊重、感念其养育之恩，他有些犹豫；即使最后把副主教推下教堂塔楼，他还是表现出极大的痛苦。 |

三 品味文学作品的语言

语言的成功运用是文学作品成熟的标志，对文学作品语言的把握和理解是阅读能力的一种体现，把握了文学作品的语言，既可以体会作者个性化的语言特色，也可以体会作者复杂的情感和独到的感受。

| 《巴黎圣母院》的语言风趣幽默 | → | "整个大厅变成了厚颜无耻、嬉戏胡闹的一个大熔炉，张张嘴巴狂呼乱叫，双双眼睛电光闪闪，个个面孔丑态百出。""厚颜无耻""嬉戏胡闹"突出节日的疯狂，"狂呼乱叫""电光闪闪""丑态百出"的排比更是将怪相竞赛的喧闹情景展现出来，语言风趣幽默，充满了讽刺意味。 |

> **《巴黎圣母院》的语言生动形象**
>
> "有个流浪汉手执一把明晃晃的长镰,见到马腿就砍,一直砍个不停……大镰一挥,砍断的马腿在他身边四周的地上丢下一大圈。""执""砍""挥"等动词形象传神,特别是加上庄稼汉收割的比喻,语言生动形象、有趣,将这个流浪汉英勇善战的形象描写得贴切、真实。

四 体会其他艺术特色

情节叙述的技巧、情景交融的运用、结构的安排都可以增添文学作品的亮点,甚至可以起到点石成金的作用,所以在把握文学作品的语言时,还要注意其他的一些艺术特色。

> **《巴黎圣母院》的另一个艺术特色:浪漫主义色彩**
>
> 作者运用离奇的情节、非凡的人物、强烈的对比、夸张的描写,将浪漫主义手法完美地演绎出来,其中美与丑的对照原则,更凸显了浪漫主义色彩。

名著阅读导航

一 基础知识

⊙作者简介

维克多·雨果（1802—1885），19世纪法国浪漫主义文学代表作家，被称为"法兰西的莎士比亚"，1841年当选法兰西语文学院院士。他一生写过多部诗歌、小说、剧本以及各种散文、文艺评论和政论文章，其代表作是：长篇小说《巴黎圣母院》《悲惨世界》《海上劳工》《笑面人》等，诗集《光与影》等，短篇小说《"诺曼底"号遇难记》等。

⊙写作背景

1794年雅各宾派政权被推翻后，以热月党人为代表的大资产阶级政权随之建立，人民群众的处境日益恶化。拿破仑以平息国内叛乱和击退国外封建联军而震动全欧洲，但之后波旁王朝复辟。1824年，路易十八逝世，查理十世执政，极端保皇分子进入内阁，天主教会势力更为猖獗，这是波旁王朝统治最黑暗的时期。1830年七月革命后，掠夺革命果实的银行家统治着法国，金融资产阶级进入全面胜利和巩固时期，但同时，无产阶级也开始登上历史舞台。这一时期法国社会正处于急剧转折之中，各种斗争十分激烈、尖锐。《巴黎圣母院》就是在这样的历史背景下写成的。

⊙作品主题

《巴黎圣母院》以15世纪巴黎社会生活为背景，再现历史陈迹及三个主要人物的悲剧，暴露了宗教势力的黑暗、封建专制司法制度的残酷，揭示了禁欲主义压抑下人性的扭曲和堕落的过程，表达了作者对下层人民的深切同情，宣扬了博爱、仁慈的人道主义思想。

⊙ 情节简介

　　副主教克洛德爱上街头卖艺的美丽的、善良的吉卜赛女郎爱斯梅拉达，遂让丑陋的敲钟人伽西莫多劫持她。结果爱斯梅拉达被近卫队队长弗比斯救下并因此爱上队长。克洛德在弗比斯与爱斯梅拉达幽会时刺伤弗比斯而嫁祸爱斯梅拉达，吉卜赛女郎被判死刑。爱慕爱斯梅拉达的伽西莫多在爱斯梅拉达行刑之日救下她。乞丐王国的人在救助爱斯梅拉达时被弗比斯镇压，混乱中，克洛德骗走女郎，欲占有她而被拒。在处死吉卜赛女郎的同时，克洛德也被伽西莫多推下教堂。

⊙ 主要人物

　　爱斯梅拉达——爱斯梅拉达是雨果塑造的理想人物，是人性美的象征。她纯洁善良，酷爱自由，热情豪爽，品格坚贞。她从内心的善良愿望出发对待每个人。对于误入乞丐王国的诗人甘果瓦，她挽救了他的生命；她还不计前嫌送水给受刑的伽西莫多；她对爱情抱着至死不渝的信念，丝毫不怀疑心上人的背叛，不允许别人说一句他的坏话；面对克洛德的淫威，她宁死不屈。她被毁灭，这是对封建专制残酷统治和教会邪恶势力的有力控诉，同时也唤起了人们对真善美的追求。

　　伽西莫多——伽西莫多是雨果理想中"善"的化身，是雨果根据美丑对照原则创造的人物形象。他外表丑陋，受尽嘲弄，但内心高尚，是一个富有正义感、富于感情的人。他对爱斯梅拉达的爱慕是一种混合着感激、同情和尊重的柔情，是一种无私的、永恒的、高贵的、质朴的爱，完全不同于克洛德那种邪恶的占有欲，也不同于花花公子弗比斯的逢场作戏。雨果通过这一形象，树立起一个人类灵魂美的典型。这一形象还体现了善良战胜邪恶、真诚战胜虚伪的理论。

　　克洛德——副主教克洛德是宗教恶势力的代表。他道貌岸然，内心阴险毒辣。他指使伽西莫多夜劫爱斯梅拉达，一手造成了她的悲剧。同时，雨果也把克洛德写成宗教势力的牺牲品。克洛德并非天生的恶人。当时的宗教势力使他的人性畸形发展，并最终使他走到了人性的反面——灭绝人性。对于爱斯梅拉达,他是只可恶的"蜘蛛";对于宗教,他又是只被吞吃的"苍蝇"。作为"蜘蛛",他以宗教杀人,罪孽深重;作为"苍蝇",他下场悲惨。作者通过描写克洛德这样一个以"严肃和贞洁"著称的副主教,在情欲的驱使下,竟然背叛上帝,甘于被情欲俘虏的结局,对宗教势力进行了辛辣的讽刺和全面的否定。

⊙ 人物之间的关系

爱斯梅拉达和伽西莫多——被爱慕者与爱慕者。爱斯梅拉达是一个美丽、善良、聪慧、热忱的吉卜赛姑娘。伽西莫多是圣母院的敲钟人,外表丑陋,却有着无比高尚纯洁的心灵。他受指使劫持爱斯梅拉达,被捉住带到广场上鞭答,善良的吉卜赛姑娘爱斯梅拉达不计前仇,反而送水给伽西莫多喝。爱斯梅拉达的善良让他非常感动,后来他暗地里爱慕爱斯梅拉达。爱斯梅拉达被绞死后,他为爱斯梅拉达殉情。

爱斯梅拉达和弗比斯——恋人关系。弗比斯是国王的近卫队队长,他奢侈、轻浮,无意间救了爱斯梅拉达,被爱斯梅拉达的美貌吸引。爱斯梅拉达因为被弗比斯救过,对弗比斯一往情深。弗比斯在与爱斯梅拉达幽会时被克洛德刺伤,爱斯梅拉达因此被冤枉为杀人凶手判处绞刑;弗比斯被救后拒绝与爱斯梅拉达见面。

克洛德和伽西莫多——父子(收养)关系。克洛德是圣母院的副主教,性格阴暗、冷酷、卑劣,但很博学,他是伽西莫多的养父。伽西莫多对克洛德既尊敬又害怕,后来因为克洛德害死他心爱的姑娘爱斯梅拉达而将克洛德推下塔楼。

二 鉴赏与品读

⊙ 艺术特色

1. 情节曲折、离奇

该小说情节曲折离奇,叙述夸张、怪诞,充满戏剧性。如:"奇迹王朝"对诗人甘果瓦奇特的审判;伽西莫多奇妙地劫法场;伽西莫多的尸骨一被分开就化为灰尘。这些情节曲折离奇，但却以现实为基础，大大加强了小说的戏剧性，增强了小说的感染力。

2. 人物典型，形象鲜明

爱斯梅拉达集美貌和高尚品德于一身，伽西莫多则是外表丑陋的代表，他举动奇特，力量大，对爱斯梅拉达的爱无私、高尚，甚至不惜牺牲自我。书中的人物很有代表性，形象鲜明。

3. 强烈的对比

强烈的对比是雨果浪漫主义最重要的特征，贯串小说的始终。

首先是人物形象的对比：美与丑的外貌对比——爱斯梅拉达的美和伽西莫多的丑形成对比；正面人物与反面人物的对比——爱斯梅拉达和伽西莫多是真诚和美好人性的代表，克洛德、弗比斯则是自私、冷酷和丑恶人性的代表，这两组人物的善与恶产生强烈的对比；还有人物自身的对比，如伽西莫多的外表丑与心灵美的对比。对比原则的运用使得小说的情节和人物显得更加奇特，主题更鲜明突出。

其次是两个国王、两个王朝、两个法庭的对比。路易十一统治的王国专制残暴，法庭残暴无度，社会危机四伏；而"奇迹王朝"虽怪诞粗野，却很有生气，它的法庭可以自由争辩、伸张正义。

⊙重点章节

《巴黎圣母院》讲述的故事虽然情节曲折、离奇，但我们可以通过以下几个章节来把握。

三 广场上的狂欢

甘果瓦来到河滩广场，他看见一个漂亮的吉卜赛少女在跳舞。这个少女就是爱斯梅拉达，她的舞姿让观赏者赞叹、着迷，连克洛德·孚罗洛副主教也不例外。"狂人教皇"伽西莫多随着游行队伍也来到了河滩广场，此时的伽西莫多陶醉在"教皇"的荣耀里，得意扬扬、不可一世，但他的美梦却被克洛德·孚罗洛副主教打断，即使这样，他也对副主教唯唯诺诺。天越来越晚了，爱斯梅拉达带着她心爱的小山羊离开了节日的广场。好奇的甘果瓦一直跟着这个天仙般的姑娘。行至广场旁的一条小巷，忽然伽西莫多和一个同伴蹿了出来，欲将爱斯梅拉达抢走。正在危急时刻，王家卫队路过，侍卫长救下了少女，伽西莫多被卫队擒获。

五　从前的故事

这一章主要介绍了伽西莫多、克洛德及克洛德的弟弟若望的故事。伽西莫多是一个被人遗弃的孤儿，被克洛德收养。他把克洛德视作唯一的亲人，对他唯命是从，长大后做了圣母院的敲钟人。克洛德从小接受教育，知识渊博；他收养了被遗弃的伽西莫多，足见他的善良；他又是一个仁爱的兄长。这些与后来副主教的畸形情感形成对比。

七　一滴水，一滴泪

伽西莫多被绑在耻辱柱上受刑，围观者又是嘲笑又是叫骂，当他需要水时只有爱斯梅拉达给他水喝。爱斯梅拉达以德报怨的行动感化了他，他对她充满了无限的感激之情和纯真的爱慕之意。

十　阴谋

克洛德跟踪弗比斯却被弗比斯发现，荒唐的弗比斯在克洛德给了他房钱后居然答应克洛德跟他一同赴约，只不过克洛德得藏起来。这为克洛德谋害弗比斯提供了便利。当弗比斯和爱斯梅拉达正浓情蜜意时，克洛德给了弗比斯一刀，并嫁祸给爱斯梅拉达。这一章推动了整个小说的发展——使伽西莫多救爱斯梅拉达成为可能，更反映了副主教克洛德的阴险、恶毒，以及弗比斯的轻浮与虚伪。

十八　殉葬的爱情

"征战"结束的伽西莫多发现爱斯梅拉达不见了，他非常怨恨自己，镇静后的他想起只有克洛德才有可能抢走爱斯梅拉达，这让他心里很受煎熬：一边是自己深爱的姑娘，一边是对他有养育之恩的养父……后来他看到深爱的姑娘被绞死，愤怒的他把克洛德推下了栏杆，克洛德摔死了。伽西莫多选择了殉情。

⊙作品评价

《巴黎圣母院》是雨果浪漫主义小说的代表作和雨果小说创作的里程碑,其结构的宏大、情感的张力和对人性解析的深刻程度,让后人叹为观止,正如丹麦文学史家勃兰兑斯所说,雨果的头脑以大教堂为起点,构想出年代久远已消逝的巴黎的全貌。那个年代的信仰和迷信、习俗和艺术、法律和人类的情绪及热情,雨果用一种壮阔而遒劲的笔触为我们描绘得栩栩如生——虽然并不十分精密,却具有一种令人信服的魔力。

一　喧闹的节日

1482年1月6日清早,法国巴黎城里钟声震天,所有市民都被吵醒了。这一天正好是两个重要的节日——主显节和愚人节。按照习俗,人们要在河滩放焰火,在布拉克小教堂种植五月树,在司法宫演出圣迹剧。大批的市民从四面八方拥向约定的三个地点,有的去观看焰火,有的去观看种植五月树,有的去观看圣迹剧。不过,因为市民们知道,前天为给王太子与弗朗德勒的玛格丽特公主议婚而抵达巴黎的弗朗德勒使臣们要来观看圣迹剧的演出,也将观看在同一个大厅里举行的愚人王的选举,所以观众主要拥向司法宫。司法宫广场犹如汹涌的大海,人群拥来撞去,挤进司法宫宽阔无比的大厅。

为了照顾使臣们的时间,演出要等到司法宫大钟在正午十二点敲响才开始。可是许许多多观众从一大早就在等着,不少人天刚亮就在司法宫的大台阶前等候,冻得直打哆嗦,甚至有几个人说他们为了一开门能抢先进去,已在大门口熬了一夜。观众每时每刻都在增多,长久的等待令人疲乏不堪,更何况这里人挤人,人压人,连气都透不过来,只听见一片埋怨声和咒骂声。散布在人群中的一群学生和仆役,还在心怀不满的人群中捣乱,挑逗讽刺,简直是火上浇油,更加激起人们的恶劣情绪。"是你呀,若望·孚罗洛·德·梅朗狄诺!"其中有一个嚷道,"你叫磨坊若望,真是名副其实,瞧瞧你那两只胳膊,再看看你那两条腿,活像四只迎风旋转的风翼——你来多久了?"那个被称作磨坊若望的是个头发金黄色的小鬼头,漂亮的脸蛋,淘气的神态,攀在一个柱头的叶板上。

"可怜见的,已经四个多钟头了!"若望·孚罗洛答道,"但愿将来下了地狱,这四个钟头能计算在我进炼狱的净罪时间里。"

好不容易,正午十二点的钟声敲响了。

"啊!……"整个人群异口同声地叫了起来。随后一阵激烈的骚动,一阵乱哄哄的挪动脚步和晃动脑袋声,一阵爆炸似的咳嗽和擤鼻涕声,接着一片寂静,人人伸长脖子,张开嘴巴,所有的目光都射向大理石台子。台子上依然空荡荡。大家的视线遂转向留给弗朗德勒使臣的看台。看台的那道门还紧闭着,台上空无一人。

这可真叫人受不了。

五分钟、一刻钟过去了,还是没有一点动静。看台上依旧没有一个人影,戏台上仍然鸦雀无声。"圣迹剧!圣迹剧!"大家低沉地嘀咕着,脑子渐渐发热起来,一场风暴即将爆发。

"圣迹剧!弗朗德勒人见鬼去吧!"磨坊若望使出浑身的劲,大声吼叫,同时像条蛇似的绕着柱头扭动着身子。

观众一齐鼓掌,也跟着吼叫:"圣迹剧!叫弗朗德勒人都见鬼去!"

就在这时候,那间更衣室的帷幔掀开了,有个人走了出来,他提心吊胆、战战兢兢、毕恭毕敬地往前走,越往前走越甲躬屈膝,就这样走到了大理石台子的边沿。

"市民先生们,"那个人说,"市民太太们,我们将不胜荣幸地在红衣主教大人阁下面前,朗诵和献演一出极其精彩的寓意剧,名为《圣母马利亚的裁判》。在下扮演朱庇特。大人阁下此刻正陪伴奥地利大公派来的尊贵的使团,使团现在正在波代门听大学校长的演讲,等显贵的红衣主教大人一驾临,我们就开演。"

"马上开演圣迹剧!马上开演圣迹剧!"民众吼叫着。在这吼叫声中,磨坊若望的嗓音盖过一切,他尖声叫嚷:"马上开演!"

"打倒朱庇特!打倒波旁红衣主教!"高坐在窗台上的其他学生也在大喊大叫。

"马上开演圣迹剧!"群众连连喊着,"立刻!马上!吊死演员!吊死红衣主教!"

可怜的"朱庇特"惊慌失措,魂不附体,涂满脂粉的红脸蛋变得煞白。

他拿下头盔，频频鞠躬，战战兢兢，口里讷讷："红衣主教大人……御使们……弗朗德勒的玛格丽特公主……"语无伦次，连他自己都不知道在说什么。

幸亏有个人来替他解围。此人一直站在栏杆里边、大理石桌子周围的空当里，谁都没有瞅见他，因为他又长又瘦的身子靠在圆柱上，柱子的直径完全挡住了所有人的视线。此人高挑个子，消瘦干瘪，脸色苍白，头发金黄，额头和腮帮上都有了皱纹，却还很年轻，目光炯炯，满脸笑容，身上穿的黑哔叽衣服旧得都磨破了，磨光了。此刻，他走到大理石桌子跟前，向台上那可怜虫招招手，那可怜虫吓晕了，并没有发现。这个新出现的人再向前迈了一步，叫道："朱庇特！亲爱的朱庇特！"

"朱庇特"一点也没听见。

末了，这位金发瘦高个子不耐烦了，凑近他的脸大喊一声："米歇尔·吉博伦！"

"谁在喊我？""朱庇特"惊醒过来，问道。

"是我！"黑衣人应道。

"啊！""朱庇特"叫了一声。

"马上开始吧。"那一位说，"快满足群众的要求。我负责去恳求典吏息怒，典吏再去请求红衣主教大人息怒。"

"朱庇特"松了一口气。

群众还在嘘他，他使出浑身的劲嚷道："市民先生们，我们马上就要开演了。"

"为你欢呼，朱庇特！鼓掌吧，公民们！"学生们喊道。

掌声震耳欲聋，"朱庇特"早已退回帷幕后面，欢呼声仍在大厅里震荡。

这时，那位化风暴为平静的陌生人，也谦逊地退回到柱子的阴影里去了。假如不是前排观众中有两位姑娘注意到他刚才同"朱庇特"对话，硬把他从沉默中拉出来，兴许他还像原先那样没人看得见，一动也不动，无声无息。"先生！"其中一个姑娘叫了一声。无名氏走近栅栏，殷勤地问道："小姐，你叫我有何贵干？""今天的圣迹剧好看吗，你说？"那姑娘问。"没问题。"他答道，接着用某种夸张的口气又添了一句，"小姐，本人就是剧作者。"

"真的？"两位姑娘齐声说，惊讶得目瞪口呆。

"不错！"诗人有点扬扬得意地应道，"本人叫比埃尔·甘果瓦。"

在他们说话的工夫，从戏台里面传出高低音乐器的乐声，帷幕升起，走出四个人来。他们穿着五颜六色的戏装，脸上涂脂抹粉，爬上戏台的陡峭梯子，一到了平台，便在观众面前站成一排，向观众深深鞠了一躬。于是，交响曲戛然停止，圣迹剧开演了。

序诗念的是：工人娶了商女，教士娶了贵妇，这两对幸福夫妻共有一个金海豚，他们认为非给他娶个绝代佳人不可。于是他们走遍天涯海角，到处寻觅这样一个倾国倾城的美女。戈贡德的女王、鞑靼可汗的公主和别的许多人，他们全都没看中。然后，工人和教士，贵妇和商女，一起来到司法宫这张大理石桌子上面休息，对着老实的听众，口若悬河，警句格言不绝。

开场序诗刚念头几句，有个衣衫褴褛的叫花子，利用那留给使臣们专用的看台的柱子，爬到了一个下部连接栏杆和看台的檐板上，并坐了下来，故意露出其破衣烂衫，露出有丑陋伤疤的右臂，以求观众的注意和怜悯。他倒是一直没有作声，可是磨坊若望从柱顶上发现了这个乞丐及其装腔作势的花招。这个捣蛋鬼一见到他，猛然发出一阵狂笑，全然不顾会不会打断演出、会不会扰乱全场的肃穆，开心地嚷叫起来："瞧！那个讨饭的病鬼！"

甘果瓦像触了电，浑身不由得一阵震颤。序诗戛然中止，只见万头攒动，纷纷转向那个乞丐。这叫花子并不感到难堪，反而觉得天赐良机，正好可以捞一把，遂眯起眼睛，装出一副可怜相，张口说道："行行好，请行行好吧！"

"活见鬼，这不正是克洛潘·图意弗吗？"若望接着说。

"嘿！朋友！你的伤疤是装在胳膊上的，你的腿怎么倒不方便了？"

看见叫花子伸着带伤疤的手臂，手里拿着油腻的毡帽等人布施，若望边说边往毡帽扔过去一个小钱币。乞丐没有动弹一下，接住施舍，忍住嘲讽，继续悲哀地叫着："行行好，请行行好吧！"

这个插曲使观众大为开心，而甘果瓦却十分不快。他先是一下子愣住了，一清醒过来，随即扯着嗓门向台上四个角色叫喊："别停！见鬼，别停！"甚至对那两个捣乱的家伙不屑一顾。他一声令下，台上几个演员不敢违命，又继续背台词了，观众也只得重新再听，只是完整的一出戏猛然被砍成两段，现在

重新焊接在一起，许多美妙的诗句丢失了不少，甘果瓦不由得一阵心酸。好在渐渐平静了下来，学生们不再作声了，叫花子数着毡帽里的几个铜钱，演戏终于占了上风。

可就在此时，那道专用看台的门一下子打开了，监门猛然响亮地宣布："波旁红衣主教大人驾到！"

主教大人一进场，全场顿时混乱起来。人人都把脑袋转向看台，异口同声地一再喊道："红衣主教！红衣主教！"别的再也听不见了。可怜的序诗再次霍然中断了。红衣主教在看台的门槛上停了片刻，目光相当冷漠，慢慢环视着观众，全场的喧闹声愈加猛烈了。个个争先恐后，竞相伸长脖子，好超出旁人的肩膀，把他看个明白。

红衣主教脸上露出大人物天生对待平民百姓的那种微笑，向观众表示致意，并若有所思地款款向他的铺着华丽的天鹅绒座椅走去。他的随从跟着一起拥入了看台，正厅的观众不由得更加喧闹，愈发好奇了。但红衣主教对此无动于衷，从他心事重重的神色上便可以看出他另有烦心事，这烦心事，就是弗朗德勒使臣们。他，堂堂红衣主教，却不得不盛情款待这些芝麻绿豆官，而且最难堪的是这一切都是在大庭广众之间、众目睽睽之下进行的，叫红衣主教大人怎么受得了！诚然，这也是为了讨好王上，不过是他平生最倒胃口的一次故作姿态罢了。

当监门用洪亮的嗓门通报奥地利大公的特使大人们驾到时，红衣主教立刻转身朝向那道门，不过是摆出一副举世无双的姿态，说有多么优雅就有多么优雅。不用说，全场观众也都掉头望着。这时候，奥地利大公马克西米良带的四十八位御使莅临了，他们个个都是一副庄严的神态，恰好与红衣主教身边那些活跃的教士随从形成鲜明的对比。大厅里顿时一片寂静，但窃笑声不时可闻。这些宾客一个个都不露声色地向监门自报姓名和头衔，监门再把他们的姓名和头衔胡乱通报一气，那一个个离奇古怪的名字和种种小市民的头衔，再经群众七嘴八舌一传，完全牛头不对马嘴，大家都听得乐不可支。

名师伴你读

品读与赏析

本章重点描写了法国巴黎主显节和愚人节的盛况，人们等待、观赏圣迹剧的景象。那"爆炸似的咳嗽"，焦躁的人们，带伤疤的叫花子，目光炯炯的诗人，威严的红衣主教，都很好地展现了15世纪巴黎各阶层的人物形象；作者机智幽默而富有讽刺性的语言，不但鲜明地揭示了人物的等级地位，而且凸显了那个时代的文化氛围，很好地表现了盛大节日的喧闹景象，为后面故事情节的发展做了铺垫。

学习与借鉴

1.结构紧凑：一大早就在等着，"十二点"，"五分钟、一刻钟过去了"，时间顺序的描写让整篇文章衔接自然，故事情节也随着时间推移而逐渐进入高潮，层层推进，连续性强。中间穿插了重要人物的出场并进行了重点刻画，这样安排恰到好处，使文章在时间顺序的进展中重点突出，增加本章的故事性与趣味性。

2.语言幽默：语言幽默、形象是本章的一大特色。通篇人物形象的刻画、各种场景的描写，都极具感染力，烘托出当时的社会状况与喧闹的主题，特别是夸张、对比手法的运用，让整个等待观赏圣迹剧的场面变得生动活泼，渲染了整篇文章的气氛。

二　伽西莫多

阅读笔记

　　正当弗朗德勒使臣们鱼贯而入的时候，又出现了一个人，他身材魁梧，脸庞宽大，肩阔膀圆，头戴尖顶毡帽，身穿皮外套，被周围的绫罗绸缎一衬托，显得十分惹眼。

　　监门以为这是哪个马夫晕头转向摸错了门，便即刻把他拦住："喂，朋友！站住！"

　　穿皮外套的大汉用肩一拱，把监门推开了。

　　"你这个家伙想干什么？"他张开嗓门大喝了一声，全场观众都侧耳听着这场奇异的对话。"你没长眼，没看见我是跟他们一起的？"

　　"尊姓大名？"

　　"雅克·科勃诺尔。"

　　"尊驾身份？"

　　"我，雅克·科勃诺尔，卖袜子的，住在刚城市。你听清了吗，监门？不多也不少，货真价实。大公先生不止一次到我袜店来买手套哩。"他吼叫着答。

　　全场爆发了一阵笑声和掌声。

　　当上层教士们和使臣们纷纷入座，活像弗朗德勒青鱼一般紧挨着坐在看台的高靠背椅上时，那个爬到贵宾看台边沿上的厚颜无耻的叫花子，索性把两条腿交叉搁在柱顶盘下楣处，摇头晃脑，在喧闹中不时喊着："请行行好吧！"说来也真凑

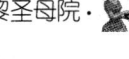

巧,那位刚城市的袜店老板,恰好走过来坐在看台的第一排,不偏不倚正在乞丐头顶上方。这位弗朗德勒的使臣,仔细察看了一下眼皮底下的这个怪物,亲热地拍了拍他破烂衣服下的肩膀。乞丐猛然一回头,两张面孔顿时流露出不胜惊讶、心领神会、无比喜悦的神情。随后,全然不顾在场的观众,袜商和乞丐手拉着手,低声细语攀谈起来。这时,克洛潘·图意弗的破衣烂衫衬托着看台上的金线锦缎,就像一条毛毛虫爬到一个橘子上一般。看见这新鲜奇特的景象,观众欣喜若狂,大厅里一片嘈杂声,红衣主教立即觉察到是怎么一回事了。他稍微欠了欠身,但从他的座位上只能隐约看到一点图意弗身上那件见不得人的宽袖衣衫,自然而然以为是乞丐在乞讨。这样胆大包天,让红衣主教气炸了,他喊道:"司法宫典吏大人,快给我把这个怪物扔到河里去!"

阅读笔记

用词准确
"不胜惊讶、心领神会、无比喜悦"这三个修饰语准确生动地描写出两人见面时的激动心情。

"哦,不!红衣主教大人!"科勃诺尔仍然握着克洛潘的手,说道,"这是我的一位朋友。"

"绝了!绝了!"喧闹的群众嚷道。

红衣主教一听,气得紧咬嘴唇。他侧头对身旁的圣日芮维埃芙教堂的神甫低声说:"这就是大公殿下派来给玛格丽特公主议婚的滑稽可笑的使臣!"

此时,大家早已把比埃尔·甘果瓦及其演出序诗的戏台丢到脑后去了。停演已有一刻钟之久,他一直不停地跺脚,不停地奔忙,不停地鼓动周围的人要把序诗演下去。可是,没有一个人把视线从红衣主教、使臣们和看台上移开,看台吸引了所有的视线!实际上,当红衣主教大人驾临的时候,序诗的演出已开始叫观众有点腻烦了。那些演员打扮得怪里怪气,穿着黄白相间的大褂,涂脂搽粉,不伦不类,用文绉绉的诗句说话。对许多人来讲,与其观看这些稻草人,老实说,倒不如看一看那班在呼吸、在活动、在相互碰撞的有血有肉的大活人。但此刻,比埃尔·甘果瓦一看到观众稍微恢复了平静,就计上心

反复修辞
反复使用"不停地",刻画出甘果瓦想把序诗演下去的焦急心情。

来。

"先生，要是从头开始如何？"他转身对身边一个神色看上去很有耐心的大胖子说。

"什么？"那个胖子说。

"噢！圣迹剧呗。"甘果瓦应道。

"随你的便。"胖子说。

听到这种半真半假的赞许，甘果瓦觉得足够了，便亲自上阵，尽可能把自己与群众混同起来，高喊起来："从头再演圣迹剧！从头再演！"

"见鬼！"磨坊若望说，"那边，顶里头他们到底在嚷叫什么？（因为甘果瓦嗓门特响，听起来像好几个人在叫似的）学友们！你们说，圣迹剧不是演完了吗？他们还要从头演，这可不行。"

"不行！不行！"所有学生全嚷叫起来，"打倒圣迹剧！打倒圣迹剧！"

可是甘果瓦使出浑身解数，喊得更响了："从头演！从头演！"

这些叫嚷声引起了红衣主教的注意，他便向几步开外一个穿黑衣的大汉说："典吏先生，那些鬼家伙莫非被关禁在圣水瓶里，哇啦哇啦叫得那么凶？"

司法宫典吏走到主教大人跟前，结结巴巴地向大人解释民众失礼的原委：大人尚未驾临，正午已到了，演员迫不得已，只好没等尊驾莅临便开演了。红衣主教一听，纵声大笑。

"说句实话，即使是大学校长遇到这种情形，也会这样做的。你说呢，居约姆·韩？"

"大人，"居约姆·韩应道，"我们免受了半出戏的罪，也该知趣了。这总算沾光了。"

"可以让这些下流坯把戏演下去吗？"典吏问道。

"演下去，演下去。"红衣主教应道，"我无所谓。我可

用词准确

"受罪""沾光""下流坯"等词语的运用，逼真地展现出上层阶级对圣迹剧的鄙视。

以利用这个时间念念日课经。"

典吏走到看台边，挥了挥手叫大家安静，高声喊道：

"市民们、村民们、百姓们，你们有人要求从头再演，又有人要求不演，为了满足这两部分人的要求，主教大人命令从刚才停顿的地方继续演下去。"

确实只得迁就两部分人，可是作者和观众却都对红衣主教怀恨在心。

于是剧中人又重新大发议论了，甘果瓦指望观众至少能好好听一听他剧作的剩下部分。然而这指望也像他的其他幻想一样，很快就破灭了。演员们正在惟妙惟肖地演，可是万万没有想到，那个袜商科勃诺尔突然站立起来，大声嚷道：

"巴黎的市民绅士先生们，我不知道我们待在这里干什么。不用说，我当然看见那边角落里，那个台子上，有几个人看上去像要打架。我不晓得这是不是你们叫作圣迹剧的玩意，这可真没劲！他们只在那里磨牙，就老是不动手。我等他们打第一个拳头已等了一刻钟，什么也没等着。只会骂骂咧咧伤人的，那是胆小鬼。<u>应当把伦敦或鹿特丹的拳斗士叫来，那才棒哩！你们就可以看到一拳拳重击，响声到广场上都听得见。</u>可是瞧瞧这几个，多可怜哪！他们至少也应该给我们跳一个吉卜赛舞，或者随便什么假面舞！原先告诉我的可不是这个玩意。本来答应我的是什么愚人节，是选举愚人王。我们在刚城也有选'愚人王'，在这事上我们并不比人落后，噢！在这里可以说说我们的做法。大家聚集在一起，乱哄哄的一大群，就像这里一样。然后每人轮流把脑袋从一个大窟窿钻过去，向其他人做鬼脸，哪个人做的鬼脸最丑恶，得到众人的欢呼，他就当选为'愚人王'了，就是这样子。好玩得很！你们要不要学我们家乡的方式选你们的愚人王啊？这总不会比听这些唠唠叨叨的家伙那么叫人倒胃口。谁愿意从窗洞伸头做鬼相，谁参加就是了。市民先生们，你们说怎么样呢？这儿男男女女怪模样的有

> **夸张修辞**
> 夸张修辞的运用，形象地表现了拳斗士节目的吸引人。

> **阅读笔记**

的是,我们尽可以用弗朗德勒方式大笑一场。我们的面相都是够丑的了,可以指望选出一个最拔尖的怪相来。"

甘果瓦恨不得回敬他几句。可是由于惊愕、气恼、愤慨,他一时说不出话来。况且,这班市民被称为绅士心里乐不可支,对那袜商的倡议都热情洋溢地表示赞同,任何反对都是徒劳的,只有随大流才是。甘果瓦双手捂住脸,恨不得有件斗篷可以把头蒙起来。

转瞬间,一切准备停当,人们便按照科勃诺尔的主意做起来了。观众们一齐动手,大理石桌子对面的小教堂被选定做表演怪相的舞台,把门楣上面那扇漂亮的花瓣格子窗的一块玻璃砸碎,露出一个石框的圆洞,约定每个竞赛者从这圆洞伸出脑袋。不知从何处弄来两只大酒桶,马马虎虎摞了起来,只要爬上桶去便够得着那个圆洞了。为了保持怪相新鲜和完整的印象,还规定每个竞选人——不论是男或是女(因为可能选出一个女愚人王来),先得把头蒙起来,并躲在小教堂里面,一直等到正式露面时为止。不一会儿,小教堂里挤满了参赛的人,小教堂的门随即关上了,科勃诺尔在座位上命令一切、指挥一切、安排一切。在喧闹声中,红衣主教并不比甘果瓦好受一丁点,也狼狈不堪——推说有事要张罗,还得去做晚祷,遂带着他的全部人马提前退场了。他驾到时,全场群众激动不已,现在他离去,却谁都无动于衷。

> **外貌描写**
> 细致的白描手法,把第一个竞赛的人刻画得惟妙惟肖,丑陋相貌一览无遗。

怪相竞赛开始了。<u>第一张露出窗洞的面孔,眼皮翻起,呈现血红色,嘴巴张开成血盆大口,额头皱得像帝国骑兵的靴子。</u>大家一看,爆发出一阵难以抑制的狂笑。接踵而来的是第二个、第三个,随后又是一个,接着又再一个。笑声、快活的跺脚声始终不绝于耳,并且一浪高过一浪。一连串面相接二连三出现,奇形怪状,从三角形直至梯形,从圆锥体直至多面体,各种几何图形,不一而足;其表情,从愤怒直至嘲笑,各种表情,应有尽有;其年龄,从皱巴巴的初生婴儿直至老纹纵横的垂死老太婆，各种年龄都有；还有各种宗教上的神怪幻影和猪头马面之类的侧面。仿佛是威尼斯狂欢节上各种各样的假面具，一个个接连出现在你的夹鼻眼镜底下。什么学生，什么御使，什么市民，什么男人，什么女人，全不复存在；一片乌烟瘴气，放荡不羁，整个大厅变成了厚颜无耻、嬉戏胡闹的一个大熔炉，<u>张张嘴巴狂呼乱叫，双双眼睛电光闪闪，个个面孔丑态百出</u>。

用词准确

"张张""双双""个个"几个叠词的运用，生动刻画出当时人们的神情。

"啊！天杀的！"

"瞧瞧那张面孔！"

"居约姆·莫吉比，瞧瞧那个公牛头，只差两个角啦。可别是你的老公！"

"又来一个！"

"绝了！真绝！"

"瞧这一个，耳朵都伸不出来了！"

突然，大厅里迸发出一阵雷鸣般的掌声和地动山摇的欢呼声。"愚人王"选出来了！

"绝了！绝了！绝了！"四面八方民众一齐喊着。

果然，这时从花瓣格子窗的圆洞伸出来的那个怪相，光彩夺目，妙不可言——你好！<u>那个四面体的鼻子，那张马蹄形的嘴巴，那只被茅草似的棕色眉毛堵塞的细小左眼，那只完全被一个大瘤遮盖的右眼，那上下两排残缺不全、宛如城堡垛子似的乱七八糟的牙齿，那沾满浆渣、上面露着一颗象牙般大门牙的嘴唇，那像开叉似的下巴，特别是笼罩着这一切的那种表情，狡黠、惊愕、忧伤兼备</u>。如可能，请诸位读者把这一切综合起来想一想吧！

外貌描写

抓住伽西莫多"丑"这个主要特征，用白描的手法进行刻画，令人过目难忘。

全场一致欢呼，大家急忙向小教堂拥去，有些人把这位当仁不让的"愚人王"高举着抬了出来。这时，大家一看，惊讶得无以复加，叹为观止：原来这副怪相竟然是他的真面目！更恰当地说，他整个人就是一副怪相。一个大脑袋，红棕色头发竖起；两个肩膀之间耸着一个偌大的驼背，与其相对应的是前面鸡胸隆凸；大腿与小腿，七扭八歪，不成个架势，两腿之间只有膝盖才能勉强并拢，从正面看去，活像两把月牙形的大镰刀，只有刀把接合在一起；宽大的脚板，巨大无比的手掌；而且，这样一个畸形的身躯，却有着一种难以名状的可怕体态，并且精力充沛，矫健敏捷，勇气非凡。力与美，均来自和谐，这是永恒的法则使然，但这是例外，例外得离奇！这就是狂人们刚刚选中的"愚人王"。这简直就是把人的肢体打碎后又胡乱焊接起来的一个巨人。

民众一眼便认出他来，异口同声喊叫起来：

"是伽西莫多，那个顶呱呱的敲钟人！是伽西莫多，圣母院那个响当当的驼子！独眼龙伽西莫多！瘸子伽西莫多！绝了！绝了！"

"孕妇千万要当心！"学生们喊叫。

"想当孕妇的也得当心！"若望跟着喊道。

婆娘们果真掩起面孔来了。

"哎哟！这只丑八怪猩猩！"一个女人说。

"又丑又凶！"另一个女人道。

"真是恶魔一个。"第三个添上一句。

"我真晦气，住在圣母院近旁，整夜整夜都听到他在檐槽上转来转去的声响。"

"哎呀！驼子的丑脸！"

"哎哟！卑鄙的灵魂！"

"呸！"

男人却个个欣喜若狂，拼命鼓掌。

成为喧闹对象的伽西莫多，一直站在小教堂的门槛上，神情阴沉而庄重，任凭人家赞赏。

有个学生走到他跟前，对着他的脸大笑，可未免凑得太近了。伽西莫多便把他拦腰抱起，轻轻一抛，就把他扔到十步

> **阅读笔记**

用词准确
"最美的丑八怪"运用语义矛盾衬托"丑八怪"。

开外。

科勃诺尔惊叹不已，也凑近去。

"天哪！圣父哇！你是我平生所见过的最美的丑八怪。你不但在巴黎，就是在罗马也配得上当愚人王的。"

说着说着，他乐呵呵地把手伸过去放在他的肩膀上，看见伽西莫多动也不动，又接着说："你是一个怪家伙，我心里痒痒的，真想跟你去大吃大喝一顿，哪怕要我破费一打崭新的图尔银币也无所谓。你认为怎么样？"

伽西莫多没有应声。

"奇怪！难道你是聋子？"袜商说。

他确实是个聋子。然而，他对科勃诺尔的狎昵举动不耐烦了，猛然一转身，牙齿咬得咯咯响，把那个弗朗德勒大汉吓得连忙倒退，像是一条猛犬招架不住一只猫似的。于是，科勃诺尔又恐惧又敬重，围着这个怪物转了一圈，半径起码有十五步距离。有个老妪向科勃诺尔解释说，伽西莫多是个聋子。

"聋子！"袜商发出弗朗德勒人特有的粗犷笑声，说道。

"哎哟！真是一个完美无缺的愚人王。"

"嘿！我认识他。"若望叫起来，他为了能就近看看伽西莫多，终于从柱顶上滑下来了，"他是我哥哥副主教的敲钟人。你好，伽西莫多！"

排比修辞
排比句式的运用，增加了文章的气势，突出伽西莫多的悲惨。

"怪人！"罗班·普斯潘说道，刚才被他摔了一个跟头，到现在全身还酸痛呢，"他出现，是个驼子；他走路，是个瘸子；他看人，是个独眼龙；跟他讲话，是个聋子。——唉！他的舌头哪里去了呢？"

"他愿意的时候还是说话的。"老妪说道，"他是敲钟震聋的。他不是哑巴。"

"他缺的就是这个啦。"若望评论道。

"而且，他还多了一只眼睛。"罗班·普斯潘加了一句。

"不对。独眼比瞎子更不完美，欠缺什么，他心中有数。"若望颇有见识地说道。

这时，所有的乞丐、所有的听差、所有的扒手，聚合起来跟学生们一道，列队前往法院书记室，翻箱倒柜，弄来了"愚人王"的纸板三重冠和滑稽可笑的道袍。伽西莫多听凭他们打扮，眼睛连眨都不眨一下，一副既顺从又高傲的样子。然后，大家让他坐在一副五颜六色的担架上，愚人帮会的十二名头目随即把他扛起来。这独眼巨人放眼一看，畸形脚底下尽是人头，个个昂首挺拔，五官端正，他那忧郁的脸上顿时眉开眼笑，流露出一种苦楚而又轻蔑的喜悦表情。接着这支衣衫褴褛、吼声不绝的游行队伍开始行进，依照惯例，先在司法宫各长廊转一圈，然后再到外面的大街小巷去闲逛。

对比修辞

通过伽西莫多和其他人的对比，写出形象的巨大差别，进而刻画出人物矛盾的心理。

在上述整个过程中，甘果瓦和他的剧本始终顶住吵嚷，演员们在他的督促下，滔滔不绝地朗诵，而他自己也津津有味地倾听。那场喧扰既然无法阻止，只得忍受了，但他决意坚持到底，毫不灰心，希望群众会把注意力再转移过来。当他看到伽西莫多、科勃诺尔和"愚人王"那支震耳欲聋的随从行列吵吵嚷嚷走出大厅时，心中那希望的火花又燃烧起来。群众迫不及待地都跟着跑了。他想："行了，所有捣乱的家伙全走了！"不幸的是，转瞬间，大厅变得空空荡荡了。说真的，大厅里还有一些观众，有的零零落落，有的三三两两围在柱子四周，都是老幼妇孺，他们是不堪吵闹和纷乱才留下来的。有几个学生依然骑在窗户的盖顶上，向广场眺望。

"也罢，"甘果瓦想道，"总算还有这么一些人，能听完我的圣迹剧也就够了。他们虽然没有几个人，却都是优秀的观众，有文学修养的观众。"

过了一会儿，当演到圣母登场时，本来应当演奏一曲交响乐，以造成最宏伟壮丽的戏剧效果，却卡住了。甘果瓦这才发现乐队被"愚人王"的仪仗队伍带走了。他只好认命了，说道："那就作罢！"

> 阅读笔记

有一小群市民看上去像是在谈论他的剧本,他遂凑过去,而他听到的却是:"秦多阁下,你知道德·纳姆尔老爷的那瓦尔大楼吗?"

"当然知道,就在布拉克小教堂的对面。"

"那好,财政部最近把它租给了历史学家居约姆·亚历山大,每年租金六巴黎勿尔八个巴黎苏。"

"房租又涨得那么厉害!"

"算了吧!他们不听,其他人会听的。"甘果瓦叹着气想道。

> **过渡**
> 这一段承上启下,在情节的转移、场景的转换中起到了很好的过渡作用。

"学友们!"窗口上一个年轻的捣蛋鬼突然嚷起来,"爱斯梅拉达!爱斯梅拉达在广场上呢!"这话一出口,竟然产生魔术般的效果,大厅里留下来的所有人全冲到窗口去,爬上墙头去看,嘴里一再叫着:"爱斯梅拉达!爱斯梅拉达!"

与此同时,外面传来一阵热烈的鼓掌声。

"爱斯梅拉达,什么意思?"甘果瓦伤心地合起双手唠叨着,"啊!我的天哪!好像现在该轮到窗户露面了。"

他掉头向大理石桌子看去,发现演出中止了。恰好此时该轮到"朱庇特"拿着霹雳上场,可是"朱庇特"却站在戏台下面呆若木鸡。

"米歇尔·吉博伦!"诗人生气地喊叫起来,"怎么回事?难道这就是你演的角色吗?快上去!"

"哦!梯子刚被一个学生拿走了。""朱庇特"应道。

甘果瓦一看,果然千真万确。

"那混账小子!"他喃喃说道,"他干吗拿走梯子?"

"去看爱斯梅拉达呗。""朱庇特"可怜巴巴地应道,"他说:'瞧,这儿正好有把梯子闲着!'说着就搬走了。"

这真是雪上加霜,甘果瓦只好忍受了。

"统统见鬼去吧!"他对演员喊道,"要是我得了赏钱,你们也会有的。"

于是，他耷拉着脑袋，令演员撤离，不过他最后一个才走，就像一位大将在英勇奋战之后才撤离。他一边走下司法宫弯弯曲曲的楼梯，一边嘟嘟囔囔："这帮巴黎佬，都是笨驴蠢猪，地地道道的乌合之众！他们是来听圣迹剧的，却什么也不听！他们对什么人都留神，什么克洛潘·图意弗啦，红衣主教啦，科勃诺尔啦，伽西莫多啦，魔鬼啦！可偏偏对圣母马利亚毫不在意，一点也不！这帮浪荡汉……身为诗人，如有什么成绩可言，只抵得上一个卖狗皮膏药的！难怪荷马在希腊走村串镇，四处乞讨为生！难怪纳宗流亡异邦，客死莫斯科！可是，这帮巴黎佬口口声声喊叫的'爱斯梅拉达'，究竟是啥名堂，我若能弄明白，心甘情愿地让魔鬼扒我的皮！这到底是个什么词？肯定是古吉卜赛咒语了！"

甘果瓦双手捂住脸孔，恨不得有件斗篷可以把头蒙起来。

烘托

引用古代著名诗人的悲惨遭遇来烘托甘果瓦的凄凉境遇，渲染了悲凉的氛围。

名师伴你读

▶ **品读与赏析**

本章着重描写了圣迹剧在演出过程中被怪相竞赛打断，天生奇丑的核心人物伽西莫多正式出场，他顺利地当选为"愚人王"，这是一个讽刺意味十足的荒诞剧。事情往往是这样，大家都拿别人的痛苦来寻欢作乐，都通过别人的不幸来寻找自己的尊严和幸福，或许这才是世界真正的悲哀。

▶ **学习与借鉴**

1.人物刻画：本章重点刻画了袜商、伽西莫多、甘果瓦等人物。作者综合运用排比、对比、夸张等手法将人物描写得形象生动，极具幽默色彩。另外，心理描写的运用，为整个人物形象锦上添花。

2.表达方式：丰富有趣的人物对话、精雕细琢的人物形象刻画、热闹非凡的场景展示……都很好地呈现出喧闹的节日特点,增加了整篇文章的感染力,使人身临其境,感受到当时伽西莫多出场的震撼;多种表现手法的同时运用,展示出当时的气氛,也呈现出那个时代的风俗特点。

三 广场上的狂欢

夜幕很早就降临了。甘果瓦从司法宫出来,街上已是一片昏暗。初次涉足戏剧就惨遭挫败,使他不敢回到草料港对面水上谷仓的寓所去。本来指望总督大人会给他的祝婚诗一点赏钱,好还清六个月的房租,一共十二巴黎苏,相当于他所有东西价值的十二倍,包括他的短裤、衬衫和汗背心都估计在内。他盘算片刻,得选一个过夜的地方,他想起上星期曾在旧鞋铺街发现一家门口有块供骑马用的脚踏石,给乞丐或诗人充当枕头,那是再妙不过了。他便准备动身穿越司法宫广场到老城去。

可正在这时,他忽然看见"愚人王"的游行队伍也从司法宫出来,大喊大叫,火把通明,还奏着乐曲,浩浩荡荡蜂拥而来,挡住了他的去路。这一下,他自尊心所受的创伤又剧痛起来,遂拔腿躲开了。

甘果瓦来到河滩广场,全身都冻麻木了。于是,他急忙向广场中央燃烧得正旺的焰火走去,然而,焰火四周人山人海,他走近仔细一看,才发现原来在人群与焰火之间宽阔的空地上,有个少女在跳舞。

这是一位吉卜赛少女,身材不高,可苗条的身段很挺拔,显得修长。她头发略带褐色,但可以猜想到,白天里看上去

阅读笔记

用词准确

使用"六""十二"这样具体的数字,更准确地刻画出甘果瓦的贫困潦倒。

> 阅读笔记

大概像安达卢西亚姑娘和罗马姑娘那样有着美丽的金色光泽。她那纤秀的小脚，也是安达卢西亚人的样子，裹在优雅的鞋子里，整个显得紧贴而又自如。她在一张随便垫在她脚下的旧波斯地毯上翩翩舞着，旋转着；每次一旋转，她那张容光焕发的脸就从你面前闪过，那双乌亮的大眼睛就向你投去闪电般的目光。她周围的人个个目光直直的，嘴巴张得大大的。她就这样飞舞着，两条滚圆净洁的手臂高举过头，把一只巴斯克手鼓敲得嗡嗡作响。只见她的颈部纤细、柔弱，转动起来如胡蜂那样敏捷；身着金色胸衣，平整无褶，袍子色彩斑斓，蓬松鼓胀；双肩裸露，裙子不时掀开，露出一双优美的细腿；秀发乌黑，目光似焰。总之，这真是一个巧夺天工的尤物。

> **动作描写**
> 诗一般唯美的描写，刻画出吉卜赛女郎动人的舞姿，让读者能直观地感受到她的美。

在千万张被火光照得通红的面孔中间，有一张似乎比其他所有的面孔更加全神贯注地凝望着这位舞女。这是一张男子的面孔，严峻、冷静、阴郁。这个男子年龄至多不超过三十五岁，但已经秃顶了，只有两鬓还有几撮稀疏的已经灰白的头发；宽阔的额头上刻画着一道道皱纹。然而，那双深凹的眼睛里却迸发出非凡的青春火花、炽热的活力、深沉的情欲。他把这一切情感不停地倾注在吉卜赛女郎身上，当他看到这个年方二八、如痴似狂的少女飞舞着，旋转着，把众人看得销魂荡魄时，他那种想入非非的神情看起来愈发显得阴沉了。他的嘴唇不时掠过一丝微笑，同时发出一声叹息，只是微笑比叹息还痛苦十分。

少女跳得气喘吁吁，终于停了下来，民众满怀爱意，热烈鼓掌。

"加丽！"吉卜赛女郎喊了一声。

这时候，甘果瓦看见跑过来一只漂亮的小山羊，雪白、敏捷、机灵，油光闪亮，犄角染成金色，脚也染成金色，脖子上还戴着一只金色的项圈。甘果瓦原先并没有发现这只小山羊，因为它一直趴在地毯的一个角落里，望着主人跳舞。

> 阅读笔记

"加丽,轮到你了。"跳舞的女郎说道,她坐了下来,姿态优美,把手鼓伸到山羊面前,问道,"加丽,现在是几月份?"

山羊抬起一只前脚,在手鼓上敲了一下。果真是一月份。群众遂报以掌声。

"加丽,今天是几号?"少女把手鼓转到另一面,又问道。

加丽抬起金色的小脚,在手鼓上敲了六下。

"加丽,"吉卜赛女郎一直用手鼓作耍,又翻了一面再问道,"现在几点钟啦?"

加丽敲了七下。就在这时候,柱子阁的时钟正好敲了七下。

"这里面准有巫术!"人群中有个阴沉的声音说道,就是那个老盯着吉卜赛女郎的秃头男子的声音。

她一听,不禁打了个寒噤,遂扭过头去,可是掌声再次响起,压过了那人阴郁的惊叹声。这阵掌声完全把那人的声音从她的思想上抹去了,她于是继续向山羊发问:"加丽,圣烛节游行时,城防手枪队队长居夏尔·大雷米大人是个什么模样?"

加丽一听,遂站起后腿行走,一边咩咩叫了起来。走路的姿势既乖巧又一本正经,围观的群众看见小山羊把手枪队队长那副充满私欲的虔诚模样模仿得滑稽可笑,都放声哈哈大笑。

"加丽,"少女看到表演越来越成功,随即放大胆子又说,"王室宗教法庭检察官雅克·沙尔莫吕大人是怎么祈祷的?"

<u>小山羊即刻用后腿站起,又咩咩叫了起来,同时晃动着两只前足,模样极其古怪,可以说,除了它不会模仿他一口蹩脚的法语和蹩脚的拉丁语以外,举止、声调、姿态,都模仿得惟妙惟肖,活生生就是雅克·沙尔莫吕本人。</u>

群众一看,更起劲鼓掌了。

"亵渎神明!大逆不道!"那个秃头男子又说道。

吉卜赛女郎再次回过头来。"哦!又是这个坏家伙!"她

> **动作描写**
> "后腿站起""晃动前足"等动作把小山羊的模仿秀很好地展现出来,生动形象。

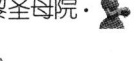

说道。一说完,轻轻噘了噘嘴,随即转过身去,托着手鼓开始向观众请赏。白花花的大银币、小银币、盾币、刻有老鹰的小铜币,落雨似的纷纷撒下。

忽然,她走过甘果瓦面前。甘果瓦糊里糊涂把手伸进口袋里,她连忙收住脚步。"见鬼!"诗人一摸口袋,发现空空如也。可是俏丽的少女站在那里不动,一双大眼睛盯着他看,伸着手鼓,等着。甘果瓦汗流如注。他口袋里若有一座秘鲁金山,一定也会掏出来赏给这舞女的。<u>幸好一件意外的事情解了他的围。</u>

过渡

这一句承接前文,又巧妙地引出下文,起到承上启下的作用。

"你还不滚开,吉卜赛蚱蜢?"从广场最阴暗的角落里传来一个尖锐的喊声。

少女一惊,急忙转身。这次不是那个秃子的声音,而是一个女人的声音,伪善而又凶狠。这喊声吓坏了吉卜赛女郎,却让一群在那里乱窜的孩子大为开心。

"是罗兰塔里的隐修女。"孩子们乱哄哄大笑,叫嚷起来。

"是麻衣女大发雷霆!难道她还没有吃晚饭?我们拿点残羹剩饭去给她吃吧。"大家急忙一齐向柱子阁拥去。

这时候,甘果瓦趁吉卜赛女郎心神不定之时,躲开了。听到孩子们的喧闹声,他猛然想起自己也没有吃饭,随即向冷餐桌跑去。可是,那些小淘气鬼比他跑得快,等他跑到,冷餐桌上早已一扫而空,甚至连五个索尔一磅的面包渣也一点不剩。甘果瓦听见自己饥肠辘辘的肚子正敲着投降的鼓号,他越来越忧郁,沉浸在悲天悯人的沉思之中。这时,突然传来一阵充满柔情却又古怪的歌声,他从沉思中惊醒过来,原来是那个吉卜赛少女在唱歌。

她的歌喉,也像她的舞蹈、她的姿色一样动人,难以用言语形容,叫人销魂荡魄。甘果瓦听着听着,眼泪都快要流下来了。吉卜赛女郎的歌声扰乱了甘果瓦的遐思,就像天鹅扰乱了平静的水面。他倾听着,心旷神怡,忘却了一切,好几个钟头以来,这是他头一回忘记了痛苦。

正在此刻,"愚人王"的游行队伍走过来,分散了他的注意力。那游行队伍走过了许多大街小巷,高举着火把,吵吵闹闹,走进了河滩广场。

而在人群的中心,愚人帮会的大臣们抬着一个担架,上面点满蜡烛。就在这顶奇特的轿子上,端坐着顶冠执仗、身披大袍、光辉灿烂的新当选的"愚人王"——圣母院的敲钟人驼子伽西莫多!

从司法宫到河滩广场这一路上,伽西莫多那张忧伤而丑恶的面孔,是如何达到得意扬扬、目空一切的那种容光焕发的顶点,真是难以描述。这是他平生第一次尝到自尊的乐趣。在此以前,他尝到过的是由于地位低贱而处处遭受侮辱和蔑视,是由于他的外表而遭受厌弃。因此,尽管耳聋,他一向觉得受到群众憎恨因而也憎恨群众,这时却作为名副其实的愚人王,慢慢品尝着受群众欢呼的滋味。纵然他的庶民是一群疯子、瘫子、盗贼、乞丐,那又何妨!反正他们永远是一群庶民,而他,永远是一位愚人王。

正当伽西莫多如痴似醉、得意扬扬地经过柱子阁时,人群中猛然闯出一个人来,怒冲冲地把他手中作为"愚人王"标志的金色木头权杖一把夺了过去,大家一看,无不大吃一惊,吓坏了。这个胆大妄为的家伙,正是那个秃脑门、刚才混在看吉卜赛女郎跳舞的人群中对可怜的少女恶言恶语进行恫吓的那个家伙。他穿的是教士衣裳,甘果瓦原先并没有注意到他,此时看他从人群中冲出来,一下子就认出他来了。甘果瓦不由得惊叫起来,说道:"真怪!这不正是我的老师,克洛德·孚罗洛副主教吗?他要对这个独眼龙丑八怪搞什么鬼把戏?这独眼龙会把他生吞活剥的。"

果然,恐怖的叫喊声腾空而起。害怕的伽西莫多急忙跳下了担架，把妇女们吓得连忙移转视线，不忍心看见副主教被撕成碎片。伽西莫多一蹦，跳到教士跟前，瞅了他一眼，随即双膝跪倒。教士一把扯去他头上的愚人王王冠，折断他的权杖，撕碎了他身上那缀满金箔碎片的袍子。伽西莫多依然跪着，低下头，合起双掌。接着，只见他俩用暗号和手势进行奇特的交谈，因为两人都没开口。<u>教士站着，气急败坏，张牙舞爪，不可一世；伽西莫多跪倒在地，低三下四，苦苦哀求</u>。其实，伽西莫多只要愿意，用大拇指就可以把教士碾碎，那是确定无疑的。

末了，副主教狠狠地摇晃着伽西莫多强壮的肩膀，向他示意站起来并跟着他走。伽西莫多站了起来，这时，愚人帮会在一阵惊愕过去之后，决意起来保护他们这位突然被粗暴拉下马的"愚人王"。吉卜赛人、黑话帮和所有小书记们都跑过来围着教士大喊大叫。伽西莫多却挺身站在教士前面，两只有力的拳头紧握，青筋暴露，像一只被惹怒的猛虎般磨着利牙，紧盯着来围攻的人。教士恢复了那副阴沉而又庄重的神态，向伽西莫多打了个手势，随即悄悄地抽身走了。伽西莫多在他前面开路，从人群中硬挤过去。

"真是妙不可言，可是我到什么地方去混顿晚饭呢？"甘果瓦说道。

甘果瓦不顾一切地跟着吉卜赛女郎。他看见她牵着山羊走上了吉特勒里街，也跟了上去。"干吗不呢？"他心想。跟随一个俊俏的女子而不知道她往哪里去，没有什么能比这样做更令人想入非非了。既然不知到何处投宿，那没有比这更好的安排了。"反正她总得住在某个地方吧，而吉卜赛女人一向心肠好——谁知道呢？……"他这么揣摩着，默默走在那个少女的后面。

她看见市民们纷纷回家去，看见这节日里唯独应该通宵营业的小酒店也纷纷打烊，便加快步伐，赶着漂亮的小山羊小

对比修辞

"张牙舞爪，不可一世"与"低三下四，苦苦哀求"形成对比，将教士的暴戾与伽西莫多的可怜鲜明地展现出来，生动形象。

阅读笔记

环境描写
"暗""冷"等环境描写为故事情节发展渲染了紧张的气氛。

跑起来。她俩一直在他前面走着，两个都一样清秀、优雅、楚楚动人，她俩那娇小的脚、标致的身段、婀娜的体态，令甘果瓦赞赏不已，看着看着，几乎把她俩合二为一了：就聪明和友善而言，他认为双双都是妙龄少女；要说轻巧、敏捷、步履轻盈，又觉得两个都是雌山羊。

街道越来越黑暗，越来越冷清了。

就在这时候，她拐过一个街角，他刚看不到她，就听到她一声尖叫。他急忙赶上去，那条街黑漆漆的。但是，拐角圣母像下有个铁笼子，里面燃着灯捻，甘果瓦借着灯光，看见有两个汉子正抱住吉卜赛女郎，竭力堵住她的嘴，不让她叫喊，她拼命挣扎着。可怜的小山羊吓得魂不附体，耷拉着双角，咩咩直叫。

"快来救我们哪，巡逻队先生们！"甘果瓦大叫一声，并勇敢地冲上去。抱住少女的那两个男人中的一个刚好一回头，竟然是伽西莫多那张恐怖的面孔。

甘果瓦没有逃跑，也没有再向前走一步。伽西莫多向他冲过来，反掌一推，就把他抛出去四步开外，摔倒在地，接着，转身拔腿就跑，一只手臂托着吉卜赛女郎，就好似拿着一条舒卷的纱巾，一下子消失在黑暗之中，他的另一个同伴也跟着跑了。可怜的山羊在他们后面追着，悲伤地咩咩叫个不停。

"救命啊！救命啊！"不幸的吉卜赛女郎不停地喊着。

"站住，恶棍！把这个姑娘给我放下！"突然霹雳般一声吼叫，一个骑士从邻近的岔道上猛冲过来。

这是御前侍卫弓手队长，戴盔披甲，手执一把巨剑。伽西莫多给吓呆了，骑士从他怀里把吉卜赛女郎夺了过去，横放在坐鞍上。等到可怕的驼子清醒过来，扑过去要夺回他的猎物时，紧跟在队长后面的十五六名弓手，手执长剑出现了。这是一小队御前侍卫。他们奉巴黎府禁卫长官罗贝尔·代斯杜特维尔大人之命，前来检查宵禁。伽西莫多一下被包围，他被逮捕

> 阅读笔记

并捆绑起来。他像猛兽似的咆哮，口吐白沫，乱咬一气。要是白天的话，单是他那张因发怒而变得更加丑恶不堪的面孔，毫无疑问就足以把这一小队人马吓得四处逃窜。然而，黑夜剥夺了他最可怕的武器：他狰狞的面目。

在搏斗中，他那个同伴早已逃之夭夭了。吉卜赛女郎娇滴滴地在军官的马鞍上坐起身来，双手往年轻军官的双肩上一搭，目不转睛地瞅了他一会儿，好像被他红润的气色，也被他刚才的搭救搞得心醉了。随后，她先打破沉默，甜蜜的声音变得更加甜蜜了，说道："警官先生，请问尊姓大名？"

"弗比斯·德·沙多倍尔队长，为你效劳，我的美人！"军官挺直身子答道。

"多谢！"她说道。话音一落，趁着弗比斯队长捻他勃艮第式小胡子的工夫，她如箭坠地，一下子溜下马背，逃走了，就是闪电也比不上她消失得那么快。

> **借代修辞**
> 用黄莺借代吉卜赛女郎，蝙蝠借代伽西莫多，使人物形象突出、特点鲜明、形象生动。

"该死的！"队长抽紧捆绑伽西莫多的皮带，说道，"我宁可把她扣留！"

"有什么法子呢，队长？"一个警卫说道，"<u>黄莺飞跑了，蝙蝠留了下来！</u>"

名师伴你读

▶ **品读与赏析**

吉卜赛女郎舞蹈的美与伽西莫多扮演愚人王的丑形成鲜明对比，一个令人赏心悦目，一个却被嘲笑唾弃。狂欢结束后，伽西莫多劫持吉卜赛女郎未遂，卫队队长救起吉卜赛女郎。同样的狂欢，一种是令人欣赏的美，一种是令人鄙夷的丑，都被作者刻画得淋漓尽致，这正是雨果的"美丑对照"原则的使用，突出了两方各自的特点。

▶ 学习与借鉴

  1.对照描写：吉卜赛女郎与伽西莫多、伽西莫多与教士等多个人物对照描写，写出了美与丑、强与弱的强烈对照，不但很好地刻画出人物的性格特点，也勾勒了当时不同阶层的人物特点，形成各具特色的人物群像。

  2.情景交融：本章用精练的语言描写环境，又用生动形象的语言刻画出不同的人物形象，将狂欢的节日表现得淋漓尽致。喧闹的场面烘托出不同人物的心态，吉卜赛女郎的欢快、伽西莫多的胆怯、教士的蛮横、围观人的无聊……整体狂欢的情感与喧闹的环境融为一体，增强了文章的感染力。

四 奇特的婚姻

阅读笔记

甘果瓦继续向前跑……

可怜的诗人环视了一下周围，发现置身在一个广阔的空地，地上铺的石子高低不平，这儿那儿，火光闪耀，周围聚集着一堆堆怪诞的人。这一切飘飘忽忽，纷纷攘攘，只听见一阵阵尖笑声、孩子的啼哭声、女人的说话声。地面上，火光摇曳，掩映着许多模糊不清的巨大黑影。借着闪烁的微弱火光，甘果瓦在心神未定中，辨认出这片广大空地的四周尽是破旧丑陋的房屋，那些虫蛀的、千疮百孔的门面，个个都有一两个透亮的窟窿，他仿佛觉得这些门面在黑暗中活像许多老太婆的大脑袋，排成一个圆圈，怪异而乖戾，眨着眼睛在注视这一幕群魔乱舞。甘果瓦越来越惊慌，那三个乞丐活像三把钳子把他牢牢抓住，周围又有一群其他的面孔起伏不定，狂吠不止，把他吵得都耳聋了。

环境描写
细致的环境描写，营造出令人恐惧的氛围，衬托出甘果瓦害怕的心理。

正在此时，从周围那乱哄哄的人群中响起一声清晰的叫喊："把他带去见大王！把他带去见大王！""见大王去！见大王去！"所有的人异口同声地喊道。

大家都来拖他，争先恐后地看谁能揪住他。然而那三个乞丐不肯松手，硬是从其他人的手里把他夺下，吼叫道："他是归我们的！"这么一争夺，诗人身上那件本来已破烂不堪的上衣也就呜呼哀哉了。

·巴黎圣母院·

阅读笔记

"坏家伙,快脱掉你的帽子!"三个揪住他的家伙当中有一个说道。甘果瓦还没弄明白他说什么,那人一把就摘去甘果瓦头上的帽子。那顶帽子虽破旧不堪,可是遮遮太阳,挡挡风雨,还挺不错的,甘果瓦叹息了一声。

这时,大王从宝座上居高临下地对他发话:"这坏蛋是做什么的?"

"大人……阁下……陛下……"甘果瓦结结巴巴,终于问道,"我该如何称呼你呢?"

"阁下、陛下或者伙计,你爱怎么称呼都可以。不过,得快点!你有什么要为自己辩护的吗?"

"给我听着,"他一边用长满茧子的手抚摸着畸形的下巴颏,一边对甘果瓦说道,"我看不出为什么不可以把你吊死。不过,看样子你讨厌这样做,你们这班市民,对吊死这种做法不怎么习惯,总是把这事想得太玄乎。其实,我们并不恨你。有一个办法使你可以暂时脱身,你愿意成为我们当中的一员吗?"

甘果瓦本来觉得自己性命难保,开始放弃努力了,现在突然听到这个建议,其效果是可以想象的。他拼命抓住不放,应道:"当然,愿意之至!"

"你同意加入这个明火执仗的好汉帮?"图意弗又问。

"千真万确,加入好汉帮。"甘果瓦应道。

"你承认自己是自由市民的一员?"图意弗再问道。

"自由市民的一员。"

"黑话王国的庶民?"

"黑话王国的庶民。"

"流浪汉?"

"流浪汉。"

"全身心的?"

"全身心的。"

> **语言描写**
> 一问一答的简短对话,将甘果瓦的胆小、害怕而又渴望保命的心理刻画得惟妙惟肖。

阅读笔记

过渡
承接上文，描述绞架的制作，为后文描写要求甘果瓦在制成的绞架上偷钱包做铺垫。

"光是愿意还不行。"图意弗又说，"想要被接纳入黑话帮，你必须得证明你有点出息才行，所以你得去掏别人的钱包。"

"你要我掏什么都行。"甘果瓦说道。

图意弗一挥手，几个黑话帮人遂离开了圆圈，不一会儿又回来了，搬来两根木桩，下端装着两把屋架状的刮刀，可以很容易使木桩站在地上。两根木桩的顶端架着一根横梁，就这样，一个可以移动的、漂亮非凡的绞刑架便做成了。

"他们到底要怎么样？"甘果瓦心里有点纳闷，反问自己道。恰好在这时候听见一阵铃响，他也不着急了。原来那班无赖搬来一个假人，锁链往假人的脖子一套，就把它吊起来，这假人类似吓唬鸟的稻草人，穿着红衣裳，身上挂满大小铃铛。这千百只铃铛随着绳索的晃动，轻轻响了一会儿，随后渐渐低下去，最后无声无息了。

这时候，图意弗指着假脚下的一只摇晃的旧凳子，对甘果瓦说："站上去！"

"天杀的！"甘果瓦表示异议，"我会折断脖子的。你的那只板凳的腿是缺的。"

"快上去！"图意弗又说。

甘果瓦往板凳上一站，脑袋和胳膊摇摇晃晃，好不容易才站稳了。

"现在，你用右脚钩住左腿，踮起左脚站直！"图意弗接着说。

"陛下，你这不是存心叫我折臂断腿吗？"甘果瓦叫道。

图意弗摇了摇头，说道："听着，朋友，你踮起脚跟站直，照我说的那样去做，这样你可以够得着假人的口袋，然后你就伸手去掏，设法从它衣兜里掏出一只钱包。你这一切办成了而听不到铃响，那就好了，你就可以成为流浪汉。我们今后只要连续揍你八天就行了。"

阅读笔记

"上帝呀！要是我不当心，把铃铛碰响了怎么办？"甘果瓦问道。

"那你得被吊死。明白了吗？"

"明白了。然后呢？"甘果瓦应道。

"你要是手段高明把钱包拿掉，而大伙没有听到铃响，那你就是流浪汉，但你要连续挨揍八天。现在你听明白了没有？"

"不，陛下，我又糊涂了。这样做我又有什么好处呢？一种情况是被吊死，另一种情况是挨打……"

"还有成为流浪汉哪！"图意弗接着说，"当流浪汉，难道这也算不上什么？我们揍你，那是为了你好，让你经得起打。"

"不胜感谢。"诗人回答。

"行了，快点。"图意弗边说边用脚踩着酒桶，发出大鼓般的响声，"快掏吧，掏完就了结了。我最后一次警告你：要是我听见一声铃响，那就该你去代替假人啰。"

听到图意弗这些话，黑话帮全都鼓掌喝彩，遂走过去围着绞刑架站成一圈，发出一种冷酷凶残的笑声。甘果瓦不想坐以待毙，试图再做一次努力，随即说道："万一突然刮一阵风呢？"

"照样要把你吊死。"图意弗毫不犹豫地应道。

眼看既无退路，又没有缓刑，搪塞又搪塞不了，<u>甘果瓦把心一横，抬起右脚钩住左脚，踮起左脚，挺直身子，伸出一只胳膊</u>。可是，正当他的手碰着假人时，只有一只脚支撑着的身体，在那只只有三条腿的小凳子上晃动了一下，他不由自主地想把假人拽住，一下子失去了平衡，结果重重地一头栽倒在地上。同时，假人经不起他的手一推，先旋转了一圈，随后在两根绞刑柱中间晃来晃去，身上的千百只铃铛也就催魂索命似的响了起来。甘果瓦完全被震昏了。

细节描写

"钩""踮起""挺直"等动词详细描写了甘果瓦在绞架上偷钱包的情形，把他的胆战心惊、小心翼翼描写得细致入微。

> 阅读笔记

"晦气！"甘果瓦喊着摔了下来，趴在地上像死了似的。然而，他听见头顶上可怕的群铃齐鸣，听见流浪汉们魔鬼般的狂笑声，还听见图意弗的声音："给我把这家伙拉起来，狠狠把他吊上去！"

大伙已经解下了假人，好给他腾出位置来。黑话帮一伙人逼着他站到小凳子上，图意弗走过来，把绞索往他脖子上一套，拍拍他的肩膀说："永别了，朋友！哪怕你肚里的鬼点子跟教皇一样多，现在再也休想溜掉啦。"

> **意蕴深刻**
> "鬼点子跟教皇一样多"极具反讽意味，直接对教皇进行讽刺，深化了文章批判宗教的思想。

甘果瓦想喊"饶命"，但这话到嘴边卡住了。他举目环视四周，一丁点希望也没有，大家都在大笑。

这时图意弗正不慌不忙地用脚尖踢踢火堆里没有烧着的枝蔓。"准备好了没有？"他又问，并张开双手，准备击掌。再过一秒，就一了百了啦。但是图意弗停住了，仿佛突然想起了什么，说道："等一等！我倒忘了！……我们要吊死一个男人，总得先问一问有哪个女人要他，这是我们的惯例。——伙计，这是你最后的机会了。要么你就娶女乞丐，要么就娶绞索。"

吉卜赛人这条法律，人们也许会觉得千奇百怪，其实，今天依然原原本本被记载在古老的英国宗教法典里。

甘果瓦松了一口气。这是半个钟头以来，他第二次死里逃生了。因此，他不敢过分相信了。

"噢，喂！"图意弗重新登上他的宝座，喊道，"喂！女人们，你们当中有哪个想要这个家伙？你们过来看哪！白送你们一个汉子！谁要？"

有三个女人从人群中走了过来。第一位是个四方脸的胖妞，仔细察看了哲学家身上那件寒碜的上衣。这上衣已经百孔千疮，窟窿比炒栗子的大勺还多。姑娘做了一个鬼脸，嘀咕道："破旧布条！"接着对甘果瓦说："看看你的斗篷，好吗？""丢了。"甘果瓦应道。"你的帽子呢？""人

> **阅读笔记**
>
> **意蕴深刻**
> 一问一答的对话描写，既突出甘果瓦的贫困潦倒，又表现出人情的冷漠。

家拿走了。""你的鞋子呢？""快没鞋底了。""你的钱包呢？""唉！"甘果瓦支支吾吾应道，"我身无分文哪。""那就让你吊死，道谢吧！"女叫花子说着，掉头走了。

第二个又老又黑，满脸皱纹，丑恶不堪，即使在这奇迹宫廷里也丑得出众。她围着甘果瓦转来转去，把他吓得身子像筛糠似的，生怕她要了他。不过，她低声说道："他太瘦了。"一说完就走开了。

第三位是个少女，不太难看。甘果瓦低声向她哀求道："救救我吧！"她以怜悯的神情端详了他片刻，接着垂下眼睛，揉着裙子，举棋不定。甘果瓦注视着她的每一个动作，这是最后一线希望了。少女终于开口："不，不！长脸颊居约姆会揍我的。"一说完也回到人群中去了。

"伙计，该你倒霉！"图意弗说道。话音一落，他随即在大桶上站立起来，喊道："没有人要吗？"他模仿着拍卖估价人的腔调，逗得大家乐呵呵的："没有人要吗？——二——三！"于是他转向绞刑架，点了点头："拍卖了！"

就在这时候，黑话帮中响起了喊声："爱斯梅拉达！爱斯梅拉达！"

甘果瓦不由得打了个寒噤，转头向传来喧哗声的那边望去，只见人群闪开，给一位纯洁如玉、光艳照人的美人让出一条路来，这就是那位吉卜赛女郎。

"爱斯梅拉达！"甘果瓦自言自语，惊呆了，激动不已，这个咒语般的名字猛然勾起了他这一天的种种回忆。<u>这个世间罕见的尤物，似乎连奇迹宫廷都被其姿色和魅力镇住了。她一路过去，黑话帮的男女伙计都乖乖地排成两列，目光所及，一张张粗暴的面孔都如花开放，容光焕发。</u>她步履轻盈，走到受刑人跟前，她后面跟着漂亮的加丽。甘果瓦吓得半死不活，她静静打量了他片刻。

> **侧面描写**
> 通过对其他人的表情与行为的描写，突出爱斯梅拉达的美。

"你要把这个人吊死吗?"她严肃地问图意弗。

"是的,妹子。"图意弗应道,"除非你要他做丈夫。"

她噘起下唇,稍微做了个惯常的娇态。"我要了。"她说。

活结解开了,诗人被人从小凳上抱了下来。他激动万分,不得不坐了下来。

图意弗一言不发,拿来一只瓦罐。吉卜赛女郎把瓦罐递给甘果瓦,对他说道:"把它摔到地上!"

瓦罐摔成了四片。

"兄弟,"图意弗这时才开口,边说边把两手各按在他俩的额头上,"兄弟,她是你的妻子;妹子,他是你的丈夫。婚期四年。行了!"

过了一会儿,诗人便在一间严严密密、暖融融的尖拱圆顶的小房间里,而且单独跟一位俏丽的少女在一起。这般奇遇就像中了魔法似的,他不由得把自己真看作神话中的人物了。

在此之前,他只是透过歌舞和喧嚣的旋涡隐约瞥见这个爱斯梅拉达,如今,她那看得见、摸得着的形体就在他眼前,把他看得心醉神迷了。<u>他愈发沉浸在遐思冥想中,目光模糊地注视着她,心里嘀咕着:"这样说来,这就是那个所谓的爱斯梅拉达啦?一位下凡的仙女!一个街头舞女!她既高贵而又低微!上午最终断送了我圣迹剧的是她!今晚救了我一命的也是她!她是我的丧门星!她也是我的善良天使!</u>——我敢说,她还是一个俊俏的姑娘!而且她一定爱我爱到发狂,才会那样把我要了来。"想到这里,他霍然站起来,自言自语道:"哦,对了!我还没弄清楚究竟是怎么一回事,反正我成了她的丈夫啦!"

他脑子里、目光中都闪现着这种念头,遂凑近少女的身旁,神情色眯眯的,把她吓得直往后退,喝道:"你想干什么?"

"这还用得着问我吗,可爱的爱斯梅拉达?"甘果瓦应

> **心理描写**
> 通过甘果瓦的内心独白,将其对爱斯梅拉达既爱又恨的矛盾心理展现得淋漓尽致。

阅读笔记

道，语气是那样热情，连他自己听了也不由得吃惊。

吉卜赛女郎瞪着一对大眼睛："我不明白你想说什么。"

"怎么！"甘果瓦又说，浑身越来越热，"难道我不是属于你的吗，温柔的人？你不也是属于我的吗？"既然一语道破，他索性把她拦腰抱住。

吉卜赛女郎就像鳗鱼似的，一下子从他手中滑脱了。她纵身一跳，跳到房间另一头去了，低下身子，随即又挺起身来，手里握着一把匕首。甘果瓦压根没来得及弄明白这匕首是从哪里来的。<u>她又恼怒又高傲，嘴唇翘着，鼻孔鼓着，腮帮红得像红苹果似的，眼珠里电光直闪。</u>同时，那只白山羊也跑过来站在她前面，抵着两只金色的漂亮的犄角，摆开决一雌雄的阵势。这一切只是一眨眼的工夫，蜻蜓变成了马蜂，巴不得蜇人呢。

神态描写
通过神态描写，展现出爱斯梅拉达高傲不屈的性格特征。

诗人怔住了，目光呆滞，一会儿看看山羊，一会儿瞅瞅少女。

"圣母哇！瞧瞧这两个泼辣的婆娘！"他惊魂未定，能够开口了，终于说道。

吉卜赛女郎也打破了沉默："想不到你是如此放肆之徒！"

"对不起，小姐！"甘果瓦笑容满脸，说道，"可是，既然如此，你为什么要我做丈夫呢？"

"难道非看着你被吊死不成？"

"这么说来，你嫁给我只是想救我一命，并没有别的想法？"诗人本来满怀爱意，这时有点大失所望了。

"你要我有什么别的想法呢？"

甘果瓦咬了咬嘴唇，又说："算了吧，我演丘彼特并不像我自己想象得那样成功，不过又何必摔破那只可怜的瓦罐呢？"

然而，爱斯梅拉达手中的匕首和小山羊的犄角一直严阵以待。

"爱斯梅拉达小姐，我们相互妥协吧！"诗人说道，"我向你发誓：不得到你的许可，绝对不靠近你。不过，快给我晚饭吃吧。"

名师伴你读

▶ 品读与赏析

本章主要讲甘果瓦误入乞丐王国要被判死刑，爱斯梅拉达为救其性命而成为他的"妻子"的故事。作者用犀利的笔触描写了乞丐王国奇特的风俗人情：在奇特的绞刑架上偷钱包，拍卖甘果瓦……语言生动、风趣，情节安排紧凑而曲折跌宕，使读者感到非常神奇，而爱斯梅拉达为了救甘果瓦的性命而接受这奇怪的婚礼，更突出了她美好的性格品质。她是集美与善于一身的理想主义的化身。

▶ 学习与借鉴

1.内容充实："奇特的婚姻，美好的心灵"是本章的主题，文章重点聚焦乞丐王国的风俗人情，并通过大量的细节描写讲述了误入乞丐王国的甘果瓦的自救情节，其中建绞刑架、偷绞刑架上假人的钱、人物拍卖等一系列情节，丰富了本章的内容，让读者读起来倍觉生动有趣，从侧面表达了爱斯梅拉达的美好心灵。

2.结构合情合理：本章结构安排紧凑，按照情节的发展——推进，扣人心弦；而就当甘果瓦要被送上绞刑架时，作者笔锋一转——又有一个拍卖给女人的机会，进而引出善良的女主人公，这样的结构安排跌宕起伏，又合情合理。

五　从前的故事

　　故事发生在十六年前，一个星期日的早晨，即复活节后的第一个星期日。圣母院举行过弥撒后，人们发现在教堂广场左边砌在地面石板上的那张木床上，有人放了一个小生命。按照当时的习俗，凡是弃婴都放在这张木床上，求人慈悲为怀，加以收养，谁肯收养，尽可以把孩子抱走。木床前面有只铜盆，那是让人施舍扔钱用的。

　　有个年轻的神父站在一旁有好一会儿了，此人面容严肃，额头宽阔，目光深邃，不声不响地拨开人群挤向前去，仔细瞅了瞅婴儿，伸出手去护住他。

　　"这孩子我收养了。"神父说。

　　他用长袍一裹，把孩子抱走了，人们茫然地望着他离去。

　　不一会儿，只见他走进那道当时从教堂通往隐修院的红门，随即无影无踪了。

　　一阵惊愕过后，让娜咬着戈蒂叶的耳朵说："嬷嬷，我早就跟你说过，这个年轻的教士克洛德·孚罗洛先生是个巫师。"

　　确实，克洛德·孚罗洛并非平庸之辈。

　　他出身于一个中产家庭，早在儿时，就由父母做主，决定让他献身神职。家里从小就教他用拉丁文阅读，教他低眉垂目，轻声细语。他还只有一丁点大，父母便把他送到大学城的托尔希神学院去过幽居的生活，他就是在那里靠啃弥撒经文和辞典长大成人的。

　　再说，这孩子生性忧郁、庄重、严肃，学习勤奋，领会很快。他不苟言笑，难得揶揄别人，娱乐时从不大声嚷叫，福阿尔街举行酒神节狂欢时，他几乎从不去凑热闹，对什么是打耳光和揪头发一无所知。相反，他却非常勤快地出入若望·德·波维街大大小小的学校，瓦尔的圣彼得教堂的神甫每次开始宣讲教规，总是发现有个学生最先到场，那就是克洛德·孚罗洛。只见他随身带着角质文具盒，咬着鹅毛笔，垫在磨破了的膝盖上涂涂写写，冬天里还对着手指头不断哈气。每个星期一的早晨，歇甫·圣德尼学堂一开门，教谕博士米尔斯·底伊里耶老爷总是看见一个学生最先跑来，上气不接下气，他就是克洛德·孚罗洛。因此，神学院的这个年轻学生虽只有十六岁，却在神学方面可以同教堂神父相匹敌，在经学方面可以同一位议会里的神父争高低，在教育学方面可以同索邦神学院的博士相媲美。这些学科一学完，他便匆匆忙忙钻研起教谕来，从《格言大师传》一头扎入《查理曼法规》，以强烈的求知欲，如饥似渴地把一部又一部教谕连续吞了下去。把教谕消化之后，他便一头扑向医学和自由艺术，还钻研了草药学、膏药学，一举成了医治发烧及挫伤、骨折、脓肿的行家里手。在艺术方面从学士、硕士直至博士学位所必读的书籍，他也都一一浏览了。还学习了拉丁语、希腊语、希伯来语，这三重圣殿当时是很少有人涉足的。他在科学方面博采众长，兼收并蓄，真是到了狂热的程度。到了十八岁，他的四大智能都考验通过了。在这个年轻人看来，人生的唯一目的就是求知。

大概在1466年夏天，天气异常酷热，瘟疫肆虐，仅在巴黎这个地方就夺去了四万多人的生命，年轻的克洛德·孚罗洛惊恐万分，急忙跑回家去。他一进家门，就得知父母亲在前一天晚上已去世了。他的一个尚在襁褓中的小弟弟还活着，没人照顾，躺在摇篮里哇哇直哭，这是全家留给克洛德的唯一亲人了。这场灾难是克洛德人生的一次危机，此时他既是孤儿，又是兄长，十九岁竟成了家长，他觉得自己突然从神学院那种沉思默想中猛醒过来，回到了这人世的现实中来。他顿时发现，世上除了索邦大学的思辨哲学之外，除了荷马的诗之外，还存在别的东西：人需要感情，人若是没有温情，没有爱心，那么生活便会成为一种没油运转的齿轮，干涩枯燥，嘎嘎直响，凄厉刺耳。然而，在他那个年龄，代替幻想的依然只是幻想，因此只能想象，骨肉亲，手足情，才是唯一需要的。有个小弟弟让他爱，就足以填补整个生活的空隙了。于是，他倾注全部的热情去爱他的小弟弟若望。这个孱弱的可怜的小人儿，眉清目秀，头发金黄、卷曲，脸蛋红润，这个孤儿除了另一个孤儿的照料，别无依靠，这叫克洛德打从心底里为之激动不已。他对小弟弟关怀备至，倾心照顾，仿佛这小弟弟是个一碰就破的宝贝疙瘩似的。对小家伙来说，他不仅仅是大哥，而且成了母亲。克洛德除了从父业中继承了蒂尔夏浦领地之外，他还继承了一个磨坊。磨坊在一个小山冈上，磨坊主的妻子正养着一个漂亮的孩子。因为小弟弟还要吃奶，而磨坊离大学城不远，克洛德便亲自把若望送去给磨坊主的妻子喂养。

　　从此，克洛德觉得自己的生活负担重了，并复杂起来。思念小弟弟不但成了他的娱乐，而且还成为他学习的目的。就像他决心把自己的一切奉献给上帝一样，他决心一辈子都不讨老婆，不要孩子，只为了弟弟的幸福和前程。因此，他比以前任何时候都更专心致志于他的教职使命了。由于他的才华，他的博学，以及身为巴黎主教的直接附庸，所有教会的大门都对他敞开着。他才二十岁，就由于教廷的特别恩准，成为神父，并作为巴黎圣母院最年轻的神父，侍奉着因过晚举行弥撒而被称作懒汉祭坛的圣坛。

　　每逢克洛德的生日，他都去懒汉祭坛给平民做弥撒。这天，他刚做完弥撒要回去，听到几个老太婆围着弃婴床七嘴八舌，喋喋不休，这引起了他的注意。于是，他便向那个如此惹人憎恨、岌岌可危的可怜的小东西走了过去。当他看到那小东西那样凄惨，那样畸形，那样无依无靠，他不由得联想起自己的小弟弟，恻隐之心油然而生，便一把将小孩抱走了。他把小孩从麻布口袋里拖出来一看，确实奇丑无比。这可怜的小鬼左眼上长着一个疣子，脑袋缩在肩胛里，脊椎弓曲，胸骨隆兀，双腿弯曲，不过看起来很活泼，尽管无法知道他咿咿呀呀说着什么，却从他的啼叫声中知道这孩子相当健壮和有力气。克洛德看见这种丑恶的形体，愈发同情怜悯，出自对小弟弟的爱，他暗自发誓，一定要把这弃婴抚养成人，将来若望不论犯有多么严重的错误，都会以他预先为小弟弟所做的这种善行作为抵偿。他给这个养子洗礼，取名伽西莫多，这或者是想借以纪念收养他的那个日子，或者是想用这个名字来表示这可怜的小东西长得何等不齐全，几乎连粗糙的毛坯都谈不上。一点不假，伽西莫多独眼、驼背、罗圈腿，勉勉强强差不多有个人样而已（伽西莫多在拉丁文中的原意是"差不多"）。

　　到了1482年，伽西莫多已长大成人了。由于养父克洛德·孚罗洛的庇护，他当上圣母院的敲钟人有好几年了。而他的养父也靠恩主路易·德·博蒙大人的推荐,当上了若扎斯的副主教。

伽西莫多就这样成了圣母院的敲钟人。随着岁月的推移,这个敲钟人跟这座教堂结成了某种无法形容的亲密关系。身世不明,形体又丑陋,这双重的厄运注定他永远与世隔绝,这不幸的可怜人从小便被囚禁在这双重难以逾越的圈子里,靠教堂的收养和庇护生活,对教堂墙垣以外的人世间一无所知。

伽西莫多天生独眼、驼背、跛足。克洛德·孚罗洛以极大的耐性,费了九牛二虎之力,好不容易才教会他说话。然而,厄运却始终紧随着这可怜的弃婴,他十四岁时又得了一个残疾——钟声震破了他的耳膜,他耳聋了,这下子他的残缺可就一应俱全了。从此他与外界接触的门户永远关闭了。这门户一关闭,就截断了本来还渗透到伽西莫多灵魂里那唯一的一点欢乐和唯一的一线光明,他的灵魂顿时坠入沉沉的黑夜。

由于身体残缺不全,他自从来到人间,便处处受人嘲笑、侮辱、排斥。在他看来,别人说的话,无一不是对他的揶揄或诅咒;慢慢长大后,又发现自己的周围唯有仇恨。他便把仇恨接了过来,捡起人家用来伤害他的武器,以怨报怨。主教堂到处都是大理石雕像,有国王,有圣徒,有主教,至少他们不会冲着他的脸大声嘲笑,他们总是用安详和蔼的目光望着他。其他的雕像虽是妖魔鬼怪,却对伽西莫多并不仇恨,他太像它们了,它们是不会恨他的;它们宁愿嘲笑其他的人。圣徒们是他的朋友,必然是保佑他的;鬼怪也是他的朋友,必然是保护他的。因此,他常常向它们推心置腹,倾诉衷肠。有时一连几个钟头,他蹲在这些雕像中的随便哪一尊面前,独自同它说话。一有人来,他就赶紧躲开,就像一个情人悄悄唱着小夜曲时突然被撞见了。再说,在他的心目中,圣母院不单单是整个社会,而且还是整个天地,整个大自然。有了那些花常开的彩色玻璃窗,他无须向往其他墙边成行的果树了;有了萨克逊式拱柱上那些鸟语叶翠、绿荫如织的石刻叶饰,他无须梦想其他树荫了;有了教堂那两座巨大的钟楼,他无须幻想其他山峦了;有了钟楼脚下如海似潮的巴黎城,他无须追求其他海洋了。

对于伽西莫多来说,这座慈母般的主教堂,他最热爱的要算那两座钟楼了:钟楼唤醒他的灵魂;钟楼使他那不幸地收缩在洞穴中的灵魂展开翅膀飞翔；钟楼有时也使他感到欢乐。他热爱它们，抚摸它们，对它们说话，懂得它们的言语。从两翼交会处那尖塔的排钟直到门廊的那口大钟，他对它们都一一满怀深情。

伽西莫多几乎对任何人都怀有恶意和仇恨，但对一个人是例外，他爱这个人就像爱圣母院，也许犹有过之，此人就是克洛德·孚罗洛。此事说来很简单，是克洛德·孚罗洛抱走了他，收留了他，拉扯大了他。他还是小不点时，每当狗和其他孩子撵着他狂叫，他总是赶紧跑到克洛德·孚罗洛的胯下躲藏起来。克洛德·孚罗洛教会了他说话、识字、写字；克洛德·孚罗洛还使他成为敲钟人。并且，克洛德·孚罗洛还把大钟许配给了他，这无异于把朱丽叶许配给罗密欧。因此，伽西莫多对他的感激之情深沉、炽烈、无限。尽管养父时常板着面孔，阴霾密布，尽管他总言辞简短、生硬、蛮横，伽西莫多的这种感激之情一刻也未曾中止过。

1482年，伽西莫多大约二十岁，克洛德·孚罗洛三十六岁上下：一个长大成人了，另一个却显得老了。今非昔比，克洛德·孚罗洛已不再是当初那个普通学生了，不再是一心照顾一个小孩的那个充满温情的保护人了，也不再是既博识又无知、想入非非的年轻哲学家了。如今，他是一个刻苦律己、老成持重、郁郁寡欢的教士，是若扎斯的副主教大人，巴黎主教的第二号心腹，蒙莱里和夏多弗尔两个教区的教长，领导着一百七十四位乡村本堂教士。这是一个威严而阴郁的人物，当他双臂交叉，脑袋低俯在胸前，威严显赫，一副沉思的神情，款款从唱诗班那些高高尖拱下走过时，身穿白长袍和礼服的唱诗童子、圣奥古斯丁教堂的众僧、圣母院的教士们，个个都吓得浑身发抖。

不过，克洛德·孚罗洛并没有放弃做学问，也没有放弃对弟弟的教育，这是他人生的两件大事。然而，随着时光的流逝，这两件甜蜜舒心的事情也略杂苦味了。

若望·孚罗洛是克洛德·孚罗洛的弟弟，他的绰号为磨坊若望。由于所寄养的磨坊环境的影响，他并没有朝着哥哥克洛德原先为他确定的方向成长。长兄指望他成为一个虔诚、温顺、博学、体面的学生，然而小弟弟却一味朝着怠惰、无知和放荡的方向发展。这是一个名副其实的捣蛋鬼，放荡不羁，叫克洛德常皱眉头；同时却又极其滑稽可笑，精得要命，叫大哥常发出会心的微笑。

克洛德把他送进了自己曾经度过最初几年学习和肃穆生活的托尔希神学院。这座曾因克洛德这个姓氏而显赫一时的神圣庙堂，如今却因这个姓氏而丢人现眼，克洛德不禁痛苦万分。有时，他为此声色俱厉地把若望痛斥一番，可是，训斥刚完，若望又依然如故，照旧心安理得，继续做那些离经叛道和荒诞的行径。

由于这一切，克洛德的仁爱之心受到打击，他满腹忧伤，心灰意冷，便愈发狂热地投入学识的怀抱。而他在越来越博学多识的同时，也越来越苛刻，越来越伤感了。有些严肃的人断定：克洛德在穷尽人类知识的善之后，竟大胆钻进了罪恶的领域。也就是说，克洛德被炼金术这一类巫术邪说迷了心窍。

名师伴你读

▶品读与赏析

本章运用倒叙的手法将故事追溯到十六年前，介绍了克洛德、伽西莫多、若望等人的故事。文章运用细腻的笔法，营造出充满温情的氛围，交代克洛德、伽西莫多的成长历程，处处洋溢着亲情的温暖，刻画出克洛德副主教学识渊博，性格善良、仁爱、威严的形象，他俨然是一个美的化身；伽西莫多丑陋却得到副主教的收养，侧面赞美了副主教的仁爱，与后文他情感的畸形形成强烈的对比，增强了文章的感染力。

▶学习与借鉴

1. 对比强烈：文章多处使用对比的手法，副主教的威严与伽西莫多的卑下对比；副主教以前的善良与后文的卑鄙对比；伽西莫多现在的麻木与后文的觉醒对比……这种对比推动了故事情节的发展，使整篇文章跌宕起伏，扣人心弦。

2. 倒叙手法：作为长篇小说的独立章节，本章的倒叙手法非常突出。作者用舒展的笔触娓娓说出从前的故事，将作品中人物的复杂关系一一梳理，进行交代，既是对前文内容的"解惑"，也为下文人物性格的转变做好了铺垫，使文章结构清晰，条理明确。

六　荒唐的惩罚

1月7日清晨，罗贝尔·代斯杜特维尔大人一醒来就闷闷不乐，这是节日的第二天，大家都感到厌倦的日子，尤其对于负责把节日给巴黎造成的全部垃圾清除干净的官吏来说更是如此，何况他还得赶去开庭，可是法庭没有等他就开庭了。他那班管民事诉讼、刑事诉讼和特别诉讼的副长官们，照例替他干了起来。

预审法官孚罗韩·巴尔倍第昂老爷高坐在法官的公案上，两侧摆着两摞卷宗，双肘撑着头，一只脚踏在纯棕色呢袍子的下摆上，面孔缩在白羊羔皮衣领里，两道眉毛被衣领一衬托，好像显得格外分明；他脸色通红，神态粗暴，眼睛直眨，一脸横肉，威风凛凛。可是，孚罗韩·巴尔倍第昂老爷是个聋子，不过，这一点也不妨碍他终审判决。真的，当一个审判官，只要装作在听的样子就够了。

细节描写
对聋子审判官开庭前的形象做细致刻画，更能凸显这一类人装腔作势的形象特点。

眼下就有一个人被带上法庭，正是伽西莫多，被绑得紧紧的，而且还严加看守。一队捕快把他团团围住，巡防骑士也亲自上阵。伽西莫多脸色阴沉，默不作声，唯有那只独眼不时稍微瞅一下身上的五花大绑，目光阴郁而愤怒。他用同样的目光环视了一下四周，可是眼神是那样暗淡无光，那样无精打采，女人们见了都对他指指点点，一个劲地笑。

这时，预审法官孚罗韩·巴尔倍第昂老爷仔细翻阅着由书

阅读笔记

记官递给他的对伽西莫多的控告状，匆匆过目之后，看上去聚精会神地沉思了一会儿。他每次审讯时，总要这样小心谨慎地准备一下，对被告人的姓名、身份和犯罪事实，都事先做到心中有数，甚至被告人会怎样回答，应当如何予以驳斥，也都事先设想好了，所以审讯时不论如何迂回曲折，他最终总能脱身出来，而不会太露出他耳聋的破绽。于是，他把伽西莫多的案子反复推敲之后，便把脑袋往后一仰，半闭起眼睛，装出一副更加威严、更加公正的样子，开始审讯了。

"姓名？"

伽西莫多压根听不到在问他什么，照样盯着法官没有应声。法官由于耳聋，压根不知道被告也耳聋，便以为他像通常所有被告那样已经回答了问题，随即又照常刻板而笨拙地往下问："很好。年龄？"

伽西莫多依然没有回答。法官以为这个问题已经得到了满意的回答，便继续问下去。

"现在回答，你的身份？"

伽西莫多依然默不作声。这时听众开始交头接耳，面面相觑。

"行了，"泰然自若的预审法官以为被告已经答完了他的第三个问题，便接着说道："你站在本庭面前，被指控：第一，深夜扰乱治安；第二，欲侮辱一个疯女子，犯有嫖娼罪；第三，图谋不轨，对国王陛下的弓箭侍卫大逆不道。上述各点，你必须一一说清楚。书记官，被告刚才的口供，你都记录在案了吗？"

排比修辞
四个"那么"构成排比，增加了整个闹剧的感染力，极具讽刺效果。

这个不伦不类的问题一提出来，从书记官到听众都哄堂大笑。这笑声是那么夸张，那么疯狂，那么富有感染力，那么异口同声，连两个聋子也觉察到了。伽西莫多耸了耸驼背，轻蔑地转过头来。而孚罗韩·巴尔倍第昂老爷也同他一样感到惊讶，却以为是被告出言不逊，答了什么话才引起听众哄笑的，又看见他耸肩，认为他回嘴顶撞是明摆着的，遂怒冲冲地斥责道："坏家伙，你回答什么了，凭你这一回答就该判绞刑！你知道你在对什么人讲话吗？"

这一呵斥荒唐至极，牛头不对马嘴，大家笑得更厉害，甚至连市民接待室的捕头们也狂笑了起来。唯有伽西莫多一人很庄重，因为周围发生的事，他压根一无所知。法官大人越来越恼火，认为应该用同样的腔调继续审问，迫使被告慑服，并反过来影响听众，迫使听众恢复对法庭的敬重。

"那么就是说，你明明是恶棍和盗贼，却竟敢对本庭不恭，藐视本预审法官。他负责追究重罪、轻罪和不端行为，监督各行各业，取缔垄断，维护道路，禁止倒卖家禽和野禽，管理木柴和各种木材，清除城里的污垢和空气中的传染病毒。总而言之，孜孜不倦地从事公益事业，既无报酬，也不指望有薪俸！他叫孚罗韩·巴尔倍第昂，法官大人的直接帮办，另外又是巡察专员、调查专员、监督专员、考察专员，在司法公署、裁判所、拘留所和初审法庭等方面都拥有同等的权力。你可知晓！……"

> **意蕴深刻**
> 用第三人称的语气写巴尔倍第昂自报家门，详细介绍自己的职业。灵活的写作手法增加了讽刺效果，职务越多其实越显现他的昏庸。

聋子对聋子说话，哪能有个完。若不是大堂深处那道矮门突然打开了，法官本人走了进来，那么孚罗韩·巴尔倍第昂老爷滔滔不绝的高谈阔论，天才知道要说到什么时候才能停住。看见法官进来，孚罗韩·巴尔倍第昂老爷并没有突然住口，而是半侧过身去，把刚才对伽西莫多劈头盖脸的训斥打住，猛然掉转话锋，对法官说道："大人，在庭的被告公然严重藐视法庭，请大人严惩不贷。"话音一落，一屁股坐下，上气不接下气，擦了擦汗，汗珠从额头上一大滴一大滴往下淌，好像簌簌的眼泪，把摊在他面前的案卷都弄湿了。

罗贝尔·代斯杜特维尔大人皱了一下眉头，向伽西莫多做了一个手势，以示警告。手势专横武断，用意十分明显，那个聋子这才多少有点明白了。法官声色俱厉，向他发话："你到

阅读笔记

底干了什么勾当才在这里的，狂徒？"

可怜的家伙以为法官是问他的姓名，便打破一直保持着的沉默，用嘶哑的喉音应道："伽西莫多。"

这一回答与提问真是风马牛不相及，又引起哄堂大笑，把罗贝尔大人气得满脸通红，喊道："你连我也敢嘲弄吗，十恶不赦的恶棍？"

"圣母院的敲钟人。"伽西莫多再回话，以为该向法官说明他是什么人。

"敲钟人！"法官接着说道。前面我们已经说过，他一早醒来情绪就坏透了，动辄可以使他火冒三丈，岂用得着这样离奇古怪的应答呢！"敲钟的！我要叫人把你拉去巴黎街头示众，用鞭子抽打，把你的脊肩当钟敲。听见了没有，恶棍？"

"你想要知道我多大了，我想，到今年圣马丁节就满二十岁了。"伽西莫多说道。

这下子，真是岂有此理，法官再也受不了了。"啊！坏蛋，你竟敢嘲弄本堂！执杖的众捕快，快给我把这家伙拉到河滩广场的耻辱柱去，给我狠狠鞭打，在轮盘上旋转他一个钟头。这笔账非跟他清算不可！本官命令四名法庭指定的号手，将本判决告谕巴黎子爵采邑的七个领地。"

书记官随即迅速草拟判决公告。

"上帝肚皮呀！瞧这判得有多公正啊！"磨坊若望在角落里叫嚷了起来。法官回过头来，两只闪闪发亮的眼睛又直勾勾地盯着伽西莫多，说道："我相信这坏家伙说了上帝肚皮！书记官，再写上因亵渎圣灵罚款12巴黎德尼埃，其中一半捐赠圣厄斯达谢教堂，以资修缮，我就是特别虔敬圣厄斯达谢。"

正当孚罗韩·巴尔倍第昂老爷宣读判决书并准备签字的时候，书记官突然对被判罪的那个可怜虫动了恻隐之心，希望能替他减点刑，便尽可能凑近预审法官的耳边，指着伽西莫多对他说："这个人是聋子。"

用词准确

"上帝肚皮"极具反讽意味，把审判官的荒唐可笑暴露无遗，讽刺了宗教势力的黑暗。

他本来希望，这种共同的残疾会唤起孚罗韩·巴尔倍第昂老爷的关心，让孚罗韩·巴尔倍第昂老爷对那个犯人开恩，然而，我们前面已经注意到，首先，孚罗韩·巴尔倍第昂老爷并不愿意人家发觉他耳聋；其次，他的耳朵实在太不中用了，书记官对他说的话，他连一个字都没有听清，而他却偏要装出听见的样子，于是应道："啊！啊！那就不同了。我原来还不知道此事呢。既然是这样，那就示众增加一个小时。"随即在修改过的判决书上签了字。

这天，有三个女人沿着河岸，一起从小堡向河滩广场走过来。其中两个从衣着来看，是巴黎的殷实市民，柔软的雪白绉领，红蓝条纹相间的混纺粗呢裙子，帽子饰满绸带、花边和金属箔片。另一个同伴的打扮也不差，只是在衣着和姿态方面有着某种难以名状的东西，散发着外省公证人妻子的气息。

"快点走，马耶特太太。"三人中最年轻也是最胖的一个对外省来的那个女子说道，"我真怕我们去迟了，刚才听说，马上就要把他带到耻辱柱去啦。"

"没那回事，乌达德·米斯尼哀太太，你着什么急呢？"另一个巴黎女子接着说，"他要在耻辱柱待两个钟头呢。我们来得及。亲爱的马耶特，你见过刑台示众吗？"

"见过，在兰斯①。"外省女子应道。

"嗬，得了！你们兰斯的耻辱刑柱算什么玩意？那不过是一只蹩脚笼子，只用来惩罚一些乡下人罢了。那有什么了不起的呀？"

"何止乡下人！"马耶特说道，"在呢绒市场！在兰斯！我们见过许多罪大恶极的杀人犯，他们弑父杀母呢！哪里只是乡下人！你把我们看成什么人啦，吉尔维斯？"这外地女子为了家乡耻辱柱的名声，真的快要生气了，幸亏乌达德·米斯尼

---

① 兰斯：法国东北部的一个城市。

阅读笔记

乌大嫂识趣,及时换了话题:

"你们快看哪,那边桥头上挤着那么多人!他们正在围观什么。"

"真的呢,"吉尔维斯说道,"我听见手鼓声了。我看,准是爱斯梅拉达同她的小山羊在耍把戏呢。快,马耶特!放大脚步,拽着孩子快走。你到巴黎就是来看新奇玩意的,昨天看过了弗朗德勒人,今天该瞧一瞧吉卜赛女郎。"

设置悬念

一提到吉卜赛女郎就想到拐走孩子,为文章的发展制造悬念。

"吉卜赛女郎!"马耶特一边说,一边猛然折回去攥住儿子的胳膊,"上帝保佑!她说不定会拐走我的孩子!——快来,厄斯达谢!"话音一落,拔腿沿着河岸向河滩广场跑去,直到远远离开了那座桥。这时她拽着的孩子跌倒了,她这才停了下来,上气不接下气,乌达德和吉尔维斯赶了上来。

"那吉卜赛女郎会偷你的孩子?你真是胡思乱想、离奇古怪。"吉尔维斯说道。

马耶特一听,若有所思地摇了摇头。

"说来也奇怪,那个麻衣女对吉卜赛女人也有同样的看法。"乌达德提醒了一句。

"谁是麻衣女?"马耶特问道。

"哦!就是古杜尔修女嘛。"乌达德应道。

"古杜尔修女又是谁?"马耶特接着再问。

"你真是地道的兰斯人,连这也不知道!"乌达德答道,"就是老鼠洞的那个隐修女呀!"

"怎么?就是我们带这个饼去给她的那个可怜女人吗?"马耶特问道。

三个妇女转身往回走,到了罗兰塔附近,乌达德对另外两个人说:"三个人可别同时都往洞里看,免得把麻衣女吓坏了。你俩装作念着祈祷书的赞主篇,而我把面孔贴到窗洞口去看。麻衣女有点认得我。你们什么时候可以过去,我会告诉你们的。"

她独自走到窗洞口。她的眼睛刚往里面一瞄，脸上立即露出一种悲天悯人的表情，原来又快活又开朗的面容顿时变了表情和脸色，仿佛从阳光下走到了月光下。眼睛湿了，嘴巴抽搐着像快要哭起来。过了一会儿，她把一个手指按在嘴唇上示意要马耶特过去看。马耶特心情激动，悄悄地踮起脚尖走了过去，就像走近一个垂死的人的床前那样。两个女子站在老鼠洞装有栅栏的窗口前，一动也不动，大气也不敢出，朝洞里瞧着，眼前的景象实在悲惨。

那间斗室又窄又浅，光秃秃的石板地面的一个角落里，有个女人，下巴靠在膝盖上，两臂交叉，紧紧合抱在胸前。她就这样蜷缩成一团，一件麻袋状的褐色粗布长衫把她全身裹住，花白的长发从前面披下来，遮住面孔，顺着双腿直拖到脚上。乍一看，她活像人们在梦中所见到的那种半暗半明的鬼魂，苍白、呆板、阴森。这个仿佛被牢牢砌在石板上的形体，看上去没有动作，没有思想，没有呼吸。时值一月，穿着那件状如麻袋的单薄粗布衫，赤着脚瘫坐在花岗石地面上，没有火取暖，待在一间阴暗的黑牢里，通风口是歪斜的，从外面进来的只是寒风，而不是阳光。面对这一切，她似乎并不痛苦，甚至连感觉也没有。仿佛她跟着这黑牢已化作了石头，随着这季节已变成冰。她双手合掌，两眼发直，第一眼看过去以为是个鬼魂，第二眼以为是个石像。然而，她那发青的嘴唇不时微开，好透口气，又不时颤抖，却像随风飘荡的树叶，死气沉沉，呆板木然。可是，她那双暗淡的眼睛却露出一种难以形容的目光，一种深沉、阴郁、冷静的目光，不停地盯着小屋里一个无法从外面看得清的角落。这就是那个因其住处而被称为隐修女，又因其衣裳而被叫作麻衣女的人。

末了，还是三个人当中最好奇、也最不易动感情的吉尔维斯，她试图让隐修女开口，便叫道："嬷嬷！古杜尔嬷嬷！"

她这样叫了三遍，声音一遍比一遍高。隐修女纹丝不动，

阅读笔记

外貌描写
简单的描述，却刻画出一个如鬼魅般悲惨的女人形象，生动逼真。

> **阅读笔记**

> **对比修辞**
> 从三个女人的对话描写中，侧面刻画出隐修女的麻木，烘托出悲凉的气氛。

没应一声，没看一眼，没叹一口气，没有一点反应。

这回由乌达德来喊，声音更甜蜜更温柔："嬷嬷！古杜尔嬷嬷！"

依然沉默，依然静寂。

"一个怪女人！"吉尔维斯嚷道，"炮轰都无动于衷！"

"也许聋了。"乌达德唉声叹气道。

"也许瞎了。"吉尔维斯添上一句。

"也许死了。"马耶特接着说。

说得也是，灵魂即使还没有离开这麻木、沉睡、死气沉沉的躯体，至少早已退却并隐藏到深处去了，外部器官的感知再也传达不到了。

"那么只好把这块饼放在窗口上了。"乌达德说，"不过，哪个小孩会把饼拿走的。怎样才能把她叫醒呢？"

直到此时，厄斯达谢一直很开心，有只大狗拖着一辆小车刚经过那里，把他深深吸引住了，他突然发现他母亲和两个阿姨正凑在窗洞口看什么东西，不由得也好奇起来，便爬上一块界石，踮起脚尖，把红润的小胖脸贴到窗口上，喊道："妈妈，我也来瞧一瞧！"

一听见这清脆、纯真、响亮的童声，隐修女不由得颤抖了一下，猛然转过头来，动作迅猛，好比钢制弹簧一般。她伸出两只嶙峋的长手，把披在额头上的头发撩开来，用惊讶、苦楚、绝望的目光紧盯着孩子。这目光只不过像道闪电，一闪即逝。

> **对比修辞**
> 隐修女一连串强烈的反应与前面无动于衷的表情形成鲜明的对照，隐含她对"孩子"一词的过度敏感。

"啊，我的上帝呀！"她突然叫了一声，同时又把脑袋藏在两膝中间。听那嘶哑的声音，它经过胸膛时似乎把胸膛都撕裂了。"至少别叫我看见别人的孩子！"

"你好，太太。"孩子神情严肃地说道。

这一震撼有如山崩地裂，可以说令隐修女惊醒过来了。只见她从头到脚，全身一阵哆嗦，牙齿直打冷战，咯咯发响，半

抬起头来,两肘紧压住双腿,双手紧握住两脚,像要煨暖似的,她说:"噢!好冷!"

"可怜的人哪,你要点火吗?"乌达德满怀怜悯地问道。她摇了摇头,表示不要。

"那好吧,"乌达德又说,递给她一个小瓶子,"这是一点肉桂酒,可以帮你暖暖身子,喝吧!"

她又摇摇头,眼睛定定地望着乌达德,回应道:"水。"

乌达德坚持道:"不,嬷嬷,一月里凉水喝不得。你应当喝一点酒,吃这块我们特地为你做的玉米饼。"

她推开马耶特递给她的饼,说道:"要黑面包。"

"来吧,这儿有件大衣,比你身上的要暖和些。快披上吧!"吉尔维斯也顿生怜悯之心,脱下身上的羊毛披风,说道。

正如拒绝酒和饼一样,她也不肯收下这件大衣,说:"一件粗布衣。"

"不过,你多少也该看出来了吧?昨天是节日呀!"好心肠的乌达德又说。

"看出来了。"隐修女答道,"我水罐里已经两天没有水了。"

她停了一下又说:"大家过节,把我给忘了。人家做得对,我不想世人,世人为什么要想我呢?冷灰对熄炭嘛。"

> **借代修辞**
> 用"冷灰对熄炭"喻指人与人之间的冷漠、隔阂。

话音一落,她好像说了这么多话感到疲乏了,又垂下头,靠在膝盖上。乌达德头脑简单而心地善良,自以为听懂了她所说的,认为她还在埋怨寒冷,便天真地答道:"这么说,你要一点火啦?""火!"麻衣女说,腔调显得很怪,"那个已在地下15年之久的可怜小娃娃,难道你也能给她生个火吗?"她手脚哆嗦,声音发颤,眼睛发亮,一下子将跪着的身子挺直了。忽然,她伸出惨白枯瘦的手,指着那个正惊奇地望着她的孩子,喊道:"快把这孩子带走!吉卜赛婆娘就要来了!"随即一头扑倒在地下,额头碰在地面石板上,其响声就好比石头

阅读笔记

相击那样。那三个女子以为她死了，但过了一会儿，<u>她又动了起来，只见她趴在地上，手脚并用，爬到放小鞋的那个角落去</u>。这时她们三人不敢看下去了，再也瞅不见她了，只听到接连不断的亲吻声，接连不断的叹息声，间杂着撕心裂肺的哭叫声，一下又一下，好像是头撞墙的闷浊声。接着，传来一个猛烈的撞击声，把三个女子都吓得摇摇晃晃，随后就再也无声无息了。

"说不定撞死了？"吉尔维斯说着，一边贸然把头伸到窗洞口去张望，"嬷嬷！古杜尔嬷嬷！"

"古杜尔嬷嬷！"乌达德也喊道。

埋下伏笔

"小鞋"这一物品作为物证为后文隐修女与爱斯梅拉达的相认埋下伏笔，情节安排合情合理。

"啊，我的天哪！她不动了！"吉尔维斯接着说，"她真的死了？古杜尔！古杜尔！"

马耶特一直在那里哽咽，连话也说不出来，又使劲振作起精神来，说："等一下。"随即，她俯身向着窗洞喊道："帕盖特！巴格特！"

隐修女浑身战栗，光着脚站起来，一下子跳到窗洞口，两眼直冒火，把马耶特、乌达德、吉尔维斯和孩子，吓得连忙往后退，一直退到河岸的栏杆边去了。

这时候，隐修女那张阴森的面孔出现在窗洞口，紧贴着窗栏。她发出可怕的笑声，喊道："嗬！嗬！是那个吉卜赛婆娘在喊我吧！"

就在这时候，她狂乱的目光被耻辱柱那边的情景吸引住了。她憎恶地皱起额头，两只骷髅般的胳膊伸到黑牢的外面，像垂死的人那样喘着粗气，声音嘶哑地吼道："还是你，吉卜赛婆娘！是你在叫我吧，你这偷小孩的贼婆娘！好哇！你该死！该死，该死！该死！"

名师伴你读

▶ 品读与赏析

　　本章重点叙述对伽西莫多荒唐的审判过程以及隐修女的悲惨境遇，一面是嬉笑怒骂，令人忍俊不禁；一面是心如死灰，凄凄惨惨。通篇语言犀利、精彩，渲染了整个审判过程的荒唐可笑与人们的麻木不仁；而转到对隐修女的描写，却又显得悲凉。简单的对话和激动的情绪起伏刻画出一个失去孩子的母亲的痛楚及怨恨，将情节都推向荒唐可笑的境地，却引人去感受这宗教压抑下人物命运的悲惨。

▶ 学习与借鉴

　　1.对话描写：本章以对话推动情节发展，充满了反讽的意味，却又富有值得思考的深层含义。对伽西莫多的审判充满了喜剧效果，荒诞不经，仿佛两个不相干的人在自言自语；而妇女们与隐修女的对话也是各自言语，侧重点不同，更突出人物的特点。

　　2.伏笔的运用：文章多次用到伏笔的表现手法，"吉卜赛女郎会拐走孩子"、隐修女的小鞋都巧妙地运用了伏笔手法，为下文埋下线索；后文的隐修女的孩子被吉卜赛人拐走、隐修女与爱斯梅拉达通过小鞋相认，则是伏笔的照应。这种伏笔的使用使文章结构严密、紧凑，读者读到下文时，不至于产生突兀怀疑之感。

七　一滴水，一滴泪

　　那些聚集在河滩广场耻辱柱和绞刑架周围的群众，看见四名捕快从早上九点起就分立在耻辱柱四角，便料想到快行刑了。于是顷刻间，围观的人急剧增多，把四名捕快紧紧围住，四名捕快只得不停地用皮鞭猛抽和用马屁股推挡。

　　所谓耻辱柱，其实是非常简单的一种石碑，呈长方形，高约一丈，中间是空的。有一道被称为梯子的陡峭的粗糙石级，直通顶上的平台，平台上放着一轮橡木板的转盘。犯人跪着，双臂反剪，被绑在转盘上面，平台里面暗藏着一个绞盘，绞盘一转动，推动着一杆木头轮轴，轮盘随之转动起来，始终保持在一个平面上。这样，犯人的面孔便连续不断地呈现在观众面前，广场上任何一个角落都能看得见，这就叫作车转罪犯。

　　犯人被绑在一辆大车的屁股后面，终于来了，随即被拖上平台，从广场四面八方都能看见他被绳子和皮条牢牢绑在耻辱柱的转盘上面。这时候，广场上爆发了一阵震天响的唏嘘声，混杂着狂笑声和欢呼声。大家一眼就认出来了，他就是伽西莫多。

　　果然是他，他这次回来真是今非昔比，太不可思议了。昨天同样在这广场上，万众一齐向他欢呼致敬，拥立他为"愚人王"，而今天他竟成了耻辱柱上的囚犯！不一会儿，国王陛下指定的号手米歇尔·努瓦雷要大家肃静，扯着嗓子宣读法官大人的判决书。随后，便率领身着盔甲的一班手下退到大车的后面去了。

　　伽西莫多面无表情，连眉头都没有皱一下。任何反抗都是不可能的，皮条和铁链很可能已陷入皮肉里去了。伽西莫多任凭别人拖呀，推呀，扛啊，抬呀，绑了又绑。他的表情除了流露出野人或是白痴般的惊愕外，别的一点也猜不出来。人们知道他是聋子，似乎有人把他按在轮盘上跪下，他听任摆布，要跪就跪；别人扒掉他的上衣和衬衫，直到赤裸着上身，他也听任摆布，要扒就让人扒去；别人用皮带和环扣重新把他五花大绑，他依旧听任摆布，要绑就让人绑去。他不时喘着粗气，好比一头被绑在屠夫大车上的小牛，脑袋耷拉在车沿上摇来晃去。

观众一看到伽西莫多赤裸的驼背、鸡胸、满是老茧和毛茸茸的双肩，不禁一阵狂笑。正在大家乐不可支的时候，平台上爬上了一个身穿号衣、五大三粗的汉子，他是法庭的刽子手比埃拉·多尔得许。他先把一个黑色沙漏放在耻辱柱的一个角落，沙漏上端的瓶子里装满红色沙子，向下端的容器漏下去。刽子手脱掉外衣，右手举起一根用白色长皮条编成的细长皮鞭，油光闪亮，尽是疙瘩，末端有一些金属爪。他用左手漫不经心地挽起右臂的衬衫袖子，一直挽到腋下。

这时，若望·孚罗洛把他长满金色鬈发的脑袋伸出人群之上，高声喊道："先生们，太太们，快来看哪！这儿有人马上就要专横地鞭打我哥哥副主教大人的敲钟人伽西莫多，一个东方建筑艺术的怪物，瞧他的脊背是圆盖，双腿是弯曲的柱子！"

话音一落，人群发出一阵哈哈大笑，尤其是孩子们和姑娘们。

末了，刽子手一跺脚，圆轮立即旋转起来。伽西莫多被绑得结结实实，摇晃了一下，畸形的面孔顿时惊慌失色，周围的观众笑得更凶了。

旋转的轮盘把伽西莫多的驼峰一送到比埃拉老爷的面前，比埃拉老爷就举起右臂，细长的皮条有如一条毒蛇，在空中发出刺耳的咝咝声，狠命地抽打在伽西莫多的肩上。伽西莫多猛然惊醒，身子不由自主地扭动了一下，这才渐渐明白过来。由于吃惊和痛苦的缘故，他脸上的肌肉一阵猛烈抽搐，可是他没有呻吟一声，只是把头往后一仰，向左一转，再向右一闪，摇来晃去，就像一头公牛被牛虻叮着肋部，痛得摇头摆尾。紧接着是第二鞭、第三鞭……一鞭接一鞭，连续不断。轮盘不停地旋转，皮鞭雨点般不断落下，顿时鲜血直冒，驼子黝黑的肩背上淌出一道道血丝，而细长的皮条在空中抡动时，血滴四溅，飞溅到人群中间。

伽西莫多独眼发亮，肌肉紧绷，四肢蜷缩，竭力要挣断身上的镣铐，然而那些陈旧的镣铐倒是坚固得很，只是嘎嘎响了一下，仅此而已。伽西莫多精疲力竭，一头栽倒了，脸上的表情顿时由惊愕变成了苦楚和沮丧。他闭起了那只独眼，脑袋一下子低垂到胸前，断了气似的，随后，他不再动弹了。不论他身上血流不止也罢，一鞭狠过一鞭也罢，愈来愈兴奋、沉醉在行刑淫威中的刽子手火冒三丈也罢，比魔爪更锐利、发出嘶鸣声更尖厉的可怕皮鞭呼啸不已也罢，没有什么能使他再动一下。

行刑一开始，一个穿黑衣骑黑马的执行吏就守候在梯子旁边，他这时伸出手上的乌木棒，指了指沙漏。刽子手这才住手，转盘也才停住。伽西莫多慢慢地再张开眼睛，鞭笞算是完了。刽子手的两个小隶过来替犯人擦洗肩背上的血迹，给他涂上一种立刻可以愈合各种伤口的不知名油膏，并往他背上扔了一块状如祭袍的黄披布。与此同时，比埃拉抖动着他那被鲜血浸湿并染红的皮鞭，血便一滴滴落在地面的石板上。

对于伽西莫多来说，事情并没有了结，他还得在台上示众一个钟头。那些围观的民众，其愚昧的程度，恰如精神上和智力上均未成熟的儿童，尤其是缺乏同情心这一点，他们几乎人人自认为有理由可以怨恨圣母院的这个驼背大坏蛋。起初看见他出现在耻辱柱台上，大家欢天喜地，一片欢腾；随后看见他受到酷刑后惨不忍睹的境况，大家非但不可怜他，反而觉得增添了几分乐趣，怨恨更加恶毒了，妇女们闹得尤其凶。

"呸！反基督的丑东西！"一个叫道。

"骑扫把的魔鬼！"另一个喊着。

"多好看的鬼脸！"第三个说道，"今天要是昨天的话，凭这张鬼脸，他就能当上'愚人王'啦！"

"好哇！"一个老太婆接着说，"那是耻辱柱上的鬼脸。什么时候才能看到他在绞刑架上做鬼脸呢？"

"你这该死的敲钟人，什么时候才会在九泉之下顶着你那口大钟呢？"

"呸！聋子！独眼！驼背！丑八怪！"

"这副丑相可以叫孕妇吓得流产，任何为人堕胎的医生和药剂师都得甘拜下风！"

其他各种各样的咒骂，顿时如倾盆大雨；唏嘘声、诅咒声、笑声，连成一片；这里那里，石块纷飞。

这时，有头骡子驮着一个教士穿过人群走来了，伽西莫多阴云密布的脸上明朗了片刻。他老远就瞥见骡子和教士，这可怜的犯人顿时和颜悦色起来，原来愤怒得紧绷着的面孔浮现出一种奇怪的微笑，充满难以形容的温柔、宽容和深情，仿佛迎候一位救星的降临。可是等骡子走近耻辱柱，骑骡子的人能够看清犯人是谁时，他随即低下眼睛，猛然折回，用踢马刺一踢，赶紧走开了，仿佛怕丑八怪提出什么请求，急于要脱身似的，至于处在这样境地的一个可怜虫致敬也好，感激也好，他才不在乎呢。

这个教士就是克洛德·孚罗洛副主教。

伽西莫多的脸上又笼罩上阴云，而且更加晦暗了。时间渐渐过去，他待在那里至少有一个半钟头了，肝肠寸断，备受凌辱，受尽嘲弄，而且差点被人用石头活活砸死。突然，他怀着双倍绝望的心情，不顾身上戴着镣铐，再次拼命挣扎，连身下整个轮盘木架都被震得抖动起来。他本来一直不吭一声，这时竟打破沉默，嗓门嘶哑而凶狠，与其说像人叫，倒不如说似狗吠，压过了众人的咒骂声，只听得一声吼叫："水！"只见他脸涨得发紫，汗流如注，目光迷惘，愤怒和痛苦得嘴上直冒白沫，舌头伸在外面大半截。

这声悲惨的呼喊，不但没有打动周围人的怜悯之心，反而给刑台四周围观的人增添了一个笑料。那不幸的罪人叫喊口渴之后，周围应声而起的只是一片冷嘲热讽，再没有别的声音了。纵然有个把好心肠的人大发善心，有意要送一杯水给这个受苦受难的可怜虫，但耻辱柱那可恶台阶的周围弥漫着一种丢人现眼和无耻的偏见，也足以使乐善好施的人望而却步。

过了一会儿，伽西莫多用绝望的目光环视了一下人群，并用更加令人心碎的声音再次喊道："水！"

又是一阵哄笑。

"喝这个吧！"有人嚷着，并对着他的脸掷过去一块在阴沟里浸过的抹布，"拿去，可恶的聋子！算我欠你的情吧！"

有个女人朝他的脑袋扔去一个石块："给你尝尝这个，看你还敢不敢深夜敲那丧门钟，把我们都吵醒！"

"喂，小子！"一个跛脚一边号叫，一边吃力地想用拐杖揍他，"看你还敢从圣母院钟楼顶上向我们施展魔法不？"

"这是一只碗，给你舀水喝！"一个汉子把一只破瓦罐朝他的胸脯扔过去，叫道，"就因为你从我老婆面前走过，她才生了一个双脑袋的东西！"

"还有我的猫下了一只长着六个脚的猫崽！"一个老太婆捡来一块瓦片向他砸去，尖声叫道。

"水！"伽西莫多上气不接下气，喊了第三遍。

就在这时候，他看见人群突然闪开一条路，走出一个打扮奇怪的少女，身边带着一只有金色犄角的白山羊，手里拿着一只巴斯克手鼓。伽西莫多那只眼睛顿时亮了，这正是昨夜他千方百计想要抢走的那个吉卜赛女郎。他模模糊糊地意识到，自己正是为了这起袭击事件，此时才受到惩罚的。他毫不怀疑，这个吉卜赛姑娘也是来报仇的，也会像其他人一样来揍他、奚落他。

果然，只见她快步登上台阶，他愤怒和悔恨交加，连气都透不过来。她一言不发，默默走近那个扭动着身子妄图避开她的罪人，然后从腰带上解下一个水壶，轻轻地把水壶送到那可怜人干裂的嘴唇边。这时，只见他那只干涸、焦灼的眼睛里，滚动着一大滴泪珠，随后沿着那张因失望而长时间皱成一团的丑陋脸庞，缓慢地流下来。这不幸的人掉眼泪，也许还是平生第一次吧。可是，他竟忘记了喝水。吉卜赛女郎不耐烦地噘起小嘴，脸带笑容，把水壶紧靠在伽西莫多张开的嘴上，他实在渴得口干舌焦，一口接一口地喝着。一喝完，可怜人伸长污黑的嘴唇，大概想吻一吻那只刚援救过他的秀手。但是，姑娘也许有所戒备，并且想起昨夜那未遂的暴行，便像一个孩子怕被野兽咬着那样，吓得连忙把手缩回去。于是可怜的聋子盯着她看，目光充满责备的神情和无法表达的悲伤。这样一个女郎，娇艳、纯真、妩媚，却又如此纤弱，竟这样诚心诚意地跑来援救一个奇丑无比、心肠歹毒的家伙，这也许是世上最感人肺腑的一幕了，尤其是发生在耻辱柱上，这真是无与伦比的了。

所有的民众无不为之感动，一齐鼓掌并高呼："妙极了！妙极了！"

恰恰就在这个时候，隐修女从地洞的窗口上望见站在耻辱柱台上的吉卜赛女郎，随即又刻毒地诅咒道："你该千刀万剐，吉卜赛婆娘！千刀万剐！千刀万剐！"

爱斯梅拉达脸色发白，踉踉跄跄地走下耻辱柱平台。隐修女的声音仍然萦绕在她耳边："滚下去！滚下去！你这吉卜赛女贼，有一天你也会在上面遭受同样的下场！"

"麻衣女又胡思乱想了。"民众小声说道。

放下伽西莫多的时刻到了。他被解了下来，人群也就散开了。

伽西莫多猛然惊醒，身子不由自主地跳动了一下，这才渐渐明白过来了。由于吃惊和痛苦，他脸上的肌肉一阵猛烈抽搐。

名师伴你读

▶ 品读与赏析

本章写伽西莫多遭受酷刑，围观者幸灾乐祸、咒骂取笑，而爱斯梅拉达却勇敢地走上耻辱柱给他水喝。这种强烈的对比，刻画出爱斯梅拉达善良、勇敢的品质，而那一滴救命水和一滴感恩泪，唯美地刻画出耻辱柱上绝美的画面，打动人心。

▶ 学习与借鉴

1.对比描写：强烈的对比是整个《巴黎圣母院》的主要表现手法，而在本章被运用得淋漓尽致，围观人对伽西莫多恶毒的咒骂与爱斯梅拉达的宽容、善良形成强烈反差，令人震撼。这种对比原则的运用，使得小说的情节和人物显得更奇特，主题更鲜明、突出。

2.细节描写：文章多次使用细节描写，耻辱柱的介绍、伽西莫多遭受酷刑、爱斯梅拉达送水的过程，都是作者精雕细刻之处，他用极精彩的笔墨将人物的真善美和假丑恶和盘托出，既营造出了典型环境、刻画出不同人物的性格特征，更揭示了女主人公美好的品质。

八 少女的心事

转眼几个星期过去了。正是三月初风和日丽的一个春日,在夕阳映红的巍峨大教堂的对面,在教堂广场和前庭街的交会处,有一座哥特风格的华丽宅第。其门廊上端的石头阳台上,几个俏丽的少女谈笑风生,她们个个身穿绫罗丝绒,尤其纤手白嫩如脂,不难看出,她们都是富贵人家的千金小姐。确实如此,这是孚勒尔·德·贡德洛里耶小姐和她的同伴狄安娜·德·克利斯丹依、阿默洛特·德·蒙米歇尔、高兰布·德·加耶枫丹,以及德·尚谢勿西耶的小女儿。

这些倩女所在的阳台背连一间装潢富丽的房间,室内挂着弗朗德勒出产的印有金叶的浅黄帷幔。天花板上一根根平行的横梁上,有无数稀奇古怪的雕刻,彩绘描金,让人看了赏心悦目。一个个衣橱精雕细刻,这儿那儿,闪耀着珐琅的光泽。房间深处,一个高大壁炉从上到下饰满纹章和徽记,旁边有一张铺着红丝绒的华丽的安乐椅,上面端坐着贡德洛里耶夫人。她身旁站着一位年轻骑士,穿着御前侍卫弓手队长的华美服装,神态甚是自命不凡,虽然有点轻浮和好强,却仍不失为一位令所有女子为之倾倒的美少年。

环境描写
用繁缛的语言勾勒出豪华尊贵的室内场景,渲染一种悠闲的气氛,揭示了环境中人物优越的生活地位。

小姐们全都坐着,有的坐在房间里,有的坐在阳台上,有的坐在镶着金角的乌德勒锦团上,有的坐在雕着人物花卉的橡木小凳上。她们正在一起绣一幅巨大的壁毯,每人拉着一角,

> **阅读笔记**

摊放在自己的膝盖上，还有一大截拖在铺地板的席子上。她们一边交谈着，就像平常姑娘家说悄悄话见到有个年轻男子在场时那样细语悄声，一边抿着嘴笑。这位年轻人，虽说他在场足以刺激这些女子各种各样的虚荣心，他自己却似乎并不在意。他置身在这些美女当中，个个都争着吸引他的注意，可是他却好像格外专心地用麂皮手套揩着皮带上的环扣。老夫人不时低声向他说句话，他竭力回答得彬彬有礼，不过周到中显得有些笨拙和勉强。贡德洛里耶夫人同这个队长低声说话，面带笑容，心领神会地做些小手势，一面向女儿孚勒尔眨眨眼睛，从这些神态中可以很容易看出，他们之间有某种已确定的婚约，大概这位年轻军官与孚勒尔即将缔结良缘。然而从这位军官那尴尬和冷淡的神情来看，显而易见，至少在他这方面没有什么爱情可言。可那位和善的夫人，疼爱闺女真是迷了心窍，作为可怜母亲的她，哪能觉察得出这军官没有什么热情，还一个劲地轻轻叫他注意，说孚勒尔引针走线多么心灵手巧。

"喂，侄儿啊，"她拉了拉他的袖子，凑近他耳边说道，"你就看一看吧！瞅她正在弯腰的模样！"

"看着呢。"军官应道，随即又默不作声，一副心不在焉、冷冰冰的样子。

过了片刻，他不得不又俯下身来听贡德洛里耶夫人说："你哪里见过像你未婚妻这样讨人喜欢、这样活泼可爱的姑娘？有谁比她的肌肤更白嫩，头发更金黄吗？她那双手，难道不是十全十美吗？还有，她那脖子，难道不是像天鹅的脖子那样，仪态万方，让人看得心醉神迷吗？连我有时候也十分嫉妒你呀！你这放荡的小子，身为男人真有福分！我的闺女孚勒尔，难道不是美貌绝伦，叫人爱慕不已，使你心迷意乱吗？"

"那还用得着说！"他虽然这样答道，心里却在想别的事。

"那你还不去跟她说说话！"贡德洛里耶夫人突然说道，

> **综合描写**
> 一连串反问句式，层层递进，刻画出母亲对女儿的疼爱与赞美。

并推了他肩膀一下,"快去跟她随便说点什么,你变得太怕羞了。"

队长硬着头皮照办了。

"好表妹,"他走近孚勒尔的身边说道,"这幅帷幔上绣的是什么?"

"好表哥,"孚勒尔应道,声调中带着懊恼,"我已经告诉你三遍了。这是海神的洞府。"

队长那种冷淡和心不在焉的样子,孚勒尔显然比她母亲看得更清楚。他觉得必须交谈一下,随即又问:"这幅海神洞府的帷幔,是给谁绣的呢?"

"是给郊区圣安东尼修道院绣的。"孚勒尔答道,眼睛连抬都没抬一下。

队长伸手抓起挂毯的一角,再问:"我的好表妹,这是什么,就是那个鼓着腮帮、使劲吹着海螺的肥头胖耳的军士?"

"那是小海神特西多。"她应道。孚勒尔的答话老是只言片语,腔调中有点赌气的味道。年轻队长挖空心思,却怎么也想不出更温柔更亲密的话来,只听见他说:"你母亲为什么像我们的祖母似的,老穿着查理七世时代绣有纹章的长褂呢?好表妹,请你告诉她,这种衣服现在不时兴了,那袍子上作为纹徽所绣的门键和月桂树,使她看上去活像会走动的壁炉台。其实,现在谁也不会这样坐在自家旌旗上,我向你发誓。"

孚勒尔抬起漂亮的眼睛,用责备的目光瞅着他,低声说道:"你向我发誓的就是这个吗?"

然而,心地善良的贡德洛里耶夫人看见他俩这样紧挨着低低细语,真是欣喜若狂,便摆弄着其祈祷书的扣钩,说:"多么动人的爱情图画呀!"

身材苗条的7岁小女孩倍韩日尔·德·尚谢勿西耶,本来从阳台栏杆的梅花格子里望着广场,此时突然叫嚷起来:"啊!来看哪,孚勒尔教母,那个漂亮的舞女在石板地面上敲着手鼓

阅读笔记

跳舞,一大堆市民围在那里看呢!"

果真传来巴斯克手鼓响亮的颤音。

"是某个波希米亚的吉卜赛女郎吧。"孚勒尔边说边扭头向广场张望。

"看去!看去!"那几位活泼的同伴齐声喊道,一起拥到阳台边。孚勒尔心里一直在揣摩着未婚夫为什么那么冷淡,慢吞吞地跟了过去,而这个未婚夫知道这场拘谨的谈话被这意外的事情打断了,松了一口气,俨如一个换下岗的士兵,一身轻松地回到房间里。给美丽的孚勒尔放哨,这在往日倒是一件可爱的差事,但年轻队长却早已渐渐腻烦了,并随着婚期日益临近,也就一天比一天更加冷淡了。况且,他生性朝三暮四,而且情趣有点庸俗不堪。他虽说出身高贵,但在军队中染上了不止一种兵痞的恶习。他喜欢的是酒馆以及随之而来的一切,尤其是下流话、军人式的吊膀子、水性杨花的美女、轻而易举的情场得意。虽然他曾从家庭受到过一点教育,也学过一些礼仪,但他年纪轻轻就走南闯北,年纪轻轻就过着戎马生涯,因而在军士的武器肩带的摩擦下,他那贵族的光泽外表也就黯然失色了。好在他还知道人世间的礼貌,还不时来看望孚勒尔小姐,可是每次到了她家里,总是备感难堪:一来是因为到处寻欢作乐,随便把爱情滥抛,结果留给孚勒尔小姐的则所剩无几了;二来是因为置身在这么多深居闺阁、循规蹈矩的丽人当中,一直提心吊胆,生怕自己说惯了粗话的那张嘴,突然会像脱缰的马,控制不了自己,无意中露出小酒馆那般不三不四的话来。可以设想一下,要是如此,后果会有多糟!

于是,他站在那里好一会儿,若有所思也罢,若无所思也罢,默默地靠在雕花的壁炉框上。这时,孚勒尔小姐蓦然回头对他说:"表哥,你不是说过,两个月前你查夜时,从十来个强盗手里救下了一个吉卜赛小姑娘吗?"

"我想是的,表妹。"队长应道。

比喻修辞

将弗比斯摆脱拘谨的心情风趣幽默地比喻成换下岗的士兵,形象地刻画出卫队队长的腻烦心理,也凸显出他自身的性格特点。

埋下伏笔

总结式的心理刻画,把卫队队长的卑劣心理充分展现出来,为后文写他对爱斯梅拉达的无情埋下伏笔。

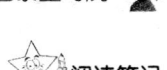

"那好，"她接着说道，"现在广场上跳舞的说不定就是那个吉卜赛姑娘。你过来看一下，是不是认得出来，弗比斯表哥。"

他看得出，她亲切地邀请他到她身边去，还有意叫他的名字，这其中暗含着重归于好的意思。弗比斯缓步走近阳台那里，孚勒尔含情脉脉，把手搭在弗比斯的胳膊上，对他说道："喏，看那边正在跳舞的小姑娘，她就是你说的那个吉卜赛姑娘吗？"

弗比斯望了望，应道："没错，我从那只山羊就认出是她。"

"啊，真是漂亮的小山羊！"阿默洛特合起双掌赞叹道。

"教母，"倍韩日尔的眼睛一直不停地转动，突然抬眼向圣母院钟楼顶上望去，不由得惊叫起来，"那是谁，顶上那个黑衣人？"

姑娘们个个抬起眼睛。果真在朝向河滩广场的北边钟楼顶端的栏杆上，凭倚着一个男子。那是一个教士，他的衣裳和双手托住的面孔，都可以被看得一清二楚。而且，他像一尊雕像，纹丝不动，他的眼睛直勾勾地紧盯着广场。这情景真有点像一只鹞鹰刚发现一窝麻雀，死死盯着它们看，一动也不动。

> **比喻修辞**
> 形象化的比喻突出副主教阴冷的性格与凶狠的神情。

"那是若扎斯的副主教大人。"孚勒尔答道。

"你从这里就一眼认出他来，你的眼睛真好哇！"加耶枫丹说道。

"他瞅着那个跳舞的小姑娘多么入神哪！"狄安娜·德·克利斯丹依接着说。

"那个吉卜赛姑娘可得当心！"孚勒尔说，"他不喜欢吉卜赛人。"

"那个人这样瞅着她，真是大煞风景！瞧，她的舞跳得多精彩，把人看得眼都花了。"阿默洛特插嘴说。

"弗比斯好表哥，"孚勒尔突然说道，"既然你认识这

> **阅读笔记**

个吉卜赛小姑娘，那就打个手势叫她上来吧！这会叫我们开心的。"

"说得极是！"小姐们全拍手喊道。

"那可是荒唐事一桩！"弗比斯答道，"她大概早把我忘了，而我连她的名字也不知道。不过，既然小姐们都愿意，那我就试试看。"于是，他探身到阳台栏杆上喊道："小姑娘！"

跳舞的姑娘恰好这时没有敲手鼓，随即转头向喊声传来的方向望去，炯炯目光落在弗比斯身上，一下子停了下来。

"小姑娘！"队长又喊道，并用手指示意她过来。那个少女再望了他一眼，脸上顿时浮起红晕，双颊仿佛着了火似的。她把小鼓往腋下一夹，穿过目瞪口呆的观众，向弗比斯叫喊她的那幢房子走去，步履缓慢而摇曳，目光迷乱，就像一只鸟经不住一条毒蛇的诱惑那般。

> **细节描写**
> "浮起红晕""步履缓慢而摇曳""目光迷乱"等描述将爱斯梅拉达对弗比斯队长的爱慕之情完美地展现出来，刻画细致。

过了片刻，帷幔门帘撩开了，吉卜赛女郎出现在房间门槛上，脸色通红，手足无措，气喘吁吁，一双大眼睛低垂着，不敢再上前一步。

倍韩日尔高兴得拍起手来。

吉卜赛女郎依然站在门槛上不动。她的出现对这群小姐产生了一种奇特的影响，她的艳丽，真是世所罕见。她一出现在房门口，就仿佛散发出一种特有的光辉。在这拥挤的房间里，在幽暗的帷幔和炉壁板的环绕之中，她比在广场上更风姿绰约、光彩照人，好比一把火炬从大白天阳光下被带到阴暗中来了。几位高贵的小姐不禁眼花缭乱，一个个都多少感到自己的姿色受到了损害。

这期间，吉卜赛少女一直等待着人家发话，心情激动万分，连抬一下眼皮都不敢。倒是队长先打破沉默，用他惯常的那种肆无忌惮的狂妄的腔调说："我也发誓，这儿来了个尤物！你说呢，表妹？"

阅读笔记

孚勒尔装模作样，带着轻蔑的口吻假惺惺地应道："还不错。"

其他几个小姐在交头接耳。

"好孩子，"弗比斯夸张地说，同时也朝她走过去几步，"我不知是否三生有幸你能认出我来……"

没等他说完，她即刻打断他的话，满怀无限的柔情蜜意，抬起眼睛对他微笑，说道："啊！是的。"

"她记性可真好。"孚勒尔说道。

"喂，那天晚上，你急速溜走了。是我吓着你了吗？"弗比斯接着说。

"噢！不。"吉卜赛女郎答道。

先是一声"啊！是的"，接着又是一声"噢！不"，声调中蕴藏着难以言表的某种情韵，孚勒尔听了深感不快。

用词准确

"啊""噢"简单的两个感叹词，足以将爱斯梅拉达的害羞和孚勒尔不快的原因传达出来。

"我的美人，"队长每当同街头卖笑女郎搭讪，总是摇唇鼓舌，说得天花乱坠，随即继续往下说，"你走了，留给我一个凶神恶煞般的家伙，独眼、驼背，我相信是敲钟人。据说他是某个副主教的私生子，天生的魔鬼，他胆大包天，竟敢抢你，真是岂有此理！那只猫头鹰他想对你搞什么鬼？嗯，说呀！"

"我不知道。"她答道。

"想不到，他竟敢如此胆大妄为！一个敲钟的，竟像一个子爵，公然绑架一个姑娘！一个平民竟玩起贵族的把戏来！真是天下少有！不过，他吃了大苦头啦。比埃拉是个粗暴、无情的行刑人，不论哪个坏蛋一旦落在他手里，非被揍得死去活来不可。如果你喜欢，我可以告诉你，那个敲钟人的皮都被他巧妙地剥下来了。"

"可怜的人！"吉卜赛女郎听了这番话，又回想起耻辱柱上的那幕情景，不由得说道。

队长纵声哈哈大笑起来："牛角尖的见识！瞧这种怜悯的

> **阅读笔记**

> **前后照应**
>
> 卫队队长不经意间流露出的污秽的语言，正符合小酒馆式的对话，与前文卫队队长怕泄露脏话前后照应，人物的卑劣本性展露无遗。

样子，就像一根羽毛插在猪屁股上！我情愿像教皇那样挺着大肚子，假如……"猛然住口，"对不起，小姐们！我想，差点就要说蠢话了。"

"呸，先生！"加耶枫丹小姐说道。

"他是用他的下流语言跟那个下流女人说话呢！"孚勒尔心中越来越恼怒，轻声添了一句。队长被吉卜赛女郎，尤其被他自己迷住了，脚跟转来转去，显出一副粗俗而天真的兵痞式媚态，一再反复说："一个绝色美人，我以灵魂起誓！"孚勒尔把这一切看在眼里，心中的恼怒有增无减。

"穿得不伦不类！"狄安娜·德·克利斯丹依说，依然露出美丽的牙齿笑呵呵的。

对其他几个小姐来说，这一看法简直是一线光明，她们立刻看清了吉卜赛女郎可攻击的薄弱环节，既然啃不动她的美貌，便向她的服装猛扑过去。

"不过这话倒是千真万确，小妞。"阿默洛特说，"你从哪里学来了不披头巾、不戴胸罩就这样满街乱跑呢？"

"裙子还短得吓人。"加耶枫丹小姐插上一句。

"我亲爱的，"孚勒尔酸溜溜地接着说，"你身上那镀金的腰带，叫那班巡捕看见了会把你抓起来的。"

"小妞，小妞，"克利斯丹依小姐皮笑肉不笑地说，"你要是正经地给你的胳膊套上袖子，就不会给太阳晒得那么焦黑了。"

这些倩女恶毒和恼怒的语言，像一条条毒蛇围着这个在街头跳舞的吉卜赛女郎缠来缠去。她们既冷酷又文雅，恶意地尽情挑剔吉卜赛女郎那身缀满金属碎片的寒碜而轻狂的装束，一丝一毫也不放过。

她们又是讥笑，又是挖苦，又是侮辱，没完没了。冷言冷语、傲慢的关怀、凶狠的目光，一股脑向吉卜赛姑娘倾泻。简直就像一群美丽的母猎犬，鼻翼张开，眼睛冒火，围着树林里

> **前后照应**
>
> 把恶毒的语言比喻成毒蛇，把倩女们对爱斯梅拉达的痛恨比作猎犬围攻牝鹿，既富有形象感，又贴切地表现出倩女们对爱斯梅拉达的嫉妒与挖苦。

的一只牝鹿团团转，而主人的目光却禁止它们把牝鹿吞吃掉。

在这些名门闺秀面前，一个在大庭广众之下跳舞的可怜少女算得了什么！她们似乎对她的在场毫不在意，竟当着她的面，对着她本人，就这样高声品头论足，好像在议论一件相当不洁、相当下流，却又相当好看的什么玩意。

对这些如针扎一般的伤害，吉卜赛女郎并非毫无感觉，她的眼睛和脸颊，不时燃烧着愤怒的光芒，浮现出羞愧的红晕；嘴唇颤动，似乎支支吾吾说着什么轻蔑的话；噘着小嘴，鄙视地做出读者所熟悉的那种娇态。不过，她始终没有开口，一动也不动，目光无可奈何，忧伤而又温柔，一直望着弗比斯，这目光中也包含着幸福和深情。好似她由于害怕被赶走，才竭力克制住自己。

至于弗比斯，他笑着，神态鲁莽而又怜悯，站在吉卜赛女郎一边。"让她们说去吧，小妞！"他把金马刺碰得直响，一再说道，"你这身打扮确实有点离奇和粗野，不过，像你这样俊俏的姑娘，有什么好大惊小怪的呢！"

"我的天哪！"满头金发的加耶枫丹小姐挺直她那天鹅似的长脖子，脸带苦笑，叫嚷起来，"依我看哪，王家弓箭手老爷们碰上吉卜赛女人的漂亮眼睛，也太容易着火啦。"

"为什么不？"弗比斯说。

队长的这句话本来是无心的，就像随便扔出一个石子而不管它落到哪里一样，可是小姐们一听，加耶枫丹笑了起来，克利斯丹依也笑了，阿默洛特也笑了，孚勒尔也笑了——同时眼睛里闪动着一滴泪珠。

吉卜赛女郎刚才听到了加耶枫丹的话，眼睛一下子耷拉下来，紧盯着地上，这时又抬起头来，目光闪烁，充满着喜悦和自豪，紧盯着弗比斯。这时，她真是美艳绝伦。

老夫人见此情景，深感受到触犯，却又弄不明白是怎么一回事。"圣母哇！"她突然嚷了起来，"是什么东西在搅动我

用词准确

"燃烧""浮现""颤动""噘着"等极富感染力的动词描写出吉卜赛女郎的愤怒和坚忍，惟妙惟肖。

细节描写

本是用反复的手法描写大家的笑，却在孚勒尔的笑的后面加上闪动着一滴泪珠的细节点缀，把孚勒尔微妙的情绪很好地展现出来。

阅读笔记

的腿？哎哟！可恶的畜生！"原来是山羊刚过来找女主人，向她冲过去时，坐在那里的贵妇人的拖到脚上的一大堆蓬蓬松松的衣裙，把山羊的两只角缠住了，大家的注意力一下子分散开了。吉卜赛女郎一言不发，走过去把山羊解救出来。

"啊！瞧这小山羊，蹄子还是金的呢！"倍韩日尔嚷着，高兴得跳起来。

吉卜赛女郎跪了下来，腮帮紧偎着山羊温驯的头，仿佛在请求山羊原谅她刚才那样把它丢在一旁。

这时候，克利斯丹侬探身贴在加耶枫丹的耳边说："哎呀！天哪！我怎么没有早些想到呢？这不就是那个带着山羊的吉卜赛姑娘吗？人家说她是女巫，还说她的山羊会要种种魔法。"

"那敢情好，"加耶枫丹说道，"那就叫山羊也给我们耍一个魔法吧，让我们也开开心。"

克利斯丹侬和加耶枫丹赶忙对吉卜赛女郎说："小姑娘，那就叫你的山羊变一个魔法吧。"

"我不知道你们在说什么。"吉卜赛女郎应道。

"一个奇迹，一个戏法，总之一个妖术吧。"

"不明白。"她又轻轻抚摸着漂亮的山羊，连连喊着："加丽！加丽！"

这时候，孚勒尔注意到山羊的脖子上挂着一个皮做的绣花小荷包，便对吉卜赛女郎说："那是什么东西？"

吉卜赛女郎抬起一双大眼睛望着她，郑重其事地应道："那是我的秘密。"

设置悬念
用小荷包引出秘密，制造悬念，引人思考：秘密是什么呢？

"我倒很想知道你葫芦里卖的什么药。"孚勒尔心里想着。这时候那个夫人脸带愠色站了起来："喂，吉卜赛姑娘，既然你和你的山羊连给我们跳个舞都不行，那你待在这里干吗？"

吉卜赛女郎没有应声，慢慢地向门口走去，然而，越靠近门口,越放慢脚步,似乎有个难以抗拒的磁石在吸引着她。突然,她把噙着泪花的润湿的眼睛移向弗比斯,随即站住了。

"真是天晓得!"队长喊道,"不能就这样走掉。你回来,随便给我们跳个什么舞。噢!对了,我心上的美人,你叫什么名字?"

"爱斯梅拉达。"吉卜赛女郎应道,眼睛依然看着他。

听到这古怪的名字,小姐们都笑疯了。"真是的,一个小姐叫这样一个可怕的名字!"克利斯丹依说。

"你很明白,这是一个巫女吧。"阿默洛特接着说。

"我亲爱的,"贡德洛里耶夫人一本正经地说道,"肯定不是你父母从洗礼的圣水盘里给你捞到这个名字的吧。"

正当她们说话的时候,倍韩日尔趁人不注意,用一块小杏仁饼逗引小山羊,把它拉到角落去已好一会儿了,她俩顿时就成了好朋友。好奇的女孩把挂在小山羊脖子上的荷包解下,打开来一抖,把里面的东西全倒在了席子上。原来是一组字母,每个字母都分开单独写在一小片黄杨木上。这些玩具似的字母刚摊在席子上,倍韩日尔即刻吃惊地看见了一个奇迹:小山羊用金蹄从中选出几个字母,轻轻地推着,把这些字母排列成一种特殊的顺序。不一会儿工夫,就排成一个词,山羊好像谙于拼写,不假思索就拼写成了。倍韩日尔赞叹不已,一下子合掌惊叫起来:"教母,快来看哪,瞧山羊刚刚做了什么?"

孚勒尔跑过去一看,不禁全身一阵战栗,地板上那些排列有序的字母组成这个词:弗比斯。

"这真是山羊写的?"孚勒尔声音大变,问道。

"对,教母。"倍韩日尔说。

<u>毋庸置疑,小女孩不会写字。"这就是所谓的秘密呀!"孚勒尔心里揣摩着。</u>

就在这个时候,传来小女孩的叫喊声,所有的人都闻声拔腿跑了过去,有母亲,有几位小姐,有吉卜赛女郎,还有那位

前后照应

"秘密"一词与爱斯梅拉达所有的秘密前后呼应,揭示了小荷包的秘密所在。

> 阅读笔记

军官。

吉卜赛女郎看见山羊刚才干的这件荒唐事，脸色红一阵白一阵，像个罪犯站在队长面前，浑身直打哆嗦，可队长却露出得意而又惊讶的笑容，定定地瞅着她。

"弗比斯！"小姐们简直惊呆了，低声说道，"这是队长的名字呀！"

"你的记性可真好哇！"孚勒尔向呆若木鸡的吉卜赛女郎说，随即放声哭了起来，美丽的双手捂住面孔，痛苦地讷讷道，"啊！这是一个巫女！"而她却听见心灵深处有个更苦楚的声音对她说："这是一个情敌！"她一下子晕倒了。

"我的女儿啊！我的女儿啊！"母亲吓得魂不附体。她又喊道："滚开，吉卜赛死丫头！"

爱斯梅拉达转瞬间把那些晦气的字母捡了起来，向加丽做了个手势，从一道门走了出去，而人们则把孚勒尔从另一道门抬了出去。

弗比斯队长独自站在那里，不知该走哪道门才好，犹豫了片刻，跟着吉卜赛女郎走了。

名师伴你读

▶ 品读与赏析

本章讲的是身处华丽宅第的倩女们让弗比斯邀请爱斯梅拉达进屋表演而发生的事。一方面倩女们对吉卜赛女郎争相挖苦，一方面小山羊拼字游戏透露出少女的心思。那些讽刺、挖苦的语言，尽展高贵小姐们的低俗、腐朽，而细腻的笔锋却透露出爱斯梅拉达的害羞、爱慕，双方形成强烈的对比，推动故事情节的进一步发展。

▶ 学习与借鉴

1.人物刻画：本章的主要人物是弗比斯、孚勒尔、爱斯梅拉达，作者在人物刻画方面采用外貌描写与语言描写相结合的形式，展现人物性格，如外表一身威严正气的弗比斯队长与其污秽的语言形成差异，展现人物本来面目，这深化了作品的主旨——讽刺美好的外表却有一颗丑陋的心灵。

  2.场景描写：作者运用大段的场景描写，来展示人物对话的氛围，那些华丽装饰的后面，更多的是俗气、腐朽的灵魂，与此相比，在露天表演的爱斯梅拉达却高贵、美丽，在华贵的背景下更衬托出她超脱的美丽。

九　进展

　　小姐们刚才所看到的那个站在北边钟楼顶上，探身俯临广场，聚精会神望着吉卜赛女郎跳舞的教士，正是克洛德·孚罗洛副主教。

　　吉卜赛女郎翩翩起舞，手鼓在指梢上旋转，而且一边跳着普罗旺斯的沙拉邦德舞，一边把手鼓抛向空中。她舞姿矫捷、轻盈、欢快，并没有感觉到那垂直投射到她头上的可怕目光的压力。

　　群众蚁聚在她周围。不时，有个穿着红黄两色外衣的怪里怪气的男子出来帮她跑个圆场，然后又回到离舞女几步远的一张椅子上坐下，抱住山羊的头部搁在他的膝盖上。这个男人看上去像是吉卜赛女郎的伴侣。克洛德·孚罗洛从所站的高处向下望去，无法看清他的长相。自从看见这个陌生人时起，副主教便心猿意马了，既要注意跳舞姑娘，又要注意那个男人，脸色越来越阴沉了。他猛然挺直身子，全身一阵哆嗦，咕哝道："这个男人是谁？我向来都是看见她独自一个人的！"

　　一说完，他便又一头钻到螺旋形楼梯曲曲折折的拱顶之下，冲下楼去。在经过钟楼那道半开半闭的门前时，冷不防发现一件事情，这让他不禁一怔。只见伽西莫多俯身在好似巨大百叶窗的石板屋檐的一个缺口处，也正在向广场眺望。他看得那样入神，连他的养父走过那里都没有觉察。那只粗野的眼睛里，流露出一种奇异的目光，这是一种入了迷的温柔目光。克洛德情不自禁地喃喃道："这倒怪了！难道他也在看那个吉卜赛姑娘吗？"他继续往下走，不一会儿，心事重重的副主教便从钟楼底层的一道门走到了广场。

　　"吉卜赛姑娘到底怎么啦？"他混在那群被手鼓声吸引来的观众当中，

问道。

"不知道。"他旁边的一个人应道,"她忽而不见了,大概是到对面那幢房子里跳舞去了,是他们叫她去的。"

此时,在吉卜赛姑娘跳舞的地方,在同一张地毯上,副主教看到的只有穿着红黄两色上衣的那个男子。此人为了挣几个小钱,正在绕着圈子走圆场,只见他双肘搁在屁股上,脑袋后仰,面孔通红,脖子伸长,牙间咬住一把椅子,椅子上拴着向旁边一个女子借来的一只猫,猫吓得喵喵直叫。这个江湖艺人汗流如注,高高顶着由椅子和猫构成的金字塔,从副主教面前走过。副主教立刻喊道:"圣母哇!比埃尔·甘果瓦,你这是干什么?"

副主教声色俱厉,把那个可怜虫吓了一大跳,一下子连同其金字塔都失去了平衡,椅子和猫一股脑砸在观众的头上,激起一阵又一阵狂躁的叫骂声。要不是克洛德示意叫他趁混乱之时赶紧跟着自己躲进教堂里去,那么甘果瓦可就麻烦了。猫的女主人及周围所有脸上被划破擦伤的观众,很可能会一齐找他算账的。

甘果瓦把前面发生的那些事情,奇迹宫廷的奇遇啦,摔罐子成亲啦,三言两语地讲给他听。还说道,看来这门亲事是毫无结果了,每天晚上,吉卜赛姑娘都像头一天新婚之夜那样避开他。末了,他说:"这是有苦难言哪,都因为我晦气,讨了个贞洁圣女。"

"你的话是什么意思?"克洛德问道,听到上面的叙述,他的怒气渐渐消了。

"要说清楚可相当困难哪。"甘果瓦应道,"这是一种迷信。一个被称为吉卜赛公爵的老强盗告诉我,我的妻子是一个捡来的孩子,或者说,是个丢弃的孩子,反正都是一码事。她脖子上挂着一个护身符,据说这护身符日后可以使她与父母重逢,但是如果这姑娘失去了贞操,护身符随即将失去其法力。因而我们两个人都一直洁身自好。"

"那么,"克洛德接口说,面孔越来越开朗了,"你认为这个女人没有接近过任何男人?"

"你要一个男人怎么去对付迷信的事情呢?她脑子里装着这件事。我认为,在那班唾手可得的流浪女子当中,能像修女般守身如玉的,的确是凤毛麟角。不过她有三样法宝防身：一是吉卜赛公爵，把她置于直接保护之下；二是整个部落，人人把她尊敬得像圣母一般；三是一把小巧的匕首，从不离身，虽说法官大人三令五申禁止带凶器，但这个小辣椒总是把匕首带在身上什么隐蔽的角落，有谁胆敢碰她的腰身，那匕首马上就拔出来了。这真是一只野蛮的黄蜂，得了吧！"

克洛德并不就此罢休，接二连三地向甘果瓦盘问个没完。依照甘果瓦的评判，爱斯梅拉达这个姑娘，俏丽而又迷人；天真烂漫，对什么都不懂，却又对什么都热心；对男女之间的区别都还一无所知，甚至连在梦里也弄不清；生来就这个样子，特别喜欢跳舞，喜欢热闹，这种性情是她过去一直过着漂泊的生活养成的。甘果瓦好不容易才得知，她年幼时就跑遍西班牙和卡塔卢尼亚，一直到了西西里，他甚至认为，她曾经随着成群结队的茨冈人到过阿卡伊境内的阿尔及尔王国。有一点可以肯定的是，爱斯梅拉达还很小时就从匈牙利来到了法国。这个少女从所有这些地方带来了零零碎碎的古怪方言、歌曲和奇异的思想，因而说起话来南腔北调，杂七杂八，有点像她身上的服装一半是巴黎式的、一半是非洲式的那样。不过，她经常往来的那些街区的民众倒很喜欢她，喜欢她快快活活，彬彬有礼，活泼敏捷，喜欢她的歌舞。她认为全城只有两个人恨她，一谈起这两个人就心惊肉跳：一个是罗兰塔的隐修女，这个丑恶的隐修女不知与吉卜赛女人有什么恩怨，每当这个可怜的爱跳舞的姑娘走过那窗洞时，隐修女就破口咒骂；另一个人是位教士，每次遇到时向她投射的目光和话语，无不叫她心里发怵。

克洛德听到最后这一情况，不由得心慌意乱，甘果瓦对此却没有太留心。不过，这个爱跳舞的小姑娘没有什么可害怕的，她从不替人算命，这就免遭一般吉卜赛女人经常吃巫术官司的苦头。再说，甘果瓦如果算不上是丈夫，起码也称得上是兄长。对这种柏拉图式的婚姻，这个哲学家倒也心平气和了，总有个地方可以安身，总有面包可以活命吧。

每天早上，他总是跟吉卜赛姑娘一道，到街头帮她把观众给的小钱收起来；每天晚上，同她一起回到他俩的共同住处，任凭她把自己锁在单独的小房间里，他却安然入睡了。他认为，总的说来，这种生活挺温馨的，也有利于冥思默想。再则，凭良心说，这个哲学家对这位吉卜赛女郎是否迷恋到发狂的程度，他自己也说不准。他爱那只山羊，几乎不亚于爱吉卜赛女郎。这只山羊真是可爱，又温驯，又聪明，又有才情，是一只训练有素的山羊。这只金蹄山羊的魔法其实是些无伤大雅的把戏罢了。甘果瓦把这些把戏仔细说给副主教听，副主教看上去听得津津有味。在许多情况下，只要以这样或那样的方式把手鼓伸到山羊面前，便可以叫它变出想要的戏法。这都是吉卜赛女郎调教出来的，她对这类巧妙的手法具有罕见的才能，只用了两个月时间就教会了山羊用一些活动字母拼写出"弗比斯"这个词来。

"弗比斯！"克洛德说道，"为什么是弗比斯呢？"

"不清楚。"甘果瓦应道，"也许这是她认为具有某种神秘法力的一个词吧。她在独自一人时，翻来覆去低声念着这个词。"

"你有把握这仅仅是个词，而不是一个人的名字吗？"克洛德用他那特有的敏锐目光盯着他，又问。

"谁的名字？"甘果瓦说道。

"我怎么知道呢？"克洛德应道。

"那正是我所想的，大人。这帮流浪者多多少少都有点信奉拜火教，崇拜太阳。弗比斯就是从那儿来的吧。"

"我觉得不是你想的那样，甘果瓦。"

"反正这与我不相干。她要念'弗比斯'就随她念去呗。有一点是确信无疑的，那就是加丽喜欢我已经差不多同喜欢她一样了。"

"这个加丽又是谁？"

"雌山羊呗。"

克洛德用手托着下巴，看上去想入非非。过了片刻，突然猛转身向着甘果瓦。

"你敢对我发誓，你真的没有碰过？"

"碰过谁？母山羊吗？"甘果瓦反问道。

"不，碰那个女人。"

"我向你发誓，没有碰过。"

"你不是经常单独跟她在一起吗？"

"每天晚上，整一个钟头。"

克洛德一听，眉头紧蹙。

"咳！咳！一个男人同一个女人单独在一起，是不会想到念主祷文的。"

"以我的灵魂发誓，哪怕我念《主祷词》《圣母颂》，'我相信上帝——我们万能的父'，她对我的青睐，也不比母鸡对教堂更有兴趣。"

"拿你母亲的肚皮起誓，"克洛德粗暴地重复道，"发誓你手指尖没有碰过这个女人。"

"我发誓，还可以拿我父亲的脑袋担保，因为这两者何止一种关系！不过，我尊敬的大人，请允许我也提一个问题。"

"讲，先生。"

"这件事跟你何干？"

克洛德的苍白面孔顿时红得像少女的面颊似的。他好一会儿没应声，随后露出明显的窘态说道："听着，据我所知，你还没有被打入地狱。我关心你，并要你好。然而，你只要稍微接触一下那个吉卜赛魔鬼姑娘，你就要变成撒旦的奴隶。你明白，总是肉体毁灭灵魂的。要是你亲近那个女人，那你就大祸临头！说完了！"

"我试过一回，"甘果瓦搔着耳朵说道，"就在新婚那一天，结果倒被刺了一下。"

"甘果瓦，你居然这样厚颜无耻？"克洛德的面孔随即又阴沉下来了。

"还有一回，"甘果瓦笑眯眯地往下说，"我上床前从她房门的锁孔里瞅了瞅，正好看见穿着衬衫的那个绝世佳人，光着脚丫，想必偶尔会把床弄得直响吧。"

"滚，见鬼去！"克洛德目光凶狠，大喝一声，并且揪住甘果瓦的肩膀，把这个飘飘然的诗人猛地一推，随即大步流星，一头扎进教堂最阴暗的穹隆里去了。

一个早晨，磨坊若望·孚罗洛起床穿衣时，发觉他裤子口袋里的钱包没有半点钱币的响声了。他愁眉苦脸地穿上衣服，当他系鞋带时，突然灵机一动，计上心来。他先是把想法抛开了，可是那想法又回来了，弄得他把背心都穿反了，显然他头脑里正在进行着激烈的思想斗争。最后他把帽子狠狠地往地上一摔，嚷道："算了！什么都不管了。我找哥哥去。这可能会挨一顿训斥，我却可以捞到一个埃居。"他主意已定,遂匆匆忙忙穿上那件缀皮上衣,捡起帽子,大有豁出一条命的架势,走出门去了。

刚好有个听差从修道院走出来,他拦住那听差问道:"若扎斯的副主教大人在哪儿?"

"我想他在钟楼上他那间密室里。"听差应道,"不过,我劝你别去打扰他,除非你是教皇,或是国王陛下那样了不起的人物差派来的。"

若望一听,高兴得拍了一下手,说:"活见鬼!这可是难逢的良机,可以看一下那间赫赫有名的巫窟!"这么一想,主意已定,他毅然决然地闯入那道小黑门,沿着通往钟楼顶层的圣吉尔螺旋楼梯向上爬,爬到了柱廊,他停下来喘了一口气,连连说"见鬼",把那走不到尽头的楼梯骂得狗血喷头。他走过钟楼不一会儿,面前是一根从侧面加固的小柱子和一扇低矮的尖拱小门。"哎哟!"若望说,"大概就是这里了。"

"进来!"克洛德从密室里高声喊道,"我正等着你呢,故意把钥匙留在锁孔里。进来,雅克大人。"

若望放大胆子走了进去。在这样的地方来了这样一个客人,这叫克洛德感到十分尴尬。他不由得在椅子上打了一个寒噤,说:"怎么!是你,若望?你来这里做什么?"

"我的哥哥,"若望搭腔,竭力装出一副既得体,又可怜又谦恭的样子,带着天真无邪的神情,手里转动着帽子,"我是来向你请求……"

"什么?"

"一点我迫切需要的教诲。"若望不敢大声再说下去,"还有一点我更急需的钱。"他一下子顿住,没有继续说。

"若望,我对你很不高兴。"克洛德的语气很冷淡。

这是一句可怕的开场白,若望准备被狠狠训斥一顿。"若望,每天都有人向我告你的状。那次打架,你用棍子把一个名叫阿倍尔·德·拉蒙相的小伯爵打得鼻青脸肿,是怎么一回事……"

"噢!"若望说,"小事一桩!是个坏蛋侍从寻开心,骑着马在污泥里猛跑,溅了同学们一身泥!"

"你把那个叫马西耶·法尔吉的袍子撕破了,又是怎么一回事?"克洛德接着说道。

"噢！只不过是蒙泰吉的蹩脚小斗篷罢了！"

"诉状上明明说是长袍，而不是小斗篷，你懂不懂拉丁文？"

若望没有搭腔。

"是呀！"克洛德摇摇头接着说，"现在人的文化水平竟到了这个地步！拉丁语几乎听不到，叙利亚语无人知晓，希腊语那样叫人讨厌，甚至连最博学的人碰到一个希腊字就跳过不念，也不以为无知，反而说：这是个希腊字，念不来。"

听到这里，若望毅然抬起头来，说："兄长大人，请允许我用最纯正的法语，把墙上那个希腊字解释给你听。"

"哪个字？"

"ΑΝΑΓΚΗ①。"

克洛德的黄面颊上顿时泛起淡淡的红晕，仿佛火山内部激烈的震动而宣泄出来的一缕烟云。若望几乎没有觉察到。

"那很好，若望。"兄长强打起精神，结结巴巴地说道，"这字是什么意思？"

"命运。"

克洛德的脸色一下子煞白，而若望却漫不经心地说："还有下面那个希腊字，看得出来出自同一个人的手刻，意思是淫秽。你看我还懂得希腊文吧。"

克洛德缄默不语，这一堂希腊文课使他困惑不解。若望像一个被娇惯坏了的孩子，很是精明，看出这正是大胆提出要求的好时机，便装出柔声细气，开口说："我的好哥哥，难道你真的那样恨我，才摆出恶狠狠的样子给我看，仅仅因为我跟人打架闹着玩，狠狠打了谁几记耳光，踢了谁几下屁股，教训了一下那些毛头小子？"

然而，这种假惺惺的亲热劲，丝毫没有对严厉的大哥产生惯常的那种作用。"你到底想干什么？"克洛德生硬地问道。

"啊！好哥哥，我的靴底都破得吐舌头了，世上有比这更悲惨的厚底靴

---

① ΑΝΑΓΚΗ：希腊文，意思是命运。

吗?"

克洛德一下子又恢复了原来的那种粗声厉色:"新靴子会给你送去,钱分文不给。"

"哥哥,只要给个小钱!"若望苦苦哀求道,"我一定好好用功,把格拉田教令背诵出来;我一定好好信奉上帝;我一定争取成为品学兼优的毕达哥拉斯。不过,请给我一文小钱,行行好吧!饥饿张着大口,就在这儿,在我眼前,又脏,又臭,又深,连鞑靼人或是僧侣的鼻子都望尘莫及,难道你就忍心看我被饥饿吞掉?"

克洛德晃了晃满是皱纹的脑袋,又说:"不劳动者……"

若望没让他说完,嚷道:"算了,见鬼去吧!欢乐万岁!我要去喝酒,去打架,去打碎酒坛,去找姑娘!"说着,他把帽子往墙上一扔,把手指扳得像响板那样响。

克洛德神色阴沉,瞅了他一眼,"若望,你没有一点灵魂。"

"要是这样,根据伊壁鸠鲁的说法,我缺的是某种莫名其妙的东西所形成的莫名其妙的玩意。"

"若望,你应当认真想一想改过才是。"

"这个嘛,"若望叫道,同时看看他哥哥,又瞧瞧炉子上面的蒸馏瓶,"怪不得这里的一切都是荒唐的,种种想法和瓶瓶罐罐!"

"若望,你正站在滑溜溜的斜坡上,你可知道会滑到哪里去吗?"

"滑到酒馆去。"若望应道。

"酒馆通向耻辱柱,耻辱柱通向绞刑架。"

"绞刑架只是一架天平,一端是人,另一端是整个大地。能做那个人,那可太妙了。"

"绞刑架通往地狱。"

"地狱是一团大火。"

"若望啊若望,你的下场会很惨的。"

"开场倒是很好的。"

这时,楼梯口传来脚步声。

"别作声!"克洛德边说边把一根手指头按在嘴上。"雅克大人来了。听着,若望,"他又低声接着说,"你在这里看到和听到的,千万别说出去。你快躲到这个火炉下面去,别出声。"

若望蜷缩在火炉下面,灵机一动,计上心来:"对了,哥哥,给我一个弗罗林,我就不作声。"

"住口!我答应你就是了。"

"要马上给。"

"拿去吧!"克洛德气鼓鼓地把钱包扔给他。若望马上钻到炉底下,这时房门正好被推开了。

名师伴你读

▶品读与赏析

本章通过甘果瓦的陈述讲述关于爱斯梅拉达的故事以及若望与副主教的对话。甘果瓦无意将副主教所关心的爱斯梅拉达的故事一一摊出,而听者有意。副主教变化无常的表情正是他内心情欲的外在显露;而转到与若望的对话时,他又摆出一副副主教的模样,前后形成强烈的对比,极具讽刺意味。

▶学习与借鉴

1.结构紧凑:本章主要用对话与讲述的形式来构建故事的发展,一一解答副主教的疑问,进而让故事更明晰,结构更紧凑,从而使整章的结构更有条理性。

2.语言生动:副主教的别有用心、甘果瓦的心无城府、若望的流氓习气,都通过人物对话、各自的语言特点,准确地表现出来,既生动又形象。本章中若望很多反宗教的语言极具深意,深化了文章的主题思想。

十　阴谋

阅读笔记

来人身穿黑袍，神情阴沉，头发花白，满脸皱纹，年近六十，大概是一个医生或是一位法官。对于这个来客，克洛德连站起来一下都没有，只是做了个手势，叫他在门边一个板凳上坐下，好一会儿都不声不响，看上去像依然沉浸在冥思默想之中，然后才用几分恩主的口气对他说："日安，雅克大人。"

"你好，大人！"黑衣人连忙答道。

"我的大人。"雅克大人一躬到地，说道，"请问，我什么时候去把那个小妖精抓起来？"

"哪个小妖精？"

侧面描写

借雅克大人之口侧面描写小山羊的聪明可爱与爱斯梅拉达的美丽，也暗示了副主教的阴谋。

"就是大人知道的那个不顾教廷禁令，每天到广场上来跳舞的吉卜赛小妞！她有一只鬼魂附身的母山羊，长着魔鬼似的两个犄角，会认字，会写字，会算术，计算起来就像毕卡特里那么精。单凭这只山羊，就足以把全部流浪的波希米亚人都绞死。起诉状我已准备好了，要办马上就可以办，看看吧！我敢打赌，这个爱跳舞的姑娘可真是美人，那双漂亮的黑眼睛举世无双，真是两颗光彩夺目的吉卜赛宝石！什么时候动手？"

克洛德脸色煞白。"我会告诉你的。"他结结巴巴，声音含混不清，接着用劲说道，"管你的马克·塞奈纳就行了。"

"请大人放心。"雅克大人微笑着答道，"我回去马上叫人把他绑到皮床上去。可是这家伙是个魔鬼，连比埃拉·多尔得许都打累了，得用绞盘把他倒吊起来拷问！那是我们最妙的办法，非叫他尝尝厉害不可。"克洛德神情阴郁，看上去心不在焉，突然他掉头对雅克大人说："比埃拉大人……雅克大人，我的意思是，管你的马克·塞奈纳就得了！"

"是，是。可怜的家伙！他早该吃苦头啦。亏他想得出去参加巫魔夜会！身为审计院的一个膳食总管，理当知晓查理曼的文献，不是吸血鬼，就是害人精！至于那个小妞，大家叫她爱斯梅拉达，我恭候大人的盼咐。啊！等会儿走过门廊时，请你也给我讲一讲教堂入口处那个平雕的园丁是啥意思……嘿！大人，你到底在想什么呢？"

……这时，火炉下发出了一种类似咀嚼的声音——原来是躲在火炉下、正饥饿难耐的若望找到了一块干面包，于是就嚼了起来。克洛德担心若望再耍什么新花招，遂提醒他的弟子说，他们还得到门廊去一起研究几个雕像呢。于是两人走出了密室。若望如释重负，"哎哟"了一声，松了一大口气，因为刚才他在发愁，生怕膝盖顶着下巴，会磨出老茧来。

"赞美主哇！"若望从洞里爬出来叫嚷道，"两只猫头鹰总算走了。他俩的谈话真把我腻坏了！我的头简直就像钟楼敲钟似的，嗡嗡作响。还有那发霉的奶酪！快！我要赶紧下楼去，带上大哥的钱袋，把所有的钱统统拿去换酒喝。"

<u>他用深情和赞赏的目光，向宝贝钱袋里面瞥了一眼，又拉了拉身上的衣裳，擦了擦皮靴，掸了掸沾满炉灰的袖子，打着呼哨，跳起来旋转了一圈，仔细瞧了瞧密室里还有什么东西可拿，顺手从火炉上捡起几个玻璃器皿，好作为玩具拿去送给伊莎波·拉·居耶里，最后他才把门推开，活像一只鸟，欢蹦乱跳，沿着螺旋楼梯直冲下去。</u>

这时他听见有个人扯着响亮的大嗓门，连声破口大骂："上帝的血！上帝的肚皮！教皇的名字！……"

语言描写
语无伦次的语句将克洛德欲盖弥彰的卑劣行径刻画得入木三分。

用词准确
"拉""擦""掸""跳"……一系列动词的连用，很好地表现出若望得到钱的喜悦心情。

阅读笔记

"没错,这只能是我的朋友弗比斯队长!"若望嚷了起来。

"是你呀,弗比斯队长!"若望拉起他的手说道,"你可骂得真带劲啊。"

"长角和天杀的!"弗比斯应了一声。

"你自己才是长角和天杀的!"若望回敬了一句。"得啦,可爱的队长,谁惹你了,干吗这样滔滔不绝,妙语连珠呢?"

"对不起,哥们。"弗比斯摇着他的手应道,"脱了缰的马,一下子停不住哇。刚才破口大骂,正像骑着马在狂奔。我刚从那班假正经的女人那里出来,而每次出来,胸口总是堵得慌,塞满骂人的话,得吐出来才痛快,要不,就会活活憋死,肚皮被雷劈的!"

"你想不想去喝两杯?"若望问道。

弗比斯听到这话,顿时平静了下来。"那简直太好了,可是我没有钱。"

"我有!"

"你有?拿出来瞧瞧?"

若望神气活现,直截了当地把钱袋掏出来放在弗比斯的眼皮底下。这会儿,克洛德把雅克大人丢在一边,随他去惊讶得呆若木鸡,也尾随到他们身边,在几步开外停了下来,观察着他们两个人的一举一动。而他俩却全神贯注地看着那钱袋,压根没有注意到他。

弗比斯叫嚷了起来:"若望,一只钱袋在你口袋里,这简直是月亮映在一桶水里,看得见,摸不着,只不过是影子罢了。不信,我们打赌,里面装的是石子!"

若望冷淡地应道:"那你就瞧瞧我钱包里装的这些石子吧!"话音一落,二话没说,若望随即把钱袋往旁边界碑上一倒,那样子俨如一个赴汤蹈火救国的罗马人。

"真正的上帝呀!"弗比斯嘟哝道,"这么多银盾、大银

> **比喻修辞**
> 恰当的比喻写出了弗比斯对若望钱袋里是否有钱的怀疑。

> 阅读笔记

币、小银币,有些每两个就值一图尔的铜钱,有些巴黎德尼埃及真正的鹰币!……真叫人眼花缭乱!"

若望依然摆出一副神气十足和无动于衷的样子。有几个小钱滚落到泥浆里去了,弗比斯兴冲冲地弯下身去捡,若望连忙阻止他说:"算了吧,弗比斯·德·沙多倍尔队长!"

弗比斯算了算钱,郑重其事地回头对若望说:"你知道吗,若望,一共是二十三个巴黎苏!你昨夜到割嘴街抢了谁的钱啦?"

若望一头金色鬈发,把脑袋往后一昂,轻蔑地半眯起眼睛,说:"人家有个叫克洛德的笨蛋哥哥!"

"上帝的角哇!"弗比斯叫了一声,"那个神气十足的家伙!"

"喝酒去吧。"若望说道。

"去哪里?夏娃苹果酒馆吗?"弗比斯问道。

"不,队长,去老科学酒家。"

"呸!夏娃苹果酒馆的酒好,门边还有个向阳的葡萄架,每次在那里我都喝得挺过瘾的。"

"那好,就去找夏娃和她的苹果吧!"若望说道。然后,若望挽起弗比斯的手臂又说:"对啦,亲爱的队长,你刚才说到割嘴街,这太难听了,现在的人们不那么野蛮了,管它叫割喉街。"

> **前后照应**
> 此处再次印证"弗比斯"这个名字,与前文照应,也因为这个名字引起下文的一系列故事。

两个难兄难弟于是向夏娃苹果酒馆走去。<u>克洛德跟着他们,神色阴沉而慌乱。自从他上次同甘果瓦谈话以后,弗比斯这个该死的名字就一直同他全部的思想混杂在一起,单凭这魔术般的名字就足以使克洛德悄悄地跟随这一对无所牵挂的伙伴,惶惶不安。用心偷听他们的谈话,仔细观察他们的一举一动。</u>再说,要听他们所说的一切,那是再容易不过了,因为他们嗓门那么大,叫过往行人一大半听见他们的知心话,他们也不会感到难堪。他们谈论决斗啦,妓女啦,喝酒啦,狂玩啦。

走到一条街的拐角处，他们听到从附近岔路口传来一阵巴斯克手鼓的响声。克洛德听见弗比斯对若望说："天杀的！快走。"

"为什么，弗比斯？"

"我害怕被那个吉卜赛姑娘看见。"

"哪个吉卜赛姑娘？"

"就是牵一只山羊的那个小妞啊。"

"爱斯梅拉达？"

"正是，若望。我老是记不住她那个鬼名字。赶快走，要不，她会认出我来的，我不想这姑娘在街上跟我搭讪。"

"你认识她，弗比斯？"

听到这里，克洛德看见弗比斯揶揄一笑，欠身贴近若望的耳朵，轻声说了几句话。接着弗比斯哈哈大笑，得意扬扬，摇了摇脑袋。

"此话当真？"若望说道。

"用我的灵魂打赌！"弗比斯说。

"今天晚上？"

"你有把握她会来吗？"

"这还用得着问，难道你疯了不成，若望？这种事有什么好怀疑的？"

"弗比斯队长，你艳福不浅哪！"

这些谈话，克洛德一五一十全听在了耳朵里，他气得咬牙切齿，浑身直打哆嗦。他不得不停了一会儿，像个醉汉似的靠着一块界石，然后再赶紧尾随着那对活宝，等到赶上时，他们已经改换了话题，只听见他们扯着喉咙，没命地唱着一支古老的歌谣：

菜市场小摊的孩子，
生来像小牛被吊死。

阅读笔记

烘托
着重刻画夏娃苹果酒馆，交代了故事发生的地点与环境，为阴谋的产生烘托不安的气氛。

夏娃苹果这家驰名的酒馆，坐落在大学城环形街与行会旗手街的交叉处。大厅里摆满了桌子，墙上挂着闪闪发亮的锡酒壶，经常座无虚席，座位上坐满酒徒和妓女，临街有一排玻璃窗。门旁有一个葡萄架，门上方有一块哗啦直响的铁皮，用彩笔画着一个苹果和一个女人，风吹雨打，已经锈迹斑斑，它插在一根铁钎上，随风转动。这种朝街的风标，就是酒店的招牌。夜幕渐渐降临了，街口一片昏暗。酒馆灯火通明，透过窗上的破玻璃，人们可以听见酒杯碰撞声、吃喝声、咒骂声、吵架声。大厅里热气腾腾，铺面的玻璃窗上蒙着一层薄雾，人们可以看见厅里上百张密密麻麻、模糊不清的面孔，可以听见厅里不时传出一阵哄笑声。那些有事在身的行人，从喧闹的玻璃窗前走过去，连看都不看一眼。唯独时而有个把衣衫褴褛的男孩，踮起脚尖，头伸到窗台上，向着酒馆里面叫骂，嚷着当时取笑酒鬼的顺口溜："酒鬼，酒鬼，酒鬼，掉进河里做水鬼！"

用词准确
"侧耳倾听""凝目注视""轻轻跺脚"等把副主教等待弗比斯从酒馆出来的焦急心情很好地刻画了出来。

然而，有个人却泰然自若，在这声音嘈杂的酒馆门前踱来踱去，不停地向里面张望，而且一步也不离开，就像一个哨兵不能离开岗哨似的。他披着斗篷，一直遮到鼻子。这件斗篷是他刚刚从夏娃苹果酒馆附近的估衣店买来的，大概是为了防御三月晚间的寒气，说不定是为了掩饰身上的服装。这个人不时停下来，站在拉着铅丝网的那模糊不清的玻璃窗前，侧耳倾听，凝目注视，还轻轻跺脚。酒馆的门终于开了，他左等右等，似乎就是等这件事。从酒馆走出的两个酒徒，快活的脸色红得发紫。披斗篷的汉子连忙一闪，躲进街面的一个门廊里，监视着他俩的动静。

读者肯定已经认出弗比斯队长和若望这一对臭味相投的朋友了吧。躲在暗处窥探他俩的那个人，似乎也认出他们了，遂慢慢跟在他们后面。若望走起路来东扭西歪，弗比斯队长也跟着东蹭西颠，不过弗比斯队长酒量大，头脑一直很清醒。若望走着走着就势一滑，撞在墙上，浑身软绵绵地倒在菲立浦·奥古斯特的石板大路上了。酒徒们总怀有兄弟般的同情心，弗比斯多少还有一点这种怜悯心，便用脚把他推到一旁，把他的脑袋枕在一堆垃圾的斜面上，若望立刻呼噜呼噜打起鼾来，弗比斯累得气喘吁吁，冲着沉睡的若望说："活该，让魔鬼的大车经过时把你捡走才好呢！"一说完，径自走了。

披斗篷的人一直跟踪着他们，这时走过来在醉卧的若望跟前，停了片刻，好像犹豫不决，心烦意乱，随后一声长叹，也走开了，继续跟踪弗比斯去了。

弗比斯走到了圣安德烈代·阿克街时，发现有人在跟踪他。他偶然一回头，看见有个影子在他后面沿墙爬行。他停，影子也停；他走，影子也走。他对此并没有什么可担心的，暗自想道："该死的，反正我没有钱。"到了俄当学院门前，他突然停住，看见那个影子慢慢向他走过来，脚步那样缓慢，弗比斯可以看清这个人影披着斗篷，头戴帽子。这人影一挨近他身旁，陡然停住，一动不动，比倍尔特朗红衣主教的塑像还僵直。可是，这个人影的两只眼睛却定定地盯着弗比斯，闪烁着夜间猫眼的瞳孔射出来的那种光。

弗比斯生性胆大，又有长剑在手，并没有把这个影子放在眼里。然而，他看见这尊行走的塑像，这个化石般的人，仍不由得心里发怵，手脚冰凉。当时到处流传，说有个野僧夜间在巴黎街头四处游荡，闹得满城风雨，此时此刻，有关野僧的许多莫名其妙的传闻，乱七八糟地全浮现在他的脑海里。他吓得魂不附体，呆立了片刻。最后他打破沉默，勉强地笑了起来。

"先生，你要是像我所想的，是个贼，那就好比鹭鸶啄核桃壳，白费劲。我是个破落户子弟，亲爱的朋友。你到旁边去打主意吧，这所学校的小礼拜堂里倒有真正做木十字架的上等木料，全是镶银的。"

引用修辞

引用谚语自嘲破落，语言特色符合人物性格。

> 阅读笔记

那个人影从斗篷里伸出手来,像鹰爪似的重重一把抓住弗比斯的胳膊,同时开口说:"弗比斯·德·沙多倍尔队长!"

"怎么,见鬼?"弗比斯说道,"你知道我的名字!"

"我不仅知道你的名字,而且还知道今晚你有个约会。"披斗篷的人接着说,他的声音像从坟墓里发出来似的。

"不错。"弗比斯应道,目瞪口呆,"是7点钟。"

"就在一刻钟以后,在法洛代尔家里。"

"一点不差。"

"是圣米歇尔桥头那个娼妇。"

"是圣米歇尔天使,像经文所说的。"

"大逆不道的东西!"那鬼影嘀咕道,"跟一个女人幽会吗?"

"我承认。"

"她叫什么名字?"

"爱斯梅拉达。"弗比斯轻松应道,又逐渐恢复了他那种满不在乎的样子。

一听到这个名字,那人影的铁爪狠狠地晃了一下弗比斯的胳膊:"弗比斯·德·沙多倍尔队长,你撒谎!"

弗比斯赫然发怒,面孔涨得通红,往后猛然一跃,挣脱了抓住他胳膊的铁爪,神气凛然,手按剑把,而披斗篷的人面对着这样的狂怒,依然神色阴沉,岿然不动。这种情景谁要是看了,一定会毛骨悚然。

"基督和撒旦哪!"弗比斯队长叫道,"这种诽谤的话在我沙多倍尔的耳朵里还没怎么听到过!料你不敢再说一遍!"

"你撒谎!"影子冷冷地说道。

弗比斯队长牙齿咬得咯咯直响。什么野僧啦,鬼魂啦,乌七八糟的迷信啦,顷刻间全抛到九霄云外,他眼里只看到一个家伙,心里只想到所受的侮辱。

"好哇!有种!"他怒不可遏,连声音都哽住似的,结结巴巴地说道。他一下子拔出剑来，气得浑身直发抖，就如同恐惧时发抖那样，接着含混不清地说："来！就在这儿！马上！呸！看剑！看剑！让血洒在石板路吧！"

然而，对方却没动弹，看到对手摆开架势，准备好冲刺，他便说："弗比斯队长，别忘了你的约会。"他说这话时，由于心中的苦楚，声调微微颤抖。

<u>像弗比斯这样性情暴躁的人，宛如滚开的奶油汤，一滴凉水就可以立刻止沸。听到一句这么简单的话，弗比斯队长立即放下手中寒光闪闪的长剑。</u>

> **比喻修辞**
> "滚开的奶油汤"这一恰当的比喻，形象地传达出了弗比斯怒火中烧的心理，很好地突出其暴躁的性格特点。

"队长，"那个人又说，"明天，后天，一个月或者十年之后，你随时可以找我决斗的，我随时准备割断你的咽喉，不过现在你还是先去赴约吧。"

"没错，"弗比斯说，好像给自己设法找个下去的台阶，"一边是决斗，一边是会姑娘，这倒是在一次约会中难得碰到的两件畅快的事情。但我不明白为什么不能兼顾，顾了一头就得错过另一头呢！"一说完，他把剑再插入剑鞘。

"快赴你的约会去吧！"陌生人又说。

"先生，你这样有礼貌，我十分感谢。的确，明天有的是时间，够我们拼个你死我活，决一高下。我感谢你让我再快活一刻钟。本来我指望把你撂倒在阴沟里，还来得及赶去同美人幽会，特别是这种幽会让女人略等一等，倒显得很神气。不过，你这个人看起来是个男子汉，那就把这场决斗推迟到明天更稳妥些。我就赴约去了，定在七点钟，你是知道的。"说到这里，弗比斯搔了搔耳朵，接着往下说："啊！该死的！我倒忘了！我一分钱也没有，没法付那破房钱，那个死老婆子非得要先付房钱不可。她才不相信我呢。"

"拿去付房租吧。"

弗比斯感到陌生人冰凉的手往他手里塞了一枚大钱币，他忍不住收下这钱，并且握住那人的手。

埋下伏笔
以证明弗比斯的话为借口去看吉卜赛女郎,为下文暗杀弗比斯埋下伏笔。

"天哪!"他叫了起来,"你真是个人!"

"但有个条件,"那个人说,"你得向我证明,是我说错了,而你说的是真话。这就要你把我藏在某个角落里,让我亲自看看那个女人,她是否就是你提到名字的那一个。"

"嗯!我才不在乎呢。"弗比斯应道,"我们要的是圣玛尔泰那个房间,旁边有个小屋子,你可以躲在里面随便看个够。"

"那就走吧。"影子又说。

"悉听尊便。"弗比斯说道,"我不知道你是不是魔鬼老爷本人。不过,今晚我们就交个朋友吧,明天我把所有的债跟你一起算清,包括钱和剑!"

他俩随即快步往前走。不一会儿,听见河水的流动声,他们知道已来到当时挤满房子的圣米歇尔桥上了。弗比斯对同伴说:"我先带你进屋去,然后再去找我的小美人,我们约好,她在小堡附近等我。"

那个人没有搭腔。自从两个人并肩同行,他就一言不发。弗比斯在一家房子的矮门前停下,狠狠捶门。一线亮光随即从门缝里透了出来,只听见一个牙齿漏风的声音问道:"谁呀?"弗比斯应道:"上帝身体!上帝脑袋!上帝肚皮!"门立即开了,只见一个老婆子提着一盏油灯,人颤颤巍巍,灯也颤颤巍巍。老太婆弯腰曲背,一身破旧衣裳,脑袋摇来晃去,两个小眼窝,头上裹着一块破布,手上、脸上、脖子上,到处都是横七竖八的皱纹;两片嘴唇瘪了进去直陷到牙龈下面,嘴巴周围尽是一撮撮的白毛,看上去就像猫的胡须。屋内残破不堪,如同老太婆一样衰败。石灰刷的墙壁,天花板上发黑的椽条,拆掉的壁炉,每个角落挂满蜘蛛网,屋子正中摆着好几张缺腿断脚的桌子和板凳,一个肮脏的孩子在煤灰里玩耍,屋底有个楼梯——更确切地应该说是一个木梯子——通向天花板上一个翻板活门。

环境描写
环境描写与人物的刻画交相辉映,突出环境的恶劣,为后文副主教行凶渲染了气氛。

阅读笔记

一钻入这破烂的屋子,弗比斯的那位神秘伙伴就把斗篷一直拉到眼睛底下,而弗比斯一边像撒拉逊人那样骂个不停,一边让一枚埃居闪耀着太阳般的光辉,说道:"要圣玛尔泰房间。"

老太婆顿时把他看成大老爷,紧紧捏着那枚金币,把它放进抽屉里。这枚金币就是披黑斗篷的人刚才塞给弗比斯的。老太婆一转身,那个在煤灰里玩耍的蓬头垢面、破衣烂衫的男孩便敏捷地走近抽屉,拿起金币,并在原处放下一片刚才从柴火上扯下来的枯叶。

埋下伏笔

男孩换走了金币而放进枯叶,结果这成为爱斯梅拉达是妖女的罪证,为下文情节发展埋下伏笔。

老太婆向两位称为老爷的人打了手势,叫他们跟着她,遂自己先爬上梯子,上了楼,把灯放在一口木箱上。弗比斯是这里的常客,熟门熟路,便打开一道门,里面是一间阴暗的陋室,他对伙伴说道:"亲爱的,请进吧。"披斗篷的人二话没说,就走进去了。门一下子又关上了。他听见弗比斯从外面把门闩上,然后同老婆子一起下楼去了。灯光也消失了。

克洛德·孚罗洛(读者一定早已经看出来了,那野僧并非别人,而是克洛德),他在那间被弗比斯反闩上门的阴暗陋室里摸索了一阵子。这是建筑师在盖房子时,偶尔在屋顶与矮墙的连接处留下的一个隐蔽角落。正如弗比斯那奇妙无比的称呼一样,这小阁楼的纵剖面呈三角形,既无窗户,也没有透光的天窗,屋顶倾斜,人在里面根本无法站直身子。克洛德只好蹲在尘灰和被他踩得粉碎的灰泥残片里。

夸张修辞

使用夸张的手法刻画出副主教焦急等待的心情。

他等了一刻钟,似乎觉得老了一百岁。忽然,听见木梯子的木板嘎嘎响,有人上来了。梯口盖板给推开了,一道亮光照了进来。小阁楼那扇蛀痕斑斑的门上有一道相当宽的裂缝,他把脸贴了上去,这样便能够知道隔壁房间里的动静了。猫脸老太婆先从活板门钻了出来,手提着灯,接着是弗比斯,捋着小胡子,随后上来了第三个人,风姿绰约,楚楚动人——正是爱斯梅拉达。克洛德一看见她从地下冒出来,仿佛看见光辉耀眼

的显圣一般，情不自禁地浑身直打哆嗦，眼前云雾弥漫，心剧烈地"扑通扑通"直跳，只觉得一切嗡嗡作响，天旋地转。他什么也看不见，什么也听不见了。

待到他清醒过来，房间里只剩下弗比斯和爱斯梅拉达，两个人坐在那只大木箱上，旁边放着那盏灯。灯光下两张青春焕发的面孔和陋室深处一张简陋的床，在克洛德眼里显得格外刺目。那个少女羞答答、直愣愣、喘吁吁。她那长长的睫毛耷拉下来，遮盖在绯红的脸颊上。那个年轻军官神采飞扬。她不敢抬头看他一眼，只是机械地以一种傻得可爱的动作，用手指尖在板凳上胡乱画来画去，眼睛瞅着自己的手指。小山羊蹲坐在她的脚上面。

弗比斯队长打扮得特别风流，衣领和袖口上都缀着金银穗束，这在当时是十分潇洒的。

克洛德的热血在沸腾，太阳穴嗡嗡作响，要听清楚他俩在交谈什么，那可不是轻而易举的，他需要费好大的劲。

"啊！"少女说道，眼睛依然没有抬起，"别瞧不起我，弗比斯大人。我这样做觉得很不正经。"

"瞧不起你，漂亮的小姐，哪能！"弗比斯回答着，那表情又巴结又骄傲又高雅，"瞧不起你，上帝的脑袋呀！这从何说起呢？"

"因为我跟着你来了。"

"说到这个嘛，我的美人，我们还想不到一块去。瞧不起你是不应当的，可恨你倒是理所当然的。"

少女惊恐地瞅了他一眼："恨我！我究竟做错了什么？"

"因为你老是推三阻四，要我百般苦求你。"

"唉！"她说道，"那是因为我许了个愿，要是不恪守……我就再也找不到我父母……护身符就不灵啦……不过，这有什么呢？我现在还要父母做什么？"她这样说着，两只乌黑的大眼睛水灵灵的，含情脉脉、直勾勾地盯着弗比斯。

> **埋下伏笔**
> 再次提到护身符，既是对甘果瓦讲述的回应，也为下文母女相认做伏笔。

阅读笔记

"鬼才知道你在说什么！"弗比斯叫了起来。

爱斯梅拉达沉默了片刻，然后眼里流出一滴泪，嘴里发出一声叹息，说道："啊！大人，我爱你。"

爱斯梅拉达的身上有着一种纯洁的芳香，一种贞淑的魅力，弗比斯在她身旁多少感到有点不自在，可是听到这话，顿时放大了胆子，心荡神驰，说："你爱我！"并伸出胳膊搂住爱斯梅拉达的腰身。他期待的就是这个机会。

克洛德一看，遂用手指尖试了试藏在胸前的一把匕首的尖锋。

"弗比斯，"爱斯梅拉达轻轻推开队长紧搂着她腰身的那双手，继续说道，"你善良、慷慨、英俊。你救了我的命，我只不过是一个流落在波希米亚的可怜孩子。很久以前我曾做了一个梦，梦见有个军官来救我。这就是说还没有认识你之时，我就梦见你了，我的弗比斯。我梦到的那个军官，跟你一模一样，也穿着一身漂亮的军服，也长得相貌堂堂，也带着一把剑。你叫弗比斯，这个名字很好，我喜欢你的名字，喜欢你的剑。把你的剑抽出来给我看看，弗比斯！"

"真孩子气！"弗比斯说，他笑眯眯地拔出剑来。爱斯梅拉达看看剑把，瞧瞧剑身，好奇得实在可爱。她仔细瞄着剑柄上弗比斯姓名第一个字母的缩写图案，深情地吻着剑说："你是一位佩剑的勇士，我爱我的队长。"弗比斯再次抓住机会，趁她低头看剑的间隙，在她秀丽的脖子上吻了一下，少女猛地抬起头来，脸羞涨得像樱桃那样透红。克洛德在黑暗中牙齿咬得咯咯响。

"弗比斯，"爱斯梅拉达接着说道，"你听我说。你走一走吧，让我看一看你魁梧的身材，听一听你马刺的响声。你多么英俊哪！"

弗比斯为了讨得她的欢心，随即站起身来，踌躇满志，笑容可掬，带着责备的口吻说："你可真是个孩子！……啊，对

啦,宝贝,你可曾见过我穿礼服吗?"

"唉!没有。"她应道。

"那才叫漂亮呢!"

弗比斯走过来又坐在她身边,比原先更挨近她。"听着,我亲爱的……"

爱斯梅拉达伸出秀丽的手,在弗比斯的嘴巴上轻轻拍了几下,那一副充满孩子气的样子真是又痴情,又文雅,又快乐,说道:"不,不,我不听。你爱我吗?我要你亲口对我说,你是不是爱我?"

"是不是爱你,这还用得着说吗?我生命的天使!"弗比斯半跪着嚷道,"我的身体,我的血液,我的灵魂,一切都属于你,一切都为了你。我爱你,从来只爱你一人。"

这些话,弗比斯在许许多多类似的场合说过成千上万遍了,所以一口气便滔滔不绝全倒了出来,连一丁点差错都没有。一听到这种情意缠绵的表白,爱斯梅拉达抬头望着肮脏的天花板,仿佛那就是天穹,目光中充满着天使般的幸福神情。她喃喃道:"啊!要是此时此刻死去那该多好哇!"

她这样说着,双臂钩住弗比斯的脖子,用恳求的目光从下往上打量着他,泪眼婆娑,却露出美丽的笑容。突然,她看见弗比斯头顶上方出现了另一个脑袋,面孔灰白、铁青,不断抽搐,魔鬼般的目光闪闪烁烁。这张面孔旁边有只手,手执一把匕首,这是克洛德的脸和手。他原来破门扑到这里来了。弗比斯无法看见。<u>在这骇人的幽魂鬼影的恐吓下,爱斯梅拉达一下子怔住了,手脚冰凉,叫不出声来,这情景好比一只鸽子猛抬头,冷不丁发现老雕瞪圆着眼,正在窥视着鸽窝。</u>她连一声也喊不出来,眼睁睁地看着那把匕首往弗比斯身上猛扎下去,再拔出来,鲜血四溅。

"晦气!"弗比斯叫了一声,倒了下去。她也昏死了过去。

> **比喻修辞**
> 形象生动的比喻更加显出副主教的凶残与爱斯梅拉达的惊恐,极为贴切。

正当她闭起眼睛,正当她心中任何的情感都烟消云散,她真切地觉得自己的嘴唇像被火炙烤了一下似的,那是比刽子手烧红的烙铁还要烫人的一个亲吻。

等苏醒过来,她看见自己被巡夜的兵卒紧紧围住,人们正把倒在血泊里的弗比斯抬走,克洛德早已无影无踪了。房间深处临河的那扇窗户敞开着,人们捡到一件斗篷,猜想这斗篷是弗比斯的。她听到周围的人在议论:"是一个巫婆刺杀了一位军官。"

名师伴你读

▶ 品读与赏析

本章讲述了克洛德跟踪弗比斯进而杀害弗比斯的惊险过程。紧张、凝重的氛围渲染着故事发展的气氛,跌宕起伏,层层推进,特别是爱斯梅拉达与弗比斯的亲密对话描写,生动形象,而躲在一旁偷窥的克洛德却时时带着杀气,让整个故事都显得紧张,扣人心弦。

▶ 学习与借鉴

1.情节跌宕起伏:本章围绕副主教的阴谋层层展开,伴随着紧张、凶险的气氛,故事情节跌宕起伏——夏娃苹果酒馆的跟踪、与弗比斯的对话、偷窥弗比斯与爱斯梅拉达的谈情,他宛如一个幽灵飘荡在整个故事情节之中,牵引整个事件的发展,他后来刺伤弗比斯,阴谋得逞。

2.环境描写:教堂的密谋、夏娃苹果酒馆的纸醉金迷、圣安德烈代·阿克街遇险、秘密小屋幽会,环境的描写都紧跟着故事的发展,勾勒出一幅紧张的预谋图画,极大地增加了故事的可读性,为故事情节的发展锦上添花。

十一　金币变枯叶

阅读笔记

侧面描写
用他人的提心吊胆与忧心忡忡来反映人们对爱斯梅拉达的想念以及她深受大家喜爱。

甘果瓦和整个奇迹宫廷，人人提心吊胆，惶惶不可终日。整整一个月，谁也不清楚爱斯梅拉达和她的小山羊的下落，吉卜赛公爵及乞丐帮的人都忧心忡忡。甘果瓦倍加痛苦，对她这次的失踪，他百思不得其解，真是愁肠百结。

一天，他愁眉苦脸，路过杜尔内尔刑庭，瞥见司法宫的一道大门前拥着一小群人。"什么事？"他看见从司法宫出来一个青年，向他问道。

"不清楚，先生，"那个青年应道，"据说有个女人暗杀了一个骑兵。这案件似乎牵涉到巫术，连主教和宗教审判官都来过问这桩审判，我哥哥是若扎斯的副主教，毕生都干这种审判的。我想找他说点事，可是人太多，无法见到他，这真是气死我了，我正急着等钱花哩。"

青年径自走了。甘果瓦跟着人群，沿着通向大厅的阶梯拾级而上，好不容易到了开向大厅的一道矮门旁边，甘果瓦个子高大，从乱哄哄的人群头顶上望过去，可以扫视整个大厅。白日将尽，尖拱形的长窗上只透进一线苍白的夕照，还没有照到拱顶上就已经消失了。几张桌子上已经摆着几根点燃的蜡烛，照着正埋头在卷宗废纸堆中的书记官们的脑袋。大厅深处台子上坐着许多审判官，最后一排隐没在黑暗中，他们的面孔阴森可怕。到处是长矛和戟，映着烛光，其尖端好似火花闪闪烁烁。

"喂，先生，"甘果瓦向旁边的一个人打听道，"这些人究竟在干什么？"

"审判呗。"

"审判谁？我并没有看到被告哇！"

"是个女人，先生。你是看不到她的，她背朝着我们。而且被群众挡住了。喏，你看，那边有簇长矛，被告就在那里。"

"这个女人是什么人？你晓得她的名字吗？"甘果瓦问道。

"不，先生，我刚到。我只是猜测，这案子一定涉及巫术魔法，连宗教审判官们都到庭参加审理了。"

说到这里，周围的人喝令这两个喋喋不休的人住口，人们正在听一个重要证人的证词。

<u>只见大厅中央站着一个老太婆，面孔被衣服完全遮住，看上去就像一堆正在行走的破布。</u>她说道："各位大人，确有其事，此事就像我是法洛代尔一样真实。我住在圣米歇尔桥头四十年了，按时缴纳地租、土地转移税和贡金，家门对着河上游洗染匠达山·加以雅的屋子。我现在成了可怜的老太婆，从前可是个俊俏的姑娘。各位大人！有天晚上，我正在纺线，有人来敲门。我问是谁，那人却破口大骂。我把门打开，两个人走了进来，一个黑衣人和一个漂亮的军官。黑衣人除了露出两只像炭火一样的眼睛外，全身只见斗篷和帽子。他们随即对我说：'要圣玛尔泰房间。'……诸位大人，那是我楼上的一间房间，是我最干净的房间。他们给了我一个金埃居。我把钱塞进抽屉里，心想明天可以到凉亭剥皮场去买牛羊下水吃……我们上楼去……到了楼上房间，我一转身，黑衣人不见了，差点没把我吓死。那个军官像位大老爷那样仪表堂堂，跟我再下楼来。他出去了。过了一会儿，他带着一个漂亮姑娘回来了。这姑娘活像一个玩具娃娃，要是经过梳妆打扮，一定会像太

比喻修辞

"行走的破布"，惟妙惟肖地刻画出老太婆的姿态，生动逼真。

阅读笔记

阳那样光辉灿烂。她牵着一只山羊,好大好大,是白的还是黑的,记不清了……我带着姑娘和军官到楼上房间去,并让他俩单独在一起,就是说,还有山羊。我下楼来,又纺我的线了。应该告诉诸位大人,我的房子有两层,背临河,像桥上别的房屋一样,楼下和楼上的窗户都是傍水开的。我正在忙着纺纱,不知为什么,那只山羊让我脑子里老想着那个野僧,而且那个美丽的姑娘打扮得有些离奇古怪……突然,我听到楼上一声惨叫,接着有什么东西倒在地上,又听到开窗户的响声。我冲到底楼窗户边,看见有团黑乎乎的东西从我眼前掉到水里了。那是一个鬼魂,打扮成教士的模样。那天晚上正好有月光,我看得一清二楚,那鬼魂向老城那边游去。我吓得哆哆嗦嗦,遂去喊巡逻队。巡逻队先生来了。我们一起上楼去,我们看到了什么呢?我那可怜的房间里尽是血,军官直挺挺地倒在地板上,后背上插着一把匕首,姑娘在一边装死,山羊吓得半死。我说:'这下可好,我得花两个礼拜来洗地板,还得使劲擦,这可真要命。'有人把军官抬走了,可怜的年轻人!姑娘的衣服乱糟糟的被扒开了……等一下,更惨的是隔日我要拿那枚金币去买生羊肚肠吃时,却发现在我原来放钱的地方只有一片枯树叶。"

> **前后照应**
> 与前文小男孩偷走金币而放进枯叶遥相呼应。

说到这里,老婆子住口了,听众无不骇然,四处是一片嘀咕声。甘果瓦旁边的一个人说:"那个鬼魂,那个山羊,这一切真有点巫术的味道。"另一个插嘴说:"还有那片枯叶!"还有一个说:"毫无疑问,准是一个巫婆跟那个野僧勾结起来,专门抢劫军官们。"

这时候,法官站了起来,说:"肃静!我请各位大人注意一个事实:人们在被告身上找到了一把匕首……法洛代尔老太太,魔鬼把你的金币变成的枯叶,带来了没有?"

"带来了,大人,"她答道,"我带来了,就在这儿。"

一个执行吏把枯叶递给了法官。法官点了点头,再将枯叶

转递给庭长，庭长再转递给王上宗教法庭检察官。这样，枯叶在大厅里转了一圈。雅克大人说："这是一片桦树叶，施展妖术的新证据。"

一个审判官发言："证人，你说有两个男人同时上你家去。穿黑衣的那个人，你先看见他不见了，后来穿着教士的衣服在塞纳河里游水，另一个人是军官。这两个人当中是哪一个给你金币的？"

老婆子思索了一会儿，说道："是军官。"群众顿时哗然。

"啊！"甘果瓦想，"这真叫我原来的信心动摇了。"

这时候，王上的特别律师菲立浦·勒里耶老爷再次发言："我提请诸位大人注意，被害的军官在其床前笔录的证词中宣称，当黑衣人上来同他搭讪时，他头脑里曾模模糊糊掠过一种想法，认为黑衣人很有可能是野僧。还补充说，正是这鬼魂拼命催他去跟被告约会的。据卫队长说，他当时没有钱，是鬼魂给了他那枚钱币，该军官用这枚钱币付了法洛代尔的房钱。因此，这枚金币是一枚冥钱。"

这个结论性的意见，看来消除了甘果瓦和听众中其他持怀疑态度的人的一切疑虑。

"诸位大人手头上都有证词案卷。"王上的律师坐下说。

"可以翻阅弗比斯·德·沙多倍尔的证词。"

一听到这个名字，被告一下子站起来。她的头高出人群。甘果瓦吓得魂不附体，一眼认出被告就是爱斯梅拉达。她脸色苍白，头发往常都是梳成十分优美的辫子，缀饰着金箔闪光片，此刻却乱蓬蓬披垂下来；嘴唇发青，双眼深陷，挺吓人的。唉！说有多惨就有多惨！

"弗比斯！"她茫然地喊道，"他在哪儿？啊，各位大人！求求你们，请告诉我他是不是还活着，然后再处死我吧！"

"住口，女人，这不关我们的事。"庭长喝道。

> **对比修辞**
> "苍白""乱蓬蓬""发青""深陷"等刻画出爱斯梅拉达的憔悴不堪与精神崩溃，与往日的容光焕发形成鲜明对比，写出人物的悲惨遭遇。

阅读笔记

"啊！行行好吧，告诉我他是不是还活着？"她边说边合起两只消瘦的秀手，同时那顺着她袍子垂落下来的锁链发出轻微的响声。

"那好吧！"王上的律师冷淡地说，"他快死了……你满意了吧？"

不幸的姑娘一听，瘫坐在被告席的小凳上，没有哼声，没有眼泪，脸色苍白得像白蜡一般。

庭长的脚下方有个汉子，头戴金帽，身穿黑袍，脖子上套着锁链，手执笞鞭。只见庭长俯身对这个汉子说道：

"带第二个被告！"

对比修辞
将山羊与爱斯梅拉达对比描写，山羊的不知情更加突出爱斯梅拉达的无限悲伤。

众人的眼睛都转向一道小门。门打开了，只见从门里走出一只金角和金蹄的漂亮山羊，这让甘果瓦看得心怦怦直跳。这只标致的山羊在门槛上停了一下，伸长着脖子，俨如站在崖顶上眺望着广阔无垠的天际。突然，它瞥见了爱斯梅拉达，随即纵身一跃，越过桌子和书记官的头顶，一蹦两跳，就跳到她的膝盖上。然后山羊姿态优雅地滚到女主人的脚上，巴望她能说一声或抚摸它一下，可是被告依然一动不动，对可怜的山羊连一眼也不看。

"嗨，这不是我说的那只讨厌的畜生吗！"法洛代尔老婆子说道，"她俩我可认得再真切不过了！"

雅克·沙尔莫吕插嘴说："有劳诸位大人，我们审讯山羊吧。"

山羊确实是第二个被告。在当时，起诉动物的巫术案件那是家常便饭。这时，宗教法庭检察官嚷着："附在这只山羊身上的魔鬼，施展其妖术顶住了一切驱魔法，如果胆敢以此恐吓法庭，我们现在就警告它，我们将不得不对它施以绞刑或火刑。"

甘果瓦不禁吓出了一身冷汗。雅克大人从桌上拿起爱斯梅拉达那只巴斯克手鼓，用某种方式伸到山羊跟前问道：

"现在几点啦？"

山羊用聪慧的目光望了望，抬起金色的脚，在手鼓上敲了7下。那时果真是7点钟，群众一阵骇然。

甘果瓦再也忍受不了了，遂高声喊道："它是在害自己！你们很清楚，它根本不知道自己在干什么。"

"大厅那一头的百姓们肃静！"执行吏厉声喝道。

雅克大人继续把手鼓摆弄来摆弄去，引诱山羊再变了几套把戏，如日期啦，月份啦，等等。其实，这些戏法人们早已见过了。然而，同样是这些观众，过去曾在街头上不止一次地为加丽那些无害的戏法喝彩，这时在司法宫的穹隆下，由于司法审讯所引起的幻觉，却吓得六神无主，确信山羊就是魔鬼。更糟的是，王上检察官把山羊颈上的一个皮囊里面的活动字母，一股脑全倒在地上，大家顿时看见山羊从那些零乱的字母中，用蹄子把字母排成这个要命的名字：弗比斯。这样，是巫术害死了弗比斯，看来已无可争辩地得到了验证。于是在众人的眼里，昔日多次曾以其飘逸的风姿叫过往行人炫目的那个迷人的爱斯梅拉达，顷刻间成了一个狰狞的巫婆。

此刻，她了无生气，不论是加丽多彩多姿的表演，还是检察官凶相毕露的恫吓，抑或听众的低声咒骂，她什么都看不见、听不到了。为了使她清醒过来，只得由一个捕快跑过去狠狠摇晃她，庭长也提高嗓门一本正经地说道："那女子，你原为波希米亚族人，惯行妖术。你与本案有牵连的那只着魔的山羊共谋，于今年3月29日夜间，勾结阴间的势力，利用魔力与诡计，谋害并刺杀了侍卫弓箭队队长弗比斯·德·沙多倍尔，你还敢抵赖吗？"

"骇人听闻哪！"爱斯梅拉达用手捂住脸喊道，"我亲爱的弗比斯！啊！这真是地狱！"

"你还敢抵赖？"庭长冷冰冰地问道。

"不，我否认！"她的声调很可怕。只见她猛然站立起

> 阅读笔记

来，眼里闪闪发光。

庭长直截了当地追问："那如何解释控告你的这些事实呢？"

她声音断断续续地回答："我已经说过了，我不知道……是一个教士，一个我不认识的教士，一个老是跟踪我的凶神恶煞的教士！"

"这就对了，是野僧。"法官接着又说。

"啊，各位大人！可怜可怜我吧！我只是一个可怜的女子……"

"吉卜赛女子！"法官打断她的话，说道。

雅克大人温和地说："鉴于被告这种叫人头痛的顽抗，我请求动刑审问。"

"允准。"庭长说道。

可怜的爱斯梅拉达被吓得浑身直抖。在持槊的捕役们的喝令下，她艰难地站了起来，迈着坚定的步伐，由雅克大人和宗教法庭那班教士带路，夹在两排长戟当中，向一道边门走去。

司法官典吏的捕役们排在一边，宗教法庭的教士们在另一边。一个书记官、一套书写用具和一张桌子，被安排在一个角落里。雅克大人和颜悦色，满脸笑容，走近爱斯梅拉达，说："亲爱的孩子，你还矢口否认吗？"

"是。"她应道，声音微弱得几乎听不见了。

"既然如此，"雅克大人又说，"我们只得违背我们的意愿，忍痛对你进行更严厉的审讯了……劳驾你坐到那张床上去……比埃拉，给小姐让位，去把门关上。"

这时候，爱斯梅拉达依然站在那里。<u>由于恐惧，她感到十分冰冷，连骨髓都透着冷。她站在那里，六神无主，呆若木鸡。</u>雅克大人一示意，两个隶役一把抓住她，把她拖过去坐在床上。这两个人一碰到她，那皮床一触到她身上，她顿时感到全身的血液都倒流到心脏去了。她茫然地环视了一下房间，似

> 细节描写
>
> 本段同时描写了触觉、视觉、想象，运用夸张、比喻等多种写作手法，将爱斯梅拉达的恐惧展露无遗。

> 阅读笔记

乎看见所有那些奇形怪状的刑具全动起来，从四面八方向她走过来，爬到她身上，咬的咬、掐的掐。她觉得在她有生以来见过的各种东西中，那些刑法有如蝙蝠、蜈蚣和蜘蛛。

"医生在哪儿？"雅克大人问道。

"在这儿。"一个穿黑袍的应道。她原先并没有发现这个人，她一阵战栗。

"小姐，"雅克大人用亲切的声调又说，"第三次问你，你对那些指控你的事实还拒不招认吗？"

这次，她只有摇摇头的力气，连声音也没有了。

"不招认？"雅克大人说道，"那么，我深感失望，但我必须履行我的职责。"

"检察官先生，先从哪儿开始？"比埃拉突然问道。

雅克大人犹豫了一下，好像一个诗人在冥思苦想一个诗韵，眉头似皱非皱。"先用铁鞋。"他终于说道。

可怜的爱斯梅拉达顿时觉得自己被上帝和世人完全抛弃了，脑袋一下子耷拉在胸前。施刑吏和医生一同走到她身边。与此同时，两个隶役便在那可怕的刑具库中翻来翻去。听到那些可怕的刑具相互撞击的响声，爱斯梅拉达浑身直打哆嗦，仿佛一只死青蛙通了电似的。她喃喃自语，声音低微得没人听见："啊，我的弗比斯呀！"接着又像块大理石，一动不动，了无声息。

这时候，比埃拉·多尔得许的两个隶役伸出布满老茧的粗手，粗暴地一把扒去她的鞋袜，露出那迷人的脚踝和脚丫。

"可惜！"施刑吏打量着如此优雅、如此纤秀的脚，不由得嘟哝着。不幸的爱斯梅拉达透过眼前的云雾，看见铁鞋逼近过来。然后，她看见自己的脚被套在铁鞋里，完全被吓人的刑具盖住了。这时，恐惧反使她增添了力气。

"给我拿掉！"她狂叫着，并且披头散发直起身来。"饶命啊！"话音一落，遂向床外纵身一跳，想要扑倒在雅克大人

的脚下，可是她的脚被用橡木和马蹄铁做成的一整块沉重的铁鞋夹住，一下子栽倒在铁鞋上，比翅膀上压着铅块的蜜蜂还惨不忍睹。

雅克大人一挥手，隶役又把她扳倒在皮床上，两只肥大的手把从拱顶上垂下来的皮条绑在她的细腰上。

"最后一次问你，对你所控的犯罪行为，你承认吗？"雅克大人依然装出那副和善的模样。

"我冤枉啊！"

"那么，小姐，对指控你的那些犯罪事实，你怎样解释呢？"

"唉！大人！我不知道。"

"那你否认啦？"

"一切！"

"上刑！"雅克大人向比埃拉说。

比埃拉把起重杆的把手一扭动，铁鞋立刻收紧了，爱斯梅拉达惨叫一声，这种叫声是人类任何语言都无法描述的。

"停！"雅克大人吩咐比埃拉说，然后又问爱斯梅拉达道，"招供吗？"

"全招！"可怜的爱斯梅拉达叫道，"我招！我招！饶命啊！"

"出于人道，我不得不对你说，"雅克大人提醒道，"你如果招认，你就等死吧。"

"我巴不得死。"她说道。她一说完又瘫倒在皮床上，奄奄一息，身子似乎折成两截，任凭扣在胸间的皮条把她悬吊着。

雅克大人放声说："书记官，快记下来。听着，流浪女，你招认常跟恶鬼、假面鬼、吸血鬼一起参加地狱里的盛宴、群魔会和行妖吗？快回答！"

"是的。"她应道，声音低得几乎被喘气声盖过了。

> 阅读笔记

"你招认常与本案有牵连的那个变成一只山羊的魔鬼有来往吗?"

"是。"

"最后,你招认利用魔鬼和俗称野僧的鬼魂,于今年3月29日夜里,谋害并暗杀了一位名叫弗比斯·德·沙多倍尔的卫队长吗?"

听到这个名字,她抬起那双无神的大眼睛望着法官,没有抽泣,没有反抗,甚至没有一点反应,只是机械地应道:"是。"显然,她心中一切全垮了。

"记下,书记官。"雅克大人吩咐道,然后又对施刑吏说,"把女犯人放下,再带去审问。"

雅克大人威风凛凛地回到位置上,一屁股坐下,随即又站起,尽量不过分流露出沾沾自喜的心情,说道:"被告已经供认不讳。"

"流浪女,"庭长接着说,"你供认了行妖、卖淫、谋杀弗比斯·德·沙多倍尔等种种罪行吗?"

她心如刀割。只听见她在阴暗中抽噎着。她有气无力地应道:"凡是你们想要的一切我全招认,不过快把我处死吧!"

"王上宗教法庭检察官先生,"庭长说道,"本庭准备好听取你的公诉状。"

雅克·沙尔莫吕老爷摊开一本可怕的本子,指手画脚,以公诉的夸张语调,开始宣读一篇拉丁文的演说词,其中凡是案件证据都是用西塞罗式迂回复杂的句子七拼八凑起来的,穿插着他最喜爱的喜剧作家普洛特的名句摘引。这个演讲人滔滔不绝,说得有声有色,还没有念完开场白,额头上就已经冒出汗来,眼珠也从眼眶里凸出来了。他说得太冗长了,不过结尾倒是妙笔生花,令人叫绝,伴随着雅克·沙尔莫吕老爷嘶哑的声音和直喘粗气的姿态:

"……因此,诸位大人,巫术业已当场证实,罪行业已昭

> **反语修辞**
> 用词一本正经,其实却充满讽刺,反语的巧妙运用揭露出教会的黑暗。

彰，犯罪动机业已成立，兹以拥有老城岛上大小一切司法权的巴黎圣母院这一圣殿的名义，按诸位要求，特判决如下：

一、缴付赔偿费。

二、在圣母院大教堂前当众认罪。

三、判决将该巫女及其母山羊在河滩广场或者突出于塞纳河中并与御花园毗邻的岛岬，就地正法。"

一念完，他戴上帽子，重新坐下。

甘果瓦悲痛欲绝，唉声叹气道："呸！多蹩脚的拉丁语！"

这时，从被告身边站起一个穿黑袍的人，这是被告的辩护律师。法官们饿着肚皮，嘀嘀咕咕起来。

"律师，说得简短些。"庭长说道。

"庭长大人，"律师答道，"既然被告已经供认了罪行，我只有一句话要向诸位大人言明。这里有撒利克法典的一项条款：'如果一个女巫吃掉了一个男人，并且该女巫供认不讳，可处以八千德尼埃罚款，合二百金苏。'请法庭判处我的当事人这笔罚款。"

"该条款已废除。"王上的特别律师说道。

"应该罚款！"辩护律师反驳道。

"表决吧。"有位审判官说道，"罪行确凿，时间也晚了。"

随即当场表决，法官们随意举帽附和，他们正急着回家。庭长低声向他们提出这生死攸关的问题，只见昏暗中他们一个接一个脱下头上的帽子。孤立无援的被告好像在望着他们，其实她目光散乱，什么也看不见。接着书记官开始记录在案，然后把一张羊皮纸交给了庭长。

然后爱斯梅拉达听见一个令人不寒而栗的声音在说："流浪女，你将在国王陛下指定的日子，中午时分，身穿内衣，赤着脚，脖子上套着绳子，由一辆囚车押到圣母院大门前，手

阅读笔记

执两斤重的大蜡烛,在那里当众认罪,再从那里押送到河滩广场,在本城绞刑架上被绞死;你的这只母山羊也一样被处死;还得交给宗教法庭三个金狮币,作为你所犯并招认的巫术、魔法、卖淫、谋杀弗比斯·德·沙多倍尔队长等罪行的赔偿。愿上帝收留你的灵魂!"

"啊!这真是一场噩梦!"她喃喃自语,并且立刻感到有几只粗糙的大手把她拖走了。

爱斯梅拉达被判处绞刑之后,随即被扔在杜尔内尔刑事法庭的密牢里。

<u>自从被囚禁在这里,她一直似醒非醒。她就这样浑身麻木、四肢冰冷、僵如化石,连一道活门偶然的声响几乎也没有注意到</u>。这道活门在她头顶上方某个地方,曾开过两三次,却一点光也照不进来,每次有只手从那里扔给她一块坚硬的黑面包。狱卒这种定时的查巡,则是她与其他人唯一的联系了。除此之外,就是拱顶上那长满青苔的石板缝里渗出的水珠均匀地滴落下来的声音。她在这里待了多久了,她自己也不知道。

终于有一天,或者某一夜(因为在墓穴里子夜和晌午都是同样的颜色),她听见头顶上一阵声响,比平日看守带面包和水罐给她开门时的声音还大些。她抬头一看,只见一线似红非红的亮光,穿过密牢拱顶上那扇翻板活门的缝隙照了进来。同时,沉重的铁门嘎嘎响了起来,生锈的铰链发出刺耳的摩擦声,活门的翻板转动了。她看见一个灯笼,一只手,两个男人的下半截身子——门太低矮,她看不见他们的脑袋。灯光刺痛了她的双眼,她随即把眼睛闭了起来。

等她再睁开眼睛,活门已经关闭,灯放在一级石阶上,一个男人独自站在她面前,黑风衣一直拖到他脚上,黑风帽遮住他的面孔。这个人真像是一块长长的黑色裹尸布直立在那里,而裹尸布里面可以感觉到有什么东西在跳动。她目不转睛地盯着幽灵看了一会儿。这中间两人谁都没吭声。在这地牢里,似

用词准确

寥寥数笔将爱斯梅拉达的麻木表露无遗,用词简练。

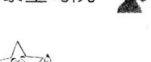

乎只有两样东西是活着的,那就是因空气潮湿而噼啪直响的灯芯,还有从牢顶上坠落下来的水滴。

末了,女囚终于打破了沉默:"你是谁?"

"一个教士。"这答话,这腔调,这嗓音,让她听了直打哆嗦。

教士声音嘶哑,吐字却很清楚,他接着说:"你准备好了吗?"

"准备好什么?"

"去死。"

"啊!"她说,"马上就去?"

"明天。"

她本来高兴得扬起头来,一下子又耷拉到胸前,喃喃道:"还要等那么久!何不就在今天呢?"

"这么说,你痛苦难忍了?"教士沉默了一会儿,又问道。

"我很冷。"她答道。

然后用双手握住双脚,同时,她的牙齿直打冷战。

教士从风帽底下悄悄环视了一下这个牢房。"没有亮光!没有火!浸在水里!真骇人听闻。"

"是的,"她惊慌地说道,自从这场横祸发生以来,她就一直神色慌张,"白昼属于别人,唯独给我黑夜,这是为什么?"

"为什么你在这里,知道吗?"教士又沉默了片刻,问道。

"我想我是知道的。"她伸出瘦削的手指,抹了一下眉头,像要帮助她记忆似的,"不过现在不知道了。"

突然她像个小孩一样哭了起来:"我要出去,先生。我冷,我怕,还有什么虫子爬到我身上来。"

"那好,跟我走。"

教士一面这样说着,一边拽住她的胳膊。那苦命的女子本来已冷到骨髓,可她觉得这只手更冰冷。

> **反复修辞**
> 反复使用"冷"加强语气,直指教士冰冷的内心。

阅读笔记

"咳！这是死神冰冷的手。"她自言自语，接着问道，"你到底是谁？"

教士一把掀掉风帽。"哎呀！"她喊叫了起来，双手捂住眼睛，浑身发抖，"原来是那个教士！"一说完便泄气地垂下胳膊，瘫坐下去，耷拉着脑袋，眼睛盯着地，依然颤抖不已。

她低声呢喃着："了结我吧！了结我吧！快给我最后一击！"她心惊胆战，头缩在双肩中间，好比一只羔羊正等待屠夫致命的当头一棒。

"是我使你厌恶吗？"他终于问道。

她没有应声。

"是我使你厌恶吗？"他又问了一遍。

"不错，"她应道，痛苦得嘴唇在颤抖，"这是刽子手拿死刑犯开心。多少个月来，你跟踪我，威胁我，恐吓我！要不是你，上帝呀，我将是多么幸福！是你把我推下这万丈深渊的。啊，苍天！是你杀了……是你杀了他——我的弗比斯！"说到这里，她呜呜咽咽地哭了起来，抬头望着教士，说："啊！坏家伙！你是谁？我做了什么事得罪你啦，你才如此恨我？咳！你跟我有什么怨仇？"

"我爱你！"教士喊道。

> **对比修辞**
> "呆滞"对"似火"，"瞅"对"盯"，鲜明地表现出两个人的不同心境，对比强烈。

<u>她的眼泪霍然打住，目光呆滞，瞅了他一眼。他跪了下来，目光似火，紧紧盯着她。</u>

"你听见了吗？我爱你！"他又喊道。

"什么样的爱？"不幸的少女直打冷战。

他接着说："一个打入地狱的人的爱。"

有一阵子，两人都默不作声，双双被各自的激情压碎了，他是丧失理智，她是麻木不仁。

"听着，"教士终于说道，他又恢复了异常的平静，"你听我说，姑娘，在遇见你之前，我可是过得很快活……"

"我何尝不是！"她轻轻叹息了一声。

阅读笔记

"别打断我的话……是的,我那时过得很快活,至少我自己认为是那样的。我十分纯洁,心灵清澈如水,明净似镜。没有人比我更自豪,把头高高昂起。教士们来向我请教贞洁情操,博学之士来向我求教经学教义。是的,科学就是我的一切,科学就是我的姐妹,有这个姐妹我就足够了。男人的欲望和男人血气这种力量,我本以为在狂热少年时就已经终生将其扼杀了,其实不然,它不止一次地掀起狂澜。然而,通过斋戒、祈祷、学习和修道院的苦刑,灵魂重新成了肉体的主宰,于是我回避一切女性。再说,我只要一打开书本,在光辉灿烂的科学面前我头脑中一切乌烟瘴气的东西便烟消雾散了……可是,有一天……"

说到这里,教士突然顿住。女囚听见从他的胸膛里发出的声音,好似垂死时的喘息,仿佛撕心裂肺的痛苦。

他接着说:"当时我正在看书,窗子朝向广场,忽然我听见一阵手鼓声和音乐声,扰乱了我的遐思,我很生气,便向广场望了一眼。我看见在那边,在铺石板的广场中间,有个人在跳舞。<u>她是那样秀丽,若与圣母相比,连上帝都会更喜欢这个女子。她一双眼睛又黑又亮,满头乌黑的头发,正中有几根映着阳光,像缕缕金丝闪闪发光。一双脚像轮辐一样在飞快旋转,让人全然看不清。乌黑的发辫盘绕在头周围,缀满金属饰片,在阳光下闪闪发光,好似额头上戴着一顶缀满星星的王冠。她的袍子点缀着许多闪光片,闪闪发光,又缝着许许多多亮晶晶的饰品,有如夏夜的星空。她两只柔软的褐色手臂,恰似两条飘带,绕着腰肢,忽而缠结,忽而松开。她的身材美丽惊人。啊!那光彩夺目的形象,甚至在阳光下,也像某种明亮的东西那样耀眼!</u>……唉!姑娘,那就是你!……我惊讶,沉醉,心迷意乱,不由自主地凝望着你,望着望着,我突然吓得浑身发抖,意识到命运把我抓住不放了。

"我曾希望有一场审讯能使我摆脱魔力的控制。有个女巫

> **细节描写**
> 用富有诗情的语言刻画出爱斯梅拉达的美丽,语言生动而优美。

曾经让勃罗诺·达斯特着魔，他把女巫烧死了，自己也得救了。这我是知道的。我拿定主意，要试一试这种疗法。首先，我设法不让你到圣母院前面的广场上来，只要你不来，我就能把你忘记。你却当作耳边风，还是来了。接着，我想把你抢走。有天夜里，我试图把你抢走，我们是两个人，已经把你逮住了，不料来了那个晦气的军官，把你救了。他救了你，你的灾难开始了，也是我的灾难和他的灾难……

"有一天，又是阳光灿烂的日子，我无意中发现面前走过一个男子，他喊着你的名字，呵呵大笑，眼神淫荡。该死！我就跟踪他。后来发生的一切你全知道了。"

他一把抓住她的胳膊，精神恍惚，要把她拖走。她瞪着眼睛呆呆地看着他："我的弗比斯怎么样啦？"

"啊！"教士叫了一声，松了她的胳膊，"你真没有怜悯心！"

"弗比斯到底怎么啦？"她冷冷地又问了一遍。

"他死了！"教士喊道。

"死了！"她始终冷冰冰的，一动不动，"那么，你为什么要劝我活下去呢？"

他并没有听她说，只是好似自言自语："啊！是的，他一定死掉了，刀刃插进去很深。我想刀尖直刺他的心脏！啊，我全身的力气都集中在匕首的尖上！"

少女一听，像狂怒的猛虎似的向他扑过去，并以一种超自然的力量把他推倒在楼梯上，嚷道："滚吧，魔鬼！滚，杀人凶手！让我去死吧！让我和他的血变成你脑门上一个永不磨灭的污斑！要我属于你，教士！休想！休想！我们绝无结合的可能，甚至在地狱里都不行。滚蛋，该死的家伙！休想！"

教士跟跟跄跄走到石梯前，悄悄把双脚从道袍褶皱的缠绕中解脱出来，捡起灯笼，慢慢爬上通向门口的石梯，打开门，出去了。

 阅读笔记

忽然,少女看见他从门口又探进头来,脸上的表情真可怕,狂怒、绝望,连声音都嘶哑了,向她吼着:"我告诉你,他死了!"

她扑倒在地上。地牢里再也听不到什么声响了,唯有水滴在黑暗中落下来震动了水洼的声音……

名师伴你读

▶品读与赏析

爱斯梅拉达因被冤枉成巫女而受审判,并屈打成招;教士向少女表达真心遭拒而怀恨在心。本章采用第三人称的视角再次叙述弗比斯被刺的经过,以灵活的手法让读者重温故事,再次印证爱斯梅拉达的冤情;而金币变枯叶等所谓的巫术为文章蒙上一层神秘色彩,揭露当时宗教统治下人民的愚昧。

▶学习与借鉴

1.情感饱满:丰富的情感流露是本章的一大特色。爱斯梅拉达的屈打成招、克洛德私欲占据内心的表白、爱斯梅拉达的果断拒绝,个人情感表达升华到极致,以最丰富的情感表达展现人物的内心世界。

2.表现手法多样:金币变枯叶的故事采用第三人称诉说,多次使用铺垫与伏笔的表现手法,制造悬念,增加故事的可读性,使整篇文章显得生动而精彩纷呈。

十二 母亲

五月的一天清晨，太阳在深蓝色的天空中冉冉升起。罗兰塔的隐修女听到河滩广场传来吱吱的车轮声、萧萧的马嘶声和叮叮当当的铁器声。她没怎么留意，把头发捋在耳边不去听，随后又跪到地下凝视着她就这样膜拜了十五年之久的没有生命的小东西。她的痛苦好像比往常更强烈了，从外面就听得见她的悲叹，真令人心碎。

"啊，我的女儿！"她说，"我的女儿！我可怜的、亲爱的孩子呀！我再也见不到你啦。我老是觉得这是昨天发生的事！啊！我真倒霉呀，偏偏在那天出去了！主哇！主哇！在我快乐地抱着她在火炉旁烤火的时候，在她吃着奶朝我笑的时候，在我让她的小脚蹬到我的胸口直到我的嘴唇的时候，难道你从来没有看见我和她在一起的情景，才这样把她从我身边带走吗？啊！你要是看到这一切，我的上帝，你就会怜悯我的欢乐，你就不会剥夺留在我心中唯一的爱了！唉！唉！瞧，鞋在那儿；脚呢，它在哪儿？其余的在哪儿？孩子在哪儿？我的女儿啊！他们把你怎么样了？主哇，把她还给我吧。我跪着求你十五年了，膝盖都磨破了，上帝呀，难道这不够吗？把她还给我吧，哪怕只是一天、一个钟头、一分钟，就一分钟，主哇！然后再把我永远扔给魔鬼！"

这时，从小屋前传来孩子们的阵阵欢声笑语。每次看见孩

阅读笔记

环境描写

通过不同声响的环境描写，营造出一种凄冷的气氛，犹如为爱斯梅拉达赴刑场的悲哀唱出一首挽歌。

反复修辞

反复使用"在哪儿"的自言自语式的询问，将隐修女失去孩子的痛楚凝聚成恍惚的询问，情真意切。

阅读笔记

子们或者听到他们的声音,可怜的母亲总是赶忙跑到这坟墓最幽暗的角落里,好像恨不得把耳朵钻进石头里,免得听到这些声音。这一次正相反,她好像猛然惊醒,一下子站了起来,聚精会神地听着,有一个男孩说了这样一句:"今天要绞死吉卜赛女人。"

比喻修辞

把隐修女的激动一跳比喻成蜘蛛在蛛网颤动中扑向苍蝇,描绘得逼真、形象,让人深切地感受到她激动的心情。

好像蜘蛛在蛛网颤动中突然一跳扑向苍蝇,隐修女就这样一跳,跑向窗洞口,那窗口朝着河滩广场。确实有一架梯子倚立在终年竖立的绞刑架旁,执行绞刑的刽子手正在调整因风吹雨打而生锈的铁链。四周站着一群人。那群欢笑的孩子已经走远了。麻衣女用目光搜寻她能询问的过路人。她发现就在她住处旁有一个神父好像在念公用祈祷书,可是他对铁网栅栏的祈祷书远不如对绞刑架那样关注,他不时朝绞刑架投去阴暗、可怕的目光。她认出那是克洛德大人,一个圣洁的人。

"我的神父,"她问,"那边要绞死谁呀?"

教士望了望她,没有回答。她又问了一遍。他这才说:"我不知道。"

"刚才有孩子说是一个吉卜赛女人。"隐修女又说。

"我想,是吧。"教士道。

这时,巴格特发出阴险的狂笑。

"嬷嬷,"教士说,"这么说,你一定痛恨吉卜赛女人啦?"

"我岂能不恨她们?"隐修女大声喊道,"她们都是半狗半人的吸血鬼,偷孩子的贼婆!她们吞吃了我的女儿,我的孩子,我的独生女儿啊!我的心也没有了,她们把我的心吃了!"

她的样子可怕极了。教士冷冰冰地看着她。

"其中有一个我特别恨,我诅咒过。"她又说,"这是个年轻女人,如果她的母亲没有把我的女儿吃掉的话,她的年龄正与我的女儿相仿。这个小毒蛇每次经过我房前,我的血就在翻涌!"

"得啦!嬷嬷,这下你开心啦,"教士冷漠得像一座墓地雕像,说道,"你马上看到绞死的就是那个女人。"他的脑袋耷拉到胸前,慢吞吞地走开了。

<u>隐修女快活地扭动双臂,叫道:"我早就向她说过,她会上绞刑架的!谢谢你,神父!"她披头散发,目光似火,肩膀撞着墙,在窗洞栅栏前大步走起来,就像笼子里一只饿了好久、感到用餐时刻快到的母狼那般。</u>

弗比斯并没有死,青春的力量终究占了上风。当他还躺在医生的破床上,就受到了菲立浦·勒里耶和雅克大人的初步盘问,这使他十分厌烦。因此,一天早晨,他感觉好了些,就留下他的金马刺抵了医药费,不声不响地溜了,回到他的部队,离巴黎几驿站路的法兰西岛上,位于格·昂·勒里的驻防军里。他觉得在这个案子中亲自到庭绝不是什么愉快的事。说到底,这是一出滑稽喜剧,他在戏中扮演一个很拙劣的角色,挨打,受人嘲笑。弗比斯为此十分羞愧,况且,他希望这件事不要张扬出去,他不出庭,他的名字就不会被人大声宣布,至少不会传出杜尔内尔法庭审判范围以外。

因此,弗比斯很快就心安理得了,有关女巫爱斯梅拉达,或者如他所称呼的宝贝,有关吉卜赛女郎或野僧(管他是谁)的那一刀,有关审讯的结果,他统统想也不想了。可是,他的心在这方面一旦感到空虚,孚勒尔小姐的形象就又回到他的心里。她毕竟是一个漂亮的姑娘,又有一笔迷人的陪嫁。于是,一天早晨,这位已痊愈的情场骑士,料想吉卜赛女人的案子已过去两个月,想必已经了结并被人遗忘了,便策马踏着碎步来到贡德洛里耶府邸的门前。

他没有注意到聚集在圣母院大门前广场上乱哄哄的一大群人。他想起正是5月,大概人们正在举行什么巡列仪式,什么圣灵降临或瞻礼等活动,于是将马拴在门环上,喜滋滋地上楼

用词准确

通过对隐修女的语言、神态、动作等的描绘,刻画出隐修女知道吉卜赛女郎将要绞死时的快乐心情。

阅读笔记

外貌描写
对孚勒尔小姐外貌的细致描写，突出了她单纯的性格和对爱情的迷恋。

到了漂亮未婚妻的家。她正单独和她的妈妈在一起。孚勒尔心头一直纠缠着那个女巫、山羊、该诅咒的字母表、弗比斯长时间不露面等一连串问题。此刻，她看到她的那位队长进来，发现他气色那么好，军服那么新，绶带那么亮，神态那么充满热情，她快乐得红起脸来。这位高贵的小姐现在比其他任何时候都更加迷人。她漂亮的金色头发编成发辫，愈发迷人。她穿着一件与嫩白皮肤非常相称的天蓝色衣裳，那双眼睛流露出迷恋的神情，更增添了许多风韵。

看到如此妖娆的孚勒尔小姐，弗比斯此刻被迷住了，这使我们的军官显得分外殷勤，百般讨好，当初的龃龉立刻和解了。贡德洛里耶夫人一直慈母般地坐在她的安乐椅上，鼓不起力量去责备他。至于孚勒尔的嗔怪，则化作温柔的绵绵絮语。姑娘靠窗口坐着，一直绣着她那海神的洞府。弗比斯倚在椅背上，她低声数落他："坏东西，整整两个月你都干了些什么？"

"我向你发誓。"弗比斯被这个问题问得一时不知所措，他打岔道，"你这么美，连大主教都会想入非非的。"

她情不自禁地笑了："好了，好了，先生。把我的美撇在一边，回答我的话。真的，那才美妙呢！"

"得啦！亲爱的表妹，我被召去驻防了。"

"请告诉我，在哪儿？那你为何不来向我道别一下？"

"在格·昂·勃里。"弗比斯心中窃喜，头一个问题帮助他避开了第二个问题。

"可是，那儿离这儿很近哪，先生，为何你一次也不来看我？"

这下子弗比斯倒真的给难住了。"因为……公务在身，再说，可爱的表妹，我病了。"

"病了！"她吓了一跳。

"是的……受伤了。"

"受伤!"

美丽的姑娘顿时惊慌失措。

"啊!别怕。"弗比斯满不在乎地说道,"这没什么。吵一次架,动一下刀子,这跟你有何相干?"

"跟我有何相干?"孚勒尔抬起饱含热泪的双眼,大声说道,"啊!你说的不是心里话。动武是怎么回事?我想知道。"

"那好吧!亲爱的美人,我跟马埃·费狄吵了一架,你知道吗?他是圣日耳曼·昂·莱耶的副将,我们各自破了一点皮,就是这件事。"

爱撒谎的弗比斯心里清楚得很,一场决斗总会使男人在女人眼中显得特别突出。果然,孚勒尔又害怕、又快乐、又赞叹,激动不已,迎面注视着他,不过她还是有点放心不下。

"但愿你确实痊愈就好了,我的弗比斯!"她说道,"我不认识那个马埃·费狄,不过他一定是个坏家伙。你们到底是怎样吵起来的?"

弗比斯的想象力一向平平,一时间竟不知道如何从他杜撰的武斗中脱身。

"啊!我怎么知道?……一点鸡毛蒜皮的小事,一匹马,一句话!漂亮的表妹。"他大声叫起来,于是换了一个话题,"教堂广场上乱哄哄的是怎么回事?"他又走近窗前,说:"啊!我的上帝,漂亮的表妹,瞧,广场人真多呀!"

"不清楚,"孚勒尔说,"好像有个女巫今天早上在教堂前当众请罪,然后上绞架。"

弗比斯以为爱斯梅拉达的案子结束了,因而,他听了孚勒尔的话并不怎么激动,不过还是提了一两个问题。

"这个女巫叫什么名字?"

"不知道。"她回答。

"有没有听说她犯了什么事?"

> **过渡**
> 这几句既承接上一个话题,又为转移到下一话题做铺垫,起到了很好的过渡作用。

阅读笔记

这一回，她又耸了耸她那白皙的肩膀："不知道。"

弗比斯倚在未婚妻的椅背上。姑娘不时朝他抬起愉快、温柔的眼睛，他们的头发在春天阳光的照耀下混在一起了。

"弗比斯，"孚勒尔突然低声说道，"我们三个月后就要结婚了，你要向我发誓，除我之外，从来没有爱过别的女人。"

"我向你发誓，美丽的天使！"弗比斯答道。为了征服孚勒尔，他的目光充满感情，语调十分真诚，这时或许连他自己也信以为真了。

孚勒尔完全被他的眼神惊呆了。她朝四周望了望，发现母亲不见了。"我的上帝！"她红着脸，惊慌不安，"热死我了！"

如同一只母鹿感到猎犬群的气息，她站起身，跑向窗口，打开窗户，冲上阳台。弗比斯又气又恼，跟她跑了过去。

> **环境描写**
> 描写押送囚车的排场，进行环境氛围的渲染，以讽刺这场荒唐的刑罚。

阳台正对着圣母院前的广场。一辆双轮囚车，从牛市圣彼得教堂街进了广场，巡逻队捕快在人群中使劲挥着鞭子，为他们开路。几个司法官和警卫在囚车旁骑马押送。雅克大人骑着马耀武扬威地走在他们前面。那不祥的囚车上坐着一个姑娘，反剪着双臂，身边没有神父。她穿着内衣，她的黑发（当时的规矩是在绞刑架下才剪掉）散乱地披垂在脖子上和半裸的肩膀上。透过比乌鸦羽毛还要闪亮的波浪状头发，人们看得见一根灰色粗绳，套在可怜的姑娘的漂亮脖子上，扭扭曲曲，打着结，擦着她纤细的锁骨，犹如蚯蚓爬在一朵鲜花上。在这根绳子下，闪耀着一个饰有绿色玻璃珠的小护身符，这大概允许她保留着，因为对那些濒临死亡的人，他们的要求是不会遭到拒绝的。群众从窗口上可望到囚车里头，瞥见她赤裸着的双腿。她仿佛出于女人最后的本能，尽力把脚藏到身子下。她脚边有一只被捆绑着的小山羊。女囚用牙齿咬住没有扣好的内衣，在大难临头时，好像仍因几乎赤身裸体暴露在众目睽睽之下而感到痛苦。

"耶稣哇！"孚勒尔激动地对弗比斯说，"你瞧，好表哥！原来是那个带着山羊的吉卜赛坏女人！"

话音一落，朝弗比斯转过身。弗比斯眼睛盯着载重车，脸色煞白。

"哪个带山羊的吉卜赛女人？"他喃喃地说。

"怎么！"孚勒尔又说，"你不记得啦？"

弗比斯打断她的话："我不明白你的意思。"

他跨了一步想走进屋里。可是孚勒尔不久前曾因这个吉卜赛少女而醋意大发，此刻一下子清醒了，遂用敏锐和狐疑的目光瞅了他一眼。这时，她模模糊糊地想起曾听人谈过，有个队长与这个女巫案件搅到了一起。

"你怎么啦？"她对弗比斯说道，"听说这个女人使你动过心。"

弗比斯强装讪笑："我动心？根本没有的事！啊，就算是吧！"

"那么，待着吧。"她说一不二地吩咐道，"我们一起看到结束。"

晦气的弗比斯只好待着。他稍稍有些安心的是，女犯人的目光始终不离囚车的底板。千真万确，那就是爱斯梅拉达。就是在遭受这种耻辱和横祸的最后时刻，她仍然是那么漂亮，她那乌黑明亮的大眼睛因面颊瘦削，显得更大了。她苍白的面容纯净、高尚，她仍然是以前的模样，酷似拉斐尔画的圣母，不过虚弱些、瘦削些。囚车每颠簸一次，她的身体就颠簸一次，就像一件僵死或破碎的物件。她的目光暗淡而狂乱，还看见她眼里有眼泪，却滞留着不动，简直可以说冻住了。

这时，囚车在圣母院正门前停住。押解的队伍如临大敌。人群一下子静了下来。教堂门大开，在光线炫人眼目的广场中间像一个偌大的洞口。教堂尽头，半圆形后殿的暗影里，人们

> **阅读笔记**
>
> **环境描写**
>
> 从教堂的门、银十字架、教堂的歌声等入手，将教堂安静、肃穆而又压抑的氛围完整地呈现出来。

隐隐约约可以看见一个巨大的银十字架，展现在从穹顶垂挂到地面的一条黑帷幕上。大门开启的时候，教堂里传出一阵庄严的歌声，响亮、单调，有如一声声朝囚犯头上射出的忧郁的圣诗碎片。

克洛德穿着胸前绣着黑十字架的银色长袍出现在尖拱形大门廊外面的阳光下。此刻，他面色煞白，人群中不止一个人以为他是大理石主教雕像中的一个，本来跪在唱诗班墓石上，现在站起身到坟墓门口迎接那个即将死去的女人，把她带到阴间去。

克洛德慢吞吞地走到爱斯梅拉达跟前。她身处绝境，却仍然发现，他眼中闪烁着欲望、嫉妒和渴望的目光，正扫视着她的身体。随后，他高声问道："姑娘，你请求上帝宽恕你的错误和失足吗？"他又凑到她耳边加上一句（旁观者以为他在听她最后的忏悔）："你需要我吗？我还能救你！"

她盯着他说道："滚开，恶魔！要不然，我就告发你。"

他恶狠狠地笑了笑："谁也不会相信你的，你只会在罪行外再加上一个诽谤罪！快回答！你要不要我？"

"你把我的弗比斯怎样了？"

"他死了。"副主教说。

恰好在这个时候，克洛德机械地抬起头，看到在广场的另一头，贡德洛里耶府邸的阳台上，弗比斯正站在孚勒尔的身旁。克洛德摇晃了一下，把手搭在额头上，又望了一会儿，低声骂了一句，整个脸剧烈地抽搐起来。

"那好！你死吧，"他咬牙切齿地说，"谁也别想得到你。"于是，他把手放在吉卜赛姑娘的头上，用阴惨惨的声音说道："现在去吧，罪恶的灵魂，愿上帝怜悯你！"这是人们通常用来结束这一凄惨仪式的可怕惯用语，这是教士给刽子手的暗号。

雅克大人转过身子，向两个黄衣人打了一个手势，刽子手的两个隶役立刻走近吉卜赛姑娘,把她的双手再捆起来。不幸的姑娘重新登上囚车,她抬起通红、干涩的眼睛望着天空,望着太阳,望着天空零零落落的白云,随后她又低下头,望着大地、人群、房屋……在黄衣人来绑她双手的时候,她猛然发出一声可怕的叫喊,一声快乐的叫喊。他就在那边,在那个阳台上,她瞥见了,是他,她的朋友、她的主宰——弗比斯,她生命的另一个影子!法官撒了谎!教士撒了谎!正是他,她无可怀疑,他就在那儿,英俊、神采奕奕,穿着那身鲜艳的军服,头上佩着翎毛,腰上佩着宝剑!

> **阅读笔记**
>
> **用词准确**
>
> "抬起""低下头"等词语表现出吉卜赛女郎对世界的留恋,而"可怕"与"快乐"并用表现出她惊喜的心情。

"弗比斯!"她喊道,"我的弗比斯!"

她想朝他伸出因爱情和狂喜而颤抖的双臂,可是双臂被绑住了。这时,她看到弗比斯皱了皱眉头,一个漂亮的少女靠在他身上,嘴唇轻蔑地翕动,气恼地望着他。弗比斯说了几句她从远处听不到的话,两个人赶快溜到阳台的玻璃窗门后面,窗门随即关上了。

"弗比斯!"她发疯地大声喊道,"难道你也相信吗?"

她的心中闪出一个奇怪的念头,她想起她是因谋害弗比斯而被判死刑的。在那以前她一直全力支撑着,但这最后一击太厉害了。她一下子瘫倒在路上,一动不动。

"快,"雅克大人道,"把她抬上车去,马上了结!"

没有人注意到,在门廊的尖形拱顶上面,刻有历代君王雕像的柱廊间,一个奇怪的旁观者一直不动声色地观望着。他的脖子伸得老长,相貌奇丑,若不是穿着半红半紫的奇怪衣服的话,准会被当作石头怪兽中的一个。

这个旁观者自中午起就在圣母院大门前,把所发生的一切都看在眼里。从一开始,趁着没有人注意,他就在柱廊的一根柱子上牢牢拴了一根打结的粗绳子,一头在下,拖到石阶上。绑完以后,他心平气和地观看起来,不时有一只乌鸦从他面前飞过,还打一声呼哨呢。就在刽子手的两个隶役决定执行雅克

> **铺垫**
>
> 对绳子的描写,是为后文解救爱斯梅拉达做铺垫。

> **阅读笔记**
>
> **动作描写**
> "跨""抓""滑落""挥动"等动词将伽西莫多解救爱斯梅拉达的情景描绘得极富动感,也体现出伽西莫多的英勇。

大人的冷酷命令的时候,他跨过长廊的栏杆,手脚膝盖并用,抓住绳子,只见他像一滴顺着玻璃窗流淌下来的雨水,一下子从前墙滑落下来,飞快地跑向两个隶役,挥动两只大拳头,一手一个将他们打翻在地,用一只手托起吉卜赛少女,好似一个孩子提起他的玩具娃娃,一个箭步跨到教堂,将姑娘举过头顶,用一种令人惊骇的口气叫道:"圣地!"

这一切如此迅速,恰似一道闪电划破黑夜,一切全都看得清清楚楚。

"圣地!圣地!"人群反复喊道,千万只手拍着,伽西莫多的独眼闪耀着快乐和自豪的光芒。

这一震动使犯人苏醒过来。她抬起眼睛,望了望伽西莫多,随后突然闭上眼睛,仿佛被她的救命恩人吓到了。雅克大人一下子愣在那里,刽子手,所有随从,全都愣住了。的确,在圣母院的围墙内,犯人是不可侵犯的。

教堂是一个避难所。整个人类司法制度不准越过教堂的门槛。伽西莫多在门廊下停了下来。他的一双大脚站在教堂石板地上,似乎比沉重的罗曼式石柱更坚实。他那头发蓬乱的大脑袋深埋在双肩之间,犹如只有狮鬃、没有脖子的雄狮。他那长满老茧的大手举着还在心惊肉跳的姑娘,好像举着一条白练;他是那样小心翼翼地托着她,好像生怕把她打碎,或是把她像花一样弄枯萎了。他似乎觉得,这是一件精致、优美、珍贵的宝贝,是为别人的手而不是为他的手而做的。他好像连碰都不敢碰她,甚至不敢对着她呼吸。后来,他蓦地把她紧紧抱在怀里,紧贴他的鸡胸,仿佛那是他的财富,他的珍宝;好像他是这孩子的母亲一样,他的独眼低垂下来,望着她,把温柔、痛苦、怜悯倾泻在她脸上,然后又突然抬起头来,眼中充满光芒。这时女人们笑的笑,哭的哭,人们兴奋得直跺脚,因为这时候,<u>伽西莫多才真正显出他的美。他是美的,他,这个孤儿,这个捡来的孩子,这个被遗弃的人</u>,他感到自己孔武

> **阅读笔记**
>
> **意蕴深刻**
>
> 伽西莫多是美的,此处点明主旨,将伽西莫多的善良、勇敢表现出来,深化主题。

有力。他敢正面藐视这个将他驱逐、而他却那么强有力加以干预的社会;藐视这个人类司法制度,敢于从中夺取其牺牲品;藐视所有这帮豺狼虎豹,迫使他们只好空口乱嚼;藐视这帮警卫、这帮法官、这帮刽子手,以及国王的全部权力,统统被他这个卑贱者借上帝的力量砸得粉碎。

然而,在胜利过去几分钟之后,伽西莫多突然带着他拯救的人钻进了教堂。民众总是崇尚一切壮举的,睁大眼睛望着阴暗的教堂,想找到他,惋惜他这么快就在他们的欢呼声中走开了。突然,人们看到他在法国列王雕像柱廊的一端又出现了。他发狂似的奔跑,穿过柱廊,一边托着他的胜利品,一边叫喊着:"圣地!"群众中再次爆发出掌声。跑完了整个柱廊,他又钻进教堂里面。过了一会儿,在高处平台上他又重新出现了。他一直把吉卜赛姑娘抱在怀中,一面疯狂地跑着,一面喊道:"圣地!"群众再一次欢呼。最后,他在钟楼的塔顶上第三次出现,在那里他骄傲地把救下的姑娘炫耀给全城人看。他响亮的声音狂热地重复了三遍:"圣地!圣地!圣地!"这声音,人们很少听见,他自己从未听见,响彻云霄。

"妙极了!妙极了!"站在他一边的民众喊道。这巨大的欢呼声传至河对岸,震撼着河滩广场上的人群和那个盯着绞刑架、一直等着看热闹的隐修女。

名师伴你读

▶ **品读与赏析**

本章写爱斯梅拉达被囚车拉向刑场,圣母院大门前广场上乱哄哄的一大群人,他们之中有痛恨吉卜赛人的隐修女,有心灵阴暗的教士,也有一直关注她的伽西莫多,他们在各怀心思地等待着爱斯梅拉达的囚车到来。这场景,对不同的人物形象进行了刻画,尤其是面貌丑陋的伽西莫多,为了拯救自己的恩人,不顾一切地在刑场救起爱斯梅拉达。"他是美的",再次升华本书的主题,丑与美是相对的,形象丑陋的伽西莫多的内在美更凸显了文章的浪漫主义精神。

▶ 学习与借鉴

1.结构紧凑:本章按照爱斯梅拉达囚车的行车顺序,展开了对整个人物的串联:从隐修女与副主教的对话中知道爱斯梅拉达被拉向刑场;从弗比斯与孚勒尔的观看中知道囚车已经到达刑场;而在要处决的关键时刻,伽西莫多出现,整个结构安排紧凑合理。

2.个性突出:本章对各色人物进行描写,无不个性鲜明、栩栩如生,不同的观看角度呈现出一个个不同心思的人物:教士的自私阴险、隐修女的报复、弗比斯的无动于衷、伽西莫多的机灵勇敢,展现出作者深厚的人物刻画功底。

十三　残疾的悲伤

伽西莫多在塔楼和柱廊上狂乱而又得意地跑了一阵以后,将爱斯梅拉达放在这间小屋里。他在这样不停奔跑的时候,姑娘半睡半醒,只觉得仿佛在天上飞翔,有什么东西将她带离了大地,她不时听到伽西莫多的大笑声和吵嚷声在耳边回响。她以为一切都完了,以为人们在她昏迷时已将她处死,以为主宰她命运的那畸形鬼魂重新抓住了她,将她带走。她不敢看他,只好听天由命。可是,当头发蓬乱、气喘吁吁的伽西莫多将她安顿在那间避难的小屋里,当她感到他粗大的手轻轻解掉那擦伤她双臂的绳索时,她当时心灵上所受到的震撼,就像一只船在黑夜里抵岸,旅客一下子惊醒过来似的。

她的思绪也被唤醒了。她发现自己在圣母院,想起自己被人从刽子手的手中救出来;发现弗比斯还活着,弗比斯却不爱她了。这两个念头,一齐涌现在爱斯梅拉达的脑海中,她转身看着站在她面前并使她害怕的伽西莫多,对他说:"你为什么救我?"他惶惶不安地看着她,好像努力在猜测她说什么。她又问了一遍。于是,他无限忧伤地瞅了她一眼,随即跑开了。她呆在那里,十分惊讶。过了一会儿,他带着一个包袱回来,扔到她的脚下。这是一些好心的妇女放在教堂门口给她穿的衣服。这时,她低头看看自己,发现她几乎赤身裸体,顿时羞红了脸。伽西莫多似乎也受到这种羞怯的感染,随即用大手遮住眼睛,又走了出去,不过,这一次是慢吞吞的。她连忙把衣服穿上。这是一件白色衣裙,还有一块白面纱,是主宫医院见习护士的衣裳。她刚穿好衣服,就看见伽西莫多走了回来。他一只胳膊挽着一只篮子,另一只胳膊夹着一块床垫。篮子里有一瓶酒、面包和一些食品。他把篮子放在地上,说道:"吃吧。"他在石板上摊开床垫，说："睡吧。"伽西莫多拿来的是他自己的饭菜，他自己的床铺。爱斯梅拉达抬眼望他，要向他表示感谢，可是一句话也说不出来。这可怜的魔鬼确实可怕，她吓得瑟瑟发抖，低下了头。

这时，伽西莫多对爱斯梅拉达说："我吓着你了。我很丑，是吗？别看我，只听我说话就行。白天你待在这里，夜里你可以在整个教堂里到处走。不过，无论白天或夜晚，你都不要走出教堂。要不然，你就完啦。那些人会杀了你，我也会死的。"她深受感动，抬起头来想回他的话。他却已经走了。

她独自思量着这个近乎妖怪的人的这番奇特的话，他的声音是那么沙哑却又那么温和，她的心被打动了。随后，她细看了一下这间小屋。它很小，有一个小天窗和一扇门。屋檐上装饰着一些动物头像，似乎在她周围探头探脑，伸长脖子想透过天窗看她。在她那间小屋的屋顶边上，她看见无数壁炉的顶端，全巴黎城家家户户的炉烟，在她眼前袅袅上升。她想到自己孑然一身，无依无靠，便心如刀割。

就在这时候，她感到一个毛茸茸的、长满胡须的脑袋悄悄钻到她手里、碰到她的膝盖，她不由得打了个哆嗦，低头一看，原来是机灵的小山羊。在伽西莫多驱散巡逻队时它跟着逃了出来，现在正在她脚下蹭来蹭去已近一个钟头，却没能得到主人的一个顾盼。爱斯梅拉达连连吻它。她说："啊，加丽，我竟把你忘了！你却一直在想我！啊！你没有负心哪！"此时她觉得好像有一只看不见的手把长期以来堵在她心头的石头拿掉了，她大哭起来。随着眼泪的流淌，她感到心中最辛酸、最苦涩的苦楚也随着眼泪一起流走了。夜幕降临，她发现夜是如此美好，月亮是如此温柔，她沿着教堂周围高高的柱廊走了一圈，感到心情舒坦一些，因为从这高处往下望去，大地显得多么宁静啊！

第二天早上醒来，她发现昨晚睡了个好觉。这件奇特的事使她感到诧异，她好久未睡过一次好觉了。

一线明媚的朝晖透过窗洞射进来，照到她的脸上。在看见阳光的同时，她发现窗洞口有个东西吓了她一跳，那是伽西莫多那张丑脸。她不情愿地闭上眼睛，不过没有奏效。透过她玫瑰色的眼睑，那个丑陋、独眼、缺牙的面孔，似乎一直浮现在她眼前。于是，她索性一直把眼睛闭着，又听到一个粗嗓门极其温和地说："别怕，我是你的人。我是来看你睡觉的。这无妨吧，对吗？你闭着眼睛，我在这儿看，这对你不会有影响吧？现在我要走了。看，我在墙后面，你可以睁开眼睛啦。"还有比这些话听起来更令人心酸的，那就是说这些话的声调。爱斯梅拉达深受感动，睁开眼睛一看，其实他已不在窗口了。

她走向窗口，看见可怜的驼背在一处墙角缩成一团，姿势痛苦而顺从。她拼命克制对他的厌恶。

"过来吧！"她轻轻地对他说。看到爱斯梅拉达嘴唇在动，伽西莫多以为她在撵他走，于是站起来，跛着脚，低着头慢慢地走出去，甚至不敢向姑娘抬起充满失望的目光。她喊道："过来吧！"他却继续远离她，于是她扑到小屋外，朝他跑去，抓住他的胳膊。伽西莫多被她一碰，不由得四肢直打战。他重新抬起头来，用恳求的目光看着她，看见她要把他拉到她身边，整张面孔顿时露出快乐和深情的光彩。她想让他进屋去，可是他坚持待在门口，说道："不，不。猫头鹰不进云雀的巢。"这时，她姿态优雅地蹲在她的床垫上，小山羊睡在她脚下。两人默默地注视着对方，他觉得她那么优美，她觉得他那么丑陋。她的目光从他的罗圈腿慢慢移到他的驼背，再从驼背慢慢移到独眼，她随时能在伽西莫多身上发现更加丑陋之处，她弄不懂一个如此粗制滥造的人怎能生存于世。然而这一切又包含着不胜悲伤和无比温柔，她慢慢开始适应了。

他先打破沉默。"你是叫我回来？"

她点点头，说道："对。"

他懂了她点头的意思，"咳！"他说，好像要说又有点犹豫不决，"可是……我聋啊。"

"可怜的人！"爱斯梅拉达以一种善意的怜悯表情大声说道。

他痛苦地笑了笑："你没发现我缺的就是这个，是吗？对，我聋。我生来就是这样。很可怕，不是吗？而你呀，这么漂亮！"

在这个不幸的人的声调中，对自己不幸的感受是如此深切，她听了连一句话也说不出来，更何况他也不会听见。他继续说下去："我从来没有发现自己像现在这样丑。我将自己与你相比，我很可怜自己，我是一个多么不幸的怪物哇！我大概像头牲畜，你说对吗？你是一道阳光，一滴露珠，一只漂亮的鸟！我呢，我是一个可怕的东西，不是人，也不是兽，一个比石子更坚硬、更遭人践踏、更难看的丑八怪！"

说着,他笑起来,这是世上最撕裂人心的笑声。他继续说:"是的,我是聋子。不过,你可以用动作和手势跟我说话。我的主人就用这种方法跟我说话。还有,我从你嘴唇的翕动和你的眼神就会很快知道你的意思。"

"那好!"她笑着说,"告诉我你为什么救我。"

她说话的时候,他一直目不转睛地望着她。"我懂了。"他回答,"你问我为什么救你。你忘了有一天夜里,有一个人想把你抢走,就在第二天,你在耻辱柱上帮了他。一滴水、一点怜悯,我就是献出生命也报答不了哇!你把这个不幸的人忘了;而他,他还记得呢。"

她听着,心里深受感动。一滴眼泪在伽西莫多的眼里滚动,不过没有掉下来,好像吞下眼泪是一件攸关荣誉的事。

"听我说,"他生怕这眼泪流出来,继续说,"我们那边有很高的塔楼,一个人要是从那里掉下去,还没落到地上就完蛋了。只要你乐意我从上面跳下去,你一句话也不必说,使个眼色就够了。"

这时,他站起来。尽管爱斯梅拉达自己是那样不幸,这个古怪的伽西莫多仍引起她的几分同情。她打个手势叫他留下来。

"不,不。"他说,"我不该留太久。你看着我,我不自在。你不肯转过头去,那是出于怜悯。我去待在某个看得见你,而你又看不见我的地方,那样会更好些。"

他从衣袋里掏出一只金属小口哨,说:"给,你需要我,要我来,不太害怕看到我时,你就吹这个——我会听到它的声音。"

他把口哨往地上一放,赶忙避开了。

终于有一天清晨,爱斯梅拉达一直走到屋顶边上,从圆形圣若望教堂的尖顶上方俯视广场。伽西莫多也在那里,在她身后。突然,爱斯梅拉达打了个寒噤,一滴泪珠和一丝快乐的光芒同时在她眼中闪现,她跪在屋顶边缘,焦急地朝广场伸出双臂喊道:"弗比斯!来吧!来吧!看在上天的份上!说句话,只说一句话!弗比斯!弗比斯!"她的声音、她的面孔、她的姿势,整个人的表情叫人看了撕心裂肺,就像海上遇难的人,看见远方天边阳光里驶过一艘大船,向它发出求救的信号。伽西莫多俯身朝广场一看,发现她这样深情而狂乱的祈求对象原来是一个青年,一个全身盔甲、饰物闪亮着的英俊骑士,他正从广场尽头经过，勒马转了半圈，举起羽冠向一个在阳台上微笑着的美貌女子致敬。不过，军官并没有听到可怜的姑娘的呼喊——离得太远了。可是，可怜的聋子他却听见了。他深深叹息了一声，连胸膛都鼓了起来。他转过身去。他把所有的眼泪都强咽下去，心中都被眼泪填满了。他用两只痉挛的拳头狠击脑袋，缩回手时，每只手掌里都有一把红棕色的头发。

爱斯梅拉达压根没有注意到他。他咬牙切齿地低声说："该死！那才是个好样的！只需外表漂亮就行了！"

这时爱斯梅拉达依然跪着，极为激动地大声叫道："啊！瞧他下马了！他要到那房子里去！弗比斯！他听不见我的喊声！弗比斯！那个女人有多坏，与我同时跟他说话！弗比斯！弗比斯！"

伽西莫多望着她，他算是看懂了这场哑剧。可怜的伽西莫多眼里充满了眼泪，不过一滴也不让它淌下来。突然他轻轻拉她的袖边。她转过身，他装出心平气和的样子，对她说："你要我帮你去找他吗？"她高兴得叫了起来："啊！行！去吧！快去！这个队长！这个队长！把他给我带来！我会爱你的！"她抱着他的双膝，他禁不住痛苦地摇了摇头，低声说道："我去把他带到你这儿来。"随后，他转身大步走向楼梯，泣不成声。到了广场，他只看到拴在贡德洛里耶府第大门口的骏马，弗比斯刚进屋里去。他抬头望了望教堂的屋顶。爱斯梅拉达一直待在原地，还是原来的姿势。他痛苦地朝她摇了摇头。随后，他往贡德洛里耶家大门口的一块界碑上一靠，横下心来等候弗比斯出来。

这一天在贡德洛里耶府上，正是婚礼前大宴宾客的日子。伽西莫多看到许多人进去，却不见有人出来。他不时望着教堂顶上。爱斯梅拉达和他一样，一动不动。整整一天就这样过去了，伽西莫多倚在石桩上，爱斯梅拉达待在屋顶上，弗比斯大概就在孚勒尔的脚边。夜幕终于降临。伽西莫多凝望着爱斯梅拉达，可是看不见。不一会儿，暮霭中只剩下一丝白色。随后，什么也没有了。一切都消失了，一片漆黑。

伽西莫多看到贡德洛里耶府第正面的窗户从高到低都亮了，又看到广场上另外的窗子一个接一个也亮了，后来他看到广场上的窗户一个个灭了。他一直守在贡德洛里耶家的门口。

大约凌晨一点钟，宾客开始告退了，被黑暗包围着的伽西莫多看着他们一个个从灯火辉煌的门廊里经过，却没有弗比斯。他满腹忧伤，不时仰望天空，大片沉重的乌云残破而皲裂，悬在空中，好似从星空的天拱上垂下来的绉纱吊床，又好似挂在天穹下的蛛网。

就在这时候，他忽然发现阳台上的落地窗神秘地打开来，阳台的石头栏杆正好在他头上。从玻璃窗门走出来两个人。那是一男一女，伽西莫多仔细辨认，好不容易才认出那男人就是漂亮的弗比斯，那女人就是他早上看见的从这个阳台上向弗比斯表示欢迎的千金小姐。他们好像在含情脉脉地窃窃私语，看上去小姐只允许弗比斯用胳膊揽住她的腰，却轻轻地拒绝他的亲吻。伽西莫多从下面凝视着这幸福美妙的情景，心里不免酸酸的。可是在这一情景中最使他心碎的、使他愤恨的，就是想到，若是爱斯梅拉达看见了，该会多么痛苦。这时，那对情侣的交谈似乎益发激动了。千金小姐好像恳求弗比斯别再向她提什么要求。伽西莫多能看清的，只是她合着秀手，笑容中含着热泪，抬头望着星星，而弗比斯的眼睛火辣辣地俯望着她。幸好，就在小姐只能有气无力地挣扎的时候，阳台的门突然开了，一个老妈子出现了，小姐似乎很难为情，弗比斯一副恼怒的神情，接着，三个人回到屋里去了。

过了一会儿，只见一匹马在门廊下踏着碎步，那神采飞扬的弗比斯，裹着夜间穿的斗篷骑在马上，急速从伽西莫多面前走过。敲钟人看他绕过街角，随后在他后面跑起来，敏捷得像猴子一般，喊道："喂，卫队长！"

弗比斯闻声停了下来。"无赖，你叫我做什么？"他在暗影中望着一个人影一颠一拐地朝他跑来。

伽西莫多这时跑到他面前，大胆地一把拉住马缰绳："跟我走，队长，这儿有个人要跟你说几句话。"

"该死的！"弗比斯嘀咕道，"真是个丑八怪，我好像在哪儿见过。喂，伙计，快把缰绳放下。"

"队长，"聋子说，"难道你不问一问我是谁？"

"我叫你放开我的马。"弗比斯不耐烦地说，"你这个坏蛋吊在马笼头下想干什么？是不是把我的马当成了绞刑架？"

伽西莫多非但没有松开缰绳，反而设法让那匹马掉头往回走。他不能理解弗比斯为什么要拒绝，连忙对弗比斯说："跟我走吧，队长，是一个女人在等你。"他使劲又加上一句:"一个爱你的女人。"

"少见的无赖!"弗比斯说,"他以为我非得到每个爱我或者自称爱我的女人那儿去!要是万一她跟你一样,长着一副猫头鹰的嘴脸呢?快去告诉派你来的那个女人说我要结婚了,让她见鬼去吧!"

"听我说,"伽西莫多以为用一句话就能打消他的疑虑,大声地喊道,"走吧,大人,是你认识的那个吉卜赛姑娘!"

"吉卜赛女人!"弗比斯几乎恐惧地嚷道,"什么,你是从阴间来的?"话音一落,他将手搁在短剑的手柄上。

"快,快,"聋子用力拖马,说道,"从这儿走!"

弗比斯朝他的胸口猛踢一脚。伽西莫多的眼里直冒金星。他往前一跳,想冲向弗比斯,但他却克制住自己,挺直身子对弗比斯说:"啊,有人爱着你,你多么幸运!"他把"有人"说得很重,随后松开缰绳:"你去吧!"

弗比斯咒骂着策马奔去,伽西莫多眼睁睁地见他钻进大街的夜雾中。"啊!"可怜的聋子低声道,"竟然拒绝见可怜的姑娘!"

他回到圣母院,点上灯,又登上塔楼。如他所想的那样,爱斯梅拉达一直待在原处。她老远就瞥见他,遂朝他跑过来。

"就你一个人?"她痛苦地合起漂亮的双手,大声说道。

"我没有找到他。"伽西莫多冷冷地说。

"你该等他通宵才对呀!"她生气地说道。

他看见她愤怒的手势,明白了她在斥责他。"我下次盯紧点。"他低下头说道。

"滚开!"她说。

他走了。她对他不满意,但他宁愿受她冷待也不愿叫她伤心。他自己承受了全部痛苦。从这天起,爱斯梅拉达再没有见到他。他不到她的小屋里来了。至多她有时瞥见伽西莫多在一座钟楼顶上忧伤地注视着她。可是,她一看见他,他就逃得无影无踪了。虽然她没有再看见他,但是她感到有个善良的精灵就在她身边。有一只看不见的手在她睡觉时送来新的食物。一天清晨,她发现窗口有一只鸟笼。她的小屋上方有一尊雕像,她看了很害怕,她在伽西莫多面前不止一次地说过。一天清晨(因为所有这些事都是在夜间做的),她看不到这雕像了。有人将它打碎了。这个一直爬到雕像上的人一定是冒着生命危险哪！

有时，晚上，她听到钟楼披檐下有个声音，好像给她催眠似的唱着一首忧伤古怪的歌曲。那是没有韵律的诗句，正如一个聋子所能写出来的那样。

> 不要光看脸蛋，
> 姑娘啊，要看心灵。
> 英俊少年的心常常丑陋。
> 有些人的心爱情留不住。
> 姑娘啊，松柏不好看，
> 不如白杨那么漂亮，
> 可冬天它枝叶翠绿。
>
> 唉！说这个有何用！
> 不漂亮生来就是错，
> 美貌只爱美貌，
> 四月背对着一月。
>
> 美是完整无缺，
> 美可以无所不能。
> 乌鸦只在白天飞，
> 猫头鹰只在夜里飞，
> 天鹅白天黑夜飞。

一天早上，她醒来看见窗口有两个插满花的花瓶。一个是水晶瓶，非常漂亮，鲜艳夺目，可是有裂痕，灌满的水都漏掉了，里面的花凋谢了；另一个是陶土罐，粗制滥造，普通平凡，但存满了水，花朵依然鲜丽红艳。不知道这是否是故意所为，但见爱斯梅拉达拿起凋谢的花束，整天将它捧在胸前。那天，她没有听到钟楼中有人唱歌的声音。她对此不太介意。她的整日时光都用来抚爱加丽,注视贡德洛里耶府的大门,低声念叨弗比斯,把面包撕成碎片喂燕子。

话说回来,她再也看不见伽西莫多,再也听不到他的声音了。可怜的伽西莫多似乎从教堂消失了。有一天夜里,她没有睡着,想着她那英俊的弗比斯,她听到小屋旁边有人在叹息。她惊恐万分,连忙起身,借着月光瞥见一个丑陋的人影横躺在门前。原来是伽西莫多睡在那边一块石头上。

名师伴你读

▶ 品读与赏析

伽西莫多解救爱斯梅拉达后,他们开始短暂的教堂生活。爱斯梅拉达慢慢地了解伽西莫多——他丑陋的外表下拥有一颗美好的心灵;而伽西莫多为了心中的女神,宁愿低声下气去请求弗比斯来见爱斯梅拉达一面。人物之间的对话,把人物各自的性格特点准确地展现出来,而用松柏与白杨、陶土罐与水晶瓶等做对比,点明文章的主旨——美在心灵。

▶ 学习与借鉴

1.对话描写:本章使用大量的对话描写,既可以展现人物性格,推动故事情节发展,而且让人物显得真实、生动。爱斯梅拉达与伽西莫多的对话,既是外在的美与丑的对照,更是内心美的展现;而伽西莫多与弗比斯的对话则表现了弗比斯的卑劣,外在虽美,实则内心丑陋,进一步深化小说关于美与丑强烈对比的主题。

2.对比的运用:美与丑的对比是小说通篇使用的一种手法,在本章中表现鲜明。爱斯梅拉达的美与伽西莫多的丑形成对比,这种对比只是外在的比较;而伽西莫多的内在美与弗比斯的外在美形成鲜明的对比,意在赞美心灵美。而文章出现的青松与白杨、陶土罐与水晶瓶等的对比,都是在表现坚忍、善良、实在才是美。

十四　红门的钥匙

　　克洛德终于从公众的闲语中得知了爱斯梅拉达神奇的获救经历。当他得知这件事时，他心中的滋味，自己也说不清。他本来已经接受了爱斯梅拉达死了这一说法，这样倒也清净了，可是如今却知道她还活着，弗比斯也活着，于是各种折磨，各种打击，何去何从的抉择，生不如死的痛苦，全又死灰复燃了。得知这个消息，他把自己关在隐修院的密室里。他既不出席教士会议，也不参加宗教祭礼。他对所有人，甚至对主教也都闭门不纳。他就这样把自己囚禁了几个星期。人们都以为他病了。

　　整整几天，他从早到晚把脸贴在窗玻璃上往外看。从隐修院的这扇窗子，他能看到爱斯梅拉达的住处，常常看到她和她的山羊在一起，有时也和伽西莫多在一起。他注意到这个可恶的聋子对爱斯梅拉达关怀备至，百依百顺，体贴入微。他反复思忖，究竟是什么动机驱使伽西莫多去救她。他目睹了爱斯梅拉达和伽西莫多之间千百次接触的小场面，他觉得那一幕幕哑剧无不充满深情。于是，他隐隐约约感到，自己萌发出一种万万没有想到的嫉妒心理，让他羞愧和愤慨得脸红耳赤。"那个队长还说得过去，可这一位呀！"这种念头叫他心慌意乱。

　　那一夜，爱斯梅拉达把一切痛苦都抛开，带着希望和乐观的心情，在小屋里睡着了。她已睡了一会儿，像往常一样，老梦见弗比斯。忽然，似乎听到周围有什么声响。她向来睡觉很警觉，睡得不稳，像小鸟一般，一有动静就惊醒了。她睁开眼睛，一团漆黑，可是，她看到窗口有一张面孔在瞅她，因为有一盏灯照着这个人影。她恐惧地闭上眼睛，用微弱的声音说道："啊！是那个教士！"

她经受过的一切不幸，一下子像闪电似的又浮现在她脑际，她顿时浑身冰凉，又瘫倒在床上。过了一会儿，她觉得自己的身体接触到另一个人，不禁一阵战栗，猛然惊醒了，怒冲冲地坐了起来。原来，是克洛德刚才偷偷摸摸溜到了她身边，用双臂将她抱住。她想叫喊，却叫不出来。

"滚开，魔鬼！滚开，杀人犯！"她又愤怒又惊恐，只能用颤抖而低弱的嗓音说道。

"行行好！行行好！"克洛德一边喃喃说道，一边将嘴唇印在她的肩膀上。

她双手抓住他秃头上仅有的一点头发，竭力避开他的吻，好像那是蝎蜇蛇咬。

"行行好！"克洛德反复说道，"要是你知道什么是我对你的爱情，那该有多好！我对你的爱，是烈火，是融化的铅，是千把插在我心头的刀哇！"

话音一落，他就以超人的力量抓住她的双臂。她吓得魂不附体，喊道："放开我，不然……"

忽然，她感到他的力气比她大得多，只听见他咬牙切齿地说："该了结啦！"

她在他的拥抱下被制服了，悸动着，浑身无力，任他摆布。她感到一只淫荡的手在她身上乱摸。她奋力最后挣扎，大喊起来："救命！快来救我！有个吸血鬼！吸血鬼！"

没有人赶来。只有加丽醒了，焦急地咩咩直叫。

"闭嘴！"克洛德气喘吁吁地说。

爱斯梅拉达挣扎着，在地上爬着，她的手碰到了一个冰凉的、像是金属的东西。原来是伽西莫多留下的口哨。她顿时激动得痉挛起来，抓住口哨，拿到嘴边，用仅存的力气使劲吹了一下，口哨便发出清晰、尖锐、刺耳的声音。

"这是什么玩意？"克洛德说道。

刹那间，克洛德觉得被一只有力的胳膊提了起来，小屋里一片昏暗，他看不清是谁抓住他的，只听到来人愤怒得把牙齿咬得咯咯响。在黑暗中刚好有稀疏的微光，他可以看见一把短刀在他的脑袋上方闪闪发亮。克洛德认为抓他的人是伽西莫多。他猜想只能是他。他想起刚才进来时，在门外被横卧着的一包什么东西绊了一下。还有进来的人一声不吭，他更确定无疑了。他抓住那只手持短刀的胳膊喊道："伽西莫多！"在这生死攸关的时刻，他竟忘记了伽西莫多是聋子。说时迟，那时快，克洛德被打倒在地，他感到一只沉重的膝盖顶在他的胸口上。从这膝盖嶙峋的形状，他更确定这就是伽西莫多。这可怎么办呢？怎么才能让伽西莫多认出自己呢？黑夜使聋子变成了瞎子。他完蛋了。姑娘好似一只愤怒的母老虎，毫不怜悯，更不会出面来救他。短刀越来越逼近他的头。此刻真是千钧一发。突然，他的对手似乎一阵犹豫，以低哑的声音说道："别把血溅到她身上！"

果真是伽西莫多的声音。这时，克洛德感到有只粗大的手拉住他的脚，将他拖出小屋。他大概就要死在那里。算他走运，月亮已升起一会儿了。他们刚跨出小屋的门，惨白的月光正好落在克洛德的脸上。伽西莫多正面看了他一眼，不由得直打哆嗦，遂放开克洛德，向后倒退。

爱斯梅拉达跨过小屋的门槛，发现这两个人突然调换了角色，惊讶不已。此刻是克洛德咄咄逼人，伽西莫多却苦苦哀求。克洛德用愤怒和斥责的动作吓唬伽西莫多，粗暴地挥手要他滚回去。伽西莫多低下头，随后，他跪在爱斯梅拉达的门前，声音低沉、无可奈何地道："大人，你先杀了我吧，以后你爱怎么干随你的便！"

他这样说着，要把短刀递给克洛德。克洛德怒不可遏，一下子扑上去，但爱斯梅拉达比他更快，抢过伽西莫多手上的刀，疯狂地纵声大笑，对克洛德说："过来吧！"

她将刀举得高高的。克洛德犹豫不决，心想真的会砍下来。她怒吼道："你不敢靠近是不是？胆小鬼！"随后，她又毫不怜悯地添上一句，深知这比用千百块烙铁穿透克洛德的心还要厉害："啊，我知道弗比斯没有死！"

克洛德一脚把伽西莫多踢翻在地，狂怒地战栗着，重又钻入楼梯的拱顶下。

他走后，伽西莫多捡起那只口哨，把口哨再交给她，说道："它锈了。"随后，留下她一个人，走了。爱斯梅拉达看到刚才这一暴力的情景，惊魂未定，筋疲力尽，一下子瘫倒在床上，呜咽起来。她的前景又变得阴森森的。

克洛德呢，则摸索着回到了他的密室。事情暂时就这样完了。克洛德嫉妒伽西莫多！他若有所思，重复着那句致命的话："谁也休想得到她！"

自从比埃尔·甘果瓦目睹了整个事件如何急转直下，这出喜剧的两个主角将不会遭到绳索、绞刑和其他麻烦，就不再想插手此事了。自己那位以摔罐成亲的妻子躲进了巴黎圣母院，他甚至都不想去看她。他偶尔想起小山羊，如此而已。

有一天，他在圣日耳曼·奥克塞鲁瓦教堂附近停了下来。突然，他觉得有只手沉甸甸地落在他肩上，扭头一看，原来是他的老朋友，昔日的老师，克洛德大人。他一下子不知所措。

克洛德沉默了一会儿，甘果瓦发现克洛德与以前相比判若两人，脸色如同冬日的清晨那样苍白，双眼深凹，头发几乎都白了。还是教士先打破沉默，声调平静而冷淡，说道："甘果瓦，身体可好？"

"问我的身体吗？"甘果瓦应道，"嘿嘿！马马虎虎，可以说过得去吧。总的说是好的。我做什么都不过度。老师，你知道吗？健康的奥秘，用希波克拉特的话来说，就是'饮食、睡眠、爱情，一切都节制。'"

"那你如何谋生呢？"

"依然随时写些史诗和悲剧，不过收入最多的，还是老师你知道的那种功夫，牙齿上摞椅子叠的金字塔。"

"这种职业对一个哲学家来说太粗俗了。"

"这还是一种平衡，"甘果瓦说，"一个人有了一种思想，在任何事情当中都可以发现这种思想的存在。"

"我知道。"克洛德回答，一阵沉默之后，克洛德接着说，"可是，你还相当穷苦吧？"

"穷，倒不假；苦，并不苦。"

"过来一下，我有话要对你说。"克洛德道。

"你有什么话对我说，老师？"甘果瓦问他。

"甘果瓦，你把那个吉卜赛女人怎么啦？"克洛德说道。

"是爱斯梅拉达吗？你的话题转得挺突然。"

"她不曾是你的妻子吗？"

"是的，是摔罐成亲的。我们婚期四年。"甘果瓦说到这里，注视着克洛德，带着半嘲讽的神情又加上一句，"对啦，这么说来，这件事你老挂在心上啦？"

"那你呢，你不再想啦？"

"很少去想了，我事情多着呢！……我的上帝呀，那只小山羊可真漂亮！"

"那个吉卜赛女人不是救了你的命吗？"

"千真万确。"

"那好，她现在怎么啦？你把她怎么啦？"

"不知道。我想他们将她绞死了。"

"你真的相信吗？"

"我拿不准。等一等，听说她躲进圣母院避难去了，她在那里很安全，我真高兴，可我没能打听到小山羊是否也跟她一起逃脱了。我知道的就这么多。"

"我来告诉你更多的情况吧。"克洛德嚷道，他的嗓门，在此之前一直低沉缓慢，几乎沙哑，这时却变得响亮起来，"她的确躲进了圣母院，可是再过三天，司法机关就要去那里重新逮捕她，她就要在河滩广场被绞死。大理院做出了判决。"

"这可真倒霉。"甘果瓦说。

克洛德停了一会儿，接着又说："说到底，她不是救了你一命吗？你就不想替她做点什么？"

"我正求之不得呢。听我说，老师。我想象力不错，我来给你出谋划策……可不可以请求国王开恩？"

"请求路易十一？开恩？"

"干吗不？"

"那无异于到老虎身上取骨头！"

甘果瓦开始寻思新的解决办法。

克洛德提高嗓门："比埃尔先生，我认真思考过了，只有一种办法能救她。"

"哪一种办法？"

"听我说，比埃尔先生，你可记得，你的命是她救的，我要直率地说出我的看法。教堂日日夜夜都有人监视。只有被看到进去的人才能出来。因此，你可以进去。你去了以后，我带你去找她。你同她换穿一下衣服，她穿你的短上衣，你穿她的裙子。"

"这办法说到这里还行，然后呢？"甘果瓦提醒道。

"然后？她穿着你的衣服出来，你穿上她的衣服留在里面。人们或许会将你绞死，可是她得救了。"

听了克洛德这突如其来的建议，诗人那张开朗、和善的面孔猛然阴沉了下来，仿佛意大利明媚的风光，突然刮起一阵逆时的狂风，把一块乌云摔碎在太阳上。

"我说，老师，我也许能逃过绞死的命运，可一旦被抓住必被绞死无疑。"

"她救过你的命，这可是一笔你要偿还的债呀。"

"听我说，克洛德，"甘果瓦懊丧地应道，"你坚持这个意见可就错了。我不明白，我凭什么要代替另一个人去被绞死。"

"这么说，一定有许多事使你依恋人生？"

"不错！有千百种理由！空气啦、天空啦、清晨啦、夜晚啦、月光啦，我那些流浪汉好友啦，巴黎的漂亮建筑有待研究啦，三大部书要写啦，其中一部是控告主教及其磨坊的，我说也说不完！"

克洛德嘟哝着："那好吧！你说，你今天能有这样美妙的生活，是谁给你的？你能呼吸这样的空气，看见这样的天空，还能让你那云雀般的简单脑袋有机会净说废话、净干蠢事，这些应归功于谁呢？要不是她，你如今会在什么地方呢？由于她的搭救你才活着，可你却要她死？这个尤物，漂亮、温柔、令人爱慕，是世界光明所需，比上帝还神圣，你却要她去死！而你呢，半聪明半疯癫，什么也算不上的废物，你却从她那里窃取来了生命，继续活下去。得啦，发点善心吧，甘果瓦！该是你表示慷慨大方的时候了，是她先开始这样做的。"

克洛德情绪激动。甘果瓦听着，先是犹疑不定，继而感动了，末了，做了一个怪相，表情悲怆，面孔灰白，顿时像一个患了腹绞痛的婴儿。

克洛德向他伸出手，说：“那就说定了？你明天来。”

看到这个样子，甘果瓦顿时回到现实中来了。"啊！肯定不去！"他说道，那口气如大梦初醒，"被绞死，这太荒唐了！我不干！"

"那么再见吧！"话音一落，克洛德又低声加上一句，"我还要找你！"

"我才不要这个鬼头鬼脑的家伙再来找我呢。"甘果瓦心里想着，随即跑去追赶克洛德，"喂，克洛德大人，老朋友别生气呀！你关心这个姑娘，我是说关心我的妻子，这很好。你想出一个妙计，让她安然从圣母院出来，可你的办法对我甘果瓦来说，极为不利……我要是另有良策就好了。我跟你说，刚才我突然灵机一动，计上心来……假如我有个妙计，既让她摆脱险境，又不至于用小小的活结连累我的脖子，你说怎么样？难道这不好吗？非得让我被绞死，你才遂心吗？"

克洛德不耐烦地扯着身上道袍的纽扣，说道：“废话真多！什么方法？”

"是的，"甘果瓦自言自语道，并用食指碰了碰鼻子，表示在思考。"有了！……流浪汉都是勇敢的小子……全吉卜赛部落的人都喜欢她……只要一声令下，他们就会奋起……再容易不过了……发动快攻……趁着混乱，轻而易举把她拯救出来……就在明天晚上……他们才求之不得呢。"

"办法！快说。"克洛德摇晃着他，说道。

甘果瓦威严地朝他转过身去，说道：“放开我！你没看见我正在出谋划策吗？”他又沉思了半晌，随后对自己的计谋大加赞赏，拍着手喊道：“妙极了！肯定成功！”

"快说说办法！"克洛德又愤怒地说。

甘果瓦容光焕发："过来，我小声说给你听。这是一个反阴谋，确实巧妙，它可以使我们大家全都脱身。啊！这下你得承认我并不是傻瓜了吧。"

他停顿了一下，又说："哎呀！小山羊跟她在一起吗？"

"是的。见你的鬼去吧！"

"就是说他们也要绞死它，是吗？"

"这关我什么事？"

"不错,他们会把它也绞死。上个月他们就绞死了一头母猪。刽子手最喜欢这样。随后可以吃肉,要绞死我漂亮的加丽!可怜的小羊!"

"该死!"克洛德大嚷道,"刽子手就是你。混蛋,你究竟想出什么拯救办法?难道要用产钳才能叫你说出主意来!"

"太妙了,老师!我这就讲给你。"

甘果瓦欠身凑近克洛德耳边,一边悄悄对他说着,一边心神不安地巡视着街道的两头,其实并没有一个人走过。他一说完,克洛德抓住他的手,冷漠地说道:"好,明天见。"

名师伴你读

▶品读与赏析

克洛德副主教贼心不死,企图在教堂非礼爱斯梅拉达,而求救的哨声让伽西莫多及时赶来解救爱斯梅拉;然而非礼未遂的副主教又鼓动甘果瓦去拯救爱斯梅拉达,一场利用流浪汉与吉卜赛部落的阴谋即将展开,为下文故事情节的发展做了铺垫。本章中精彩的场面描写扣人心弦,结果却又出人意料,引起了读者极大的兴趣,使整部小说都充满了意想不到的浪漫色彩。

▶学习与借鉴

1.场面描写:本章主要聚焦两处场景,一处是教堂内,一处是教堂附近,均以克洛德副主教为主线。教堂内他企图非礼爱斯梅拉达未遂,与伽西莫多对峙的场面令人惊心动魄,刻画出伽西莫多全力保护爱斯梅拉达的感人形象;而教堂外副主教鼓动甘果瓦牺牲自己救助爱斯梅拉达,却充满自私邪恶的念头,简单的对话场景将两个人的居心叵测鲜明地刻画了出来。

2.语言生动:副主教对爱斯梅拉达的语言充满了占有、自私的色彩,而鼓动甘果瓦时却变得一本正经,充分显示出他的表里不一;爱斯梅拉达的反抗语言则突出她勇敢、不屈的性格;甘果瓦的语言则显示出他的自私、呆滞。生动的语言很好地展现出不同人物的性格特点,为本章增彩。

十五　欢乐万岁

在一片喧嚣声中，在酒馆的深处，在壁炉内侧的凳子上坐着一个哲学家，双脚埋在炉灰里，眼睛盯着没有燃尽的柴火，正在聚精会神地沉思。此人就是比埃尔·甘果瓦。

"加油，快，赶紧，快武装好！一个小时后就要出发！"克洛潘·图意弗向黑话帮的人吩咐道。

这天夜里，伽西莫多没有睡。<u>正当他用这只独眼仔细察看巴黎这座大都市时，忽然仿佛看见老皮货沿河街的侧影有些异常，堤岸栏杆映衬在泛白的河水上的乌黑剪影的线条，不像别处的堤岸那么笔直而平静，看起来像在波动，犹如河水的起伏波涛，又像一群人走动时脑袋在攒动。他觉得这有些蹊跷，遂倍加注意。</u>那运动的动向似乎在朝老城走来，不过一点亮光也没有，移动在堤岸持续了一阵，随即像流水似的渐渐流过去，好像那流经过去的什么东西进了城岛里面，随后完全停止了，堤岸的轮廓又恢复笔直和平静了。在伽西莫多绞尽脑汁百思不得其解的时候，他觉得那运动着的什么东西又在教堂前庭街上出现了，这条街在老城垂直地一直延伸到圣母院的正面。末了，尽管夜色浓重，他还是看见一支纵队的前列在这条街涌现，一转眼，一群人在广场上四处散开，当然在黑暗中什么也分辨不清，只见黑压压的一群。

他顿时又害怕起来，心里遂又想起有人蓄意要谋害吉卜

环境描写

跟随伽西莫多的视线对河沿侧影的描绘，营造出暴风雨来临前的黑暗、安静，烘托出凝重的环境氛围。

赛姑娘。他隐约地感到一场风暴迫在眉睫。在这危急关头,他自己打着主意,其推理又快又好,人们根本不会料到是这个如此不健全的脑袋想出来的。该不该叫醒吉卜赛姑娘呢?该不该叫她逃跑呢?从哪里逃?街道被堵住,教堂陷于背水的绝境。没有渡船!没有出路!……只有一种办法,就是死守圣母院大门,至少抵抗一阵,直到救兵到来,如果真有救兵到来,那就不要去打扰爱斯梅拉达的睡眠。不幸的姑娘非死不可的话,什么时候醒来也不会迟的。这个主意一定,他便更加冷静地观察起敌军来了。

图意弗的命令丝毫不差,逐一悄悄得到了执行,这帮流浪汉纪律之严明,真堪表彰。当部署完毕,这个名不虚传的丐帮首领遂登上前庭广场的矮墙,面向圣母院,提高沙哑的粗嗓门,挥着火把。只见火焰被风吹得摇曳不定,时刻隐没在烟柱后,圣母院被映红的正面也随之时显时隐。图意弗提高嗓门:"告诉你,巴黎主教,大理院法庭的推事路易·德·波蒙,我,克洛潘·图意弗、丢纳王、丐帮大王、黑话帮亲王,我告诉你:我们的姐妹,以莫须有的行妖罪名而受到判决,躲进了你的教堂,你必须给予庇护;然而,大理院法庭要从你的教堂里把她重新逮捕,你竟然同意,致使她明天就会在河滩广场被绞死,要是上帝和流浪汉不在那里的话。所以我们来找你,主教。假如你的教堂是神圣的,我们的姐妹也是神圣的;要是我们的姐妹不神圣,那么你的教堂也不神圣。所以责令你把那姑娘还给我们,如果你想拯救教堂的话;否则,我们要把姑娘抢走,并洗劫你的教堂,那就太好了。为此,我在这里立旗为誓。愿上帝保佑你吧,巴黎主教!"

正在此时,他身后突然发出一声可怕的巨响,打断了他的话。他回头一看,原来是一根巨大的屋梁从空中坠下来,砸死了教堂台阶上十来个流浪汉,并在地面石板上滚跳着,发出炮弹般的轰响,还把乞丐群中一些人的腿压断了。叫花子们惊恐万状,呼天唤地,四处逃散。转瞬间,前庭围墙之内空无一人。撬锁的硬汉们虽然有大门的门拱护住,但还是放弃大门逃走了,图意弗本人也立刻退到离教堂相当远的地方。

流浪汉们没有想到,这让他们怒不可遏的意料不到的抵抗竟来自伽西莫多!

说来也真是晦气,偶然的原因,倒帮了这个正直聋子的大忙。且说伽西莫多刚才下到两座钟楼中间的平台,脑子里乱成一团,不知该如何是好。从平台上看到下面成群流浪汉密密麻麻,正准备向教堂猛冲过来,急得他发疯似的沿着柱廊来回狂奔了一阵子,祈求魔鬼或上帝能拯救吉卜赛姑娘。他先是想爬上南面钟楼去敲响警钟,可是转念一想,等他摇动大钟,等那口大钟洪亮嗓门发出一声怒吼,教堂的大门恐怕被攻破十次都不止了呢?因为那时正是硬汉们带着撬锁的器械向大门冲过来的时候。怎么办呢?突然,他想起,泥水匠白天忙了一整天,修葺南面钟楼的墙壁、屋架和屋顶。这可是一线光明。墙壁是石头的,屋顶是铅皮的,屋架是木头的。那奇异的屋架,木头那么密集,故被人称作森林。

伽西莫多遂向这座塔楼跑去。塔楼下面的那些房间里果然堆满了建筑材料,有成堆的砾石、成筒的铅皮、成捆的板条、已锯好的粗大桁条、一堆堆瓦砾。真是一个应有尽有的"武器库"。

刻不容缓,下面的人正在用铁钳和锤子撬门。伽西莫多感到危在旦夕,陡然力气猛增十倍,抱起一根最重最长的木梁,从一个老虎窗伸出去,随后从钟楼外抓住,搁在平台栏杆的角上让它往下滑,猛然一松手由它坠下高塔去。<u>这根巨大的屋梁,从一百六十尺的高空往下坠落,撞坏了墙壁,打碎了雕像,在空中翻转了几个来回,犹如风车的一翼,自由自在穿空而降。最后,它撞到地面,一阵可怕的尖叫随之而起,而这根乌黑的木梁在石板地上蹦跳着,宛若一条蟒蛇在跃动。</u>伽西

阅读笔记

用词准确

"惊恐万状""呼天唤地""四处逃散"三个词语将流浪汉遭受袭击的景象描绘得淋漓尽致。

细节描写

这几句详细刻画了木梁落下的状况,表现出伽西莫多为不让别人伤害爱斯梅拉达而阻挡"敌人"的英勇。

> 阅读笔记

莫多看到流浪汉在巨梁坠落时，四处散开来，活像小孩子吹灰一般。当他们惊魂未定，用迷信的目光盯着这自天而降的巨梁时，当他们乱箭齐发，乱扔霰弹，毁坏门廊上诸圣石像的眼睛时；伽西莫多乘机在掷下大梁的栏杆边上，悄悄堆积瓦砾、碎石，甚至瓦工那一袋袋的工具。因此，他们一开始攻打大门，那些瓦砾、碎石就像冰雹一样纷纷落下，仿佛教堂自行崩溃而砸在他们头上。谁要是此时看见伽西莫多，准会被吓坏的。

他除了在栏杆边上堆积投掷物，还在平台上堆了一大堆石头。栏杆外缘上的石头一用完，他随即从平台上去取。<u>他就这样不断弯腰、直起、再弯腰、再直起，其行动之敏捷简直不可思议。他那丑陋的大脑袋往栏杆上一伸，一块大石头立即落下，随后又是一块，紧接着又是一块。他不时用那只独眼目送一块巨石落下，每当击中了，嘴里就哼一声。</u>

> **动作描写**
> "弯腰""直起""一伸""哼"等动词惟妙惟肖地刻画出伽西莫多不遗余力地阻击"敌人"的情形。

然而，乞丐们并没有灰心丧气。他们继续奋力攻击那道厚厚的大门。所有人齐心协力，增强了橡木槌的冲力，大门已经被震荡了二十多次了。门上的镶板破裂了，镂刻炸成碎片四处纷飞，每震动一次，户枢就在羊角螺钉上跳动一次。门板摇晃了，铁筋之间的木头被撞成碎末纷纷掉落下来。

对伽西莫多来说，幸运的是大门的构造，铁筋比木头还多。然而，他还是感到大门在摇晃。尽管他耳聋听不见，但撞锤每撞击一次，那声音仿佛都会同时在教堂内脏和他的胸腔中回荡。他从高处往下望，看见流浪汉们得意扬扬，怒气冲天，对着教堂昏暗的正面挥舞着拳头，他真是恨不得为了爱斯梅拉达和他自己，也能像从他头顶上空飞走的猫头鹰那样长出两个翅膀远走高飞。尽管石如雨下，但并不足以击退流浪汉的进攻。在这万分紧急的关头，他突然发现就在他扔下石头砸乞丐帮的栏杆下一点点，有两道石头檐溜，槽口直泻教堂大门的上方，内孔通向石板的平台上面。他不禁灵机一动，有主意了——遂跑到自己的窝里找来一根柴火，又在柴火上放上他从没使用过的大量"弹药",即许多捆板条和许多卷铅皮,把这样一大堆柴火在两道檐溜的入口放好以后,便就着灯笼把火点燃了。

在这段时间内,石头不再落下了,流浪汉们也不再仰天张望了。他们气喘吁吁,好似一群猎犬逼近野猪藏身的洞穴,乱哄哄紧紧围着教堂的大门,大门虽然被撞得变了形,却依然屹立。他们兴奋得直颤抖,正等待着最后一次重撞,等待着大门被开膛破肚。他们个个争先恐后挨近大门,都想等大门一打开,抢先冲进这座富足的大教堂,冲进这个聚积了三个世纪财富的巨大宝库。他们欣喜若狂,垂涎欲滴,狼嗥虎啸,相互提醒教堂里有精美的银十字架,有华丽的锦缎道袍,有漂亮的镀金墓碑,有唱诗班各种贵重的璀璨物品,以及各种辉煌的盛大庆典上看见的烛台、圣体盒、圣礼盒、圣柜,包着黄金,镶着钻石,堆积在圣坛上。诚然,在这样美好的时刻,叫花子和假装伤残者也好,穷凶极恶的坏蛋和假装烧伤者也好,心里盘算的是如何洗劫圣母院而不是如何搭救那位吉卜赛少女。我们甚至宁愿认为,他们当中许多人来搭救爱斯梅拉达只不过是一个借口,如果盗贼打家劫舍也需要什么借口的话。他们聚集起来,围着攻城槌,个个屏住呼吸,绷紧肌肉,使出浑身力气,正要对教堂大门进行决定性的一次撞击。就在这时候,猛然听见他们当中发出一片号叫声,比原先木梁砸下时脑袋开花、灵魂出窍的那种惨叫声还要凄厉可怕。没喊叫的人,还活命的人,睁眼一看,只见两道熔化的铅水从教堂高处倾泻下来,落在这帮乌合之众最稠密的人堆里。在人群中造成两个黑洞,浓烟直冒,宛如滚烫的开水泼在雪地上一般。几乎被烧焦的那些垂死的人蠕动着,痛苦万分,惨叫不迭。在这两道喷泉般的溶液四周,可怕的液滴飞溅,洒落在进攻者的头上,火焰就像锐利的钻子,锥进他们的脑壳。正是这沉重的火,洒落无数的铅粒,在这些苦难者身上打了千百个窟窿。吼叫声撕心裂肺。不

阅读笔记

用词准确

"欣喜若狂""垂涎欲滴""狼嗥虎啸"等词语的运用,生动地描写出流浪汉心中对财富的渴望。

> **阅读笔记**

论是最胆大的还是最胆小的，都纷纷逃散，把那根攻城槌扔在尸体上，教堂前庭再次空无一人了。

所有的眼睛都望着教堂的高处，呈现在大家眼前的是一片奇异的景象。只见在最高柱廊的顶上，在中央玫瑰花形的圆窗两端，熊熊烈火从两座钟楼中间腾起，火星飞旋。在这烈焰下面，在那被烧得乌黑的梅花形的石栏杆下面，两道雨溜形如妖怪巨口，不停地喷出炽烈的铅水，银白色的铅液衬托着教堂下方昏暗的正面墙壁，显得格外分明。两道铅液越是接近地面，越是扩展开来，形成一条条束状的细流，俨若从喷壶的千百个细孔中喷射出来。两座巨大钟楼的正面，一座黑黝黝，一座红彤彤，反差生硬而分明。在烈焰的上方，这两座钟楼庞大的阴影直投向天空，显得愈发巍峨。钟楼上那无数鬼怪和巨龙的雕刻，面目狰狞，映着闪烁不定的火光，看上去像全活动起来了。而在这些鬼怪当中，有一个人在走动，只见其身影不时从柴堆烈焰前闪过，就好像一只蝙蝠从烛台前掠过一般。

> **细节描写**
> 那夸张的情景描写，把伽西莫多自制的"炸弹"爆炸的景象描写得惊心动魄，也暗示了流浪汉的伤亡惨重。

流浪汉全惊呆了，顿时一片死寂。在这寂静中只听见各种响声，有被关在修道院里、比马厩里着了火的马还更惊慌的司铎们呼天唤地的惊叫声，有附近窗户急匆匆地偷偷打开、随后又一下子关上的悄悄启闭声，有四周房屋和主宫医院里传来的乱哄哄的响声，有风卷火焰的怒吼声，有垂死者临终的喘息声，还有那铅液落在石板上持续不断的噼啪声。

这时，流浪汉的头目已经退到贡德洛里耶府邸的门廊下，共商对策。吉卜赛公爵坐在一块界石上，诚惶诚恐地仰望着二百尺高空中那火光闪耀的幻景般的柴堆。图意弗火冒三丈，咬着自己粗大的拳头，低声嘟哝道："冲不过去！"

"简直是一座具有魔法的老教堂！"老吉卜赛人马蒂亚斯·韩加蒂·斯比加里抱怨道。

"那个在火堆前走来走去的魔鬼，你们看见了吗？"吉卜赛公爵大吼道。

"天哪，是那个该死的敲钟人，是伽西莫多。"图意弗说。那老吉卜赛人摇了摇头，说："我可要告诉你们，那是塞纳克的阴魂、大侯爵、主管城堡要塞的恶魔。他的形体像全副武装的士兵，长着狮子的脑袋。有时候他骑上一匹丑马，他将人变成建造钟楼的石头，他统率五十个军团，那正是他。我一看就认出来了。有时候他穿着一件华丽的饰金袍子，花纹是土耳其式样的。"

"倍勒维尼·代多阿尔在哪里？"图意弗问道。

"他死了。"一个女乞丐应道。

红脸安德里傻笑着说："这下子主宫医院有的忙啦。"

"真的没有办法攻破这道门啦？"图意弗跺着脚嚷道。

"队长，"红脸安德里叫道，他正望着教堂前庭街，"瞧，那个小个学生在那儿。"

"赞美冥王普路托！"图意弗说道，"可是他身后拖着什么鬼东西？"

果真是若望，一身游侠的沉甸甸行头，在石板地上拖着一架长梯，尽力奔跑，气喘吁吁，就是一只蚂蚁拖着一株比它长二十倍的草，也不像他那样上气不接下气。"胜利！赞美神恩！"若望嚷道，"看，圣朗德里码头卸货工的梯子。"

图意弗朝他走过去："孩子！用这个梯子，你想干吗？"

若望流露出一副顽皮和精明的神情，望了望他，手指弹得像响板一样吧嗒直响："你问我要干什么，显赫的图意弗，你没看见那边三道大门上方，那一排傻瓜似的雕像吗？"

"看见了，那又怎样？"

"那是法兰西列王的柱廊。"

"这跟我有什么相干？"图意弗说道。

"当然有了！这长廊的尽头有一道门，从来只插着门闩，用这个梯子我就能爬上去，进到教堂里了。"

"孩子，让我先上。"

> 阅读笔记

"不,好伙伴,梯子是我的。来,你算第二个。"

"让鬼王别西卜把你掐死才好!"性情粗暴的图意弗说,"我绝不在任何人后面。"

"那好,图意弗,你自己去找个梯子吧!"若望一边拖着梯子,拔腿跑过广场,一边叫道,"你们,跟我来!"

顷刻间,梯子竖了起来,靠在一道侧门的下层长廊的栏杆上。那群流浪汉大声欢呼,纷纷挤到梯子下面准备登梯。若望不让,第一个将脚踩上梯档。从下往上爬,距离相当长。法国列王长廊距离地面大约六十尺。当时还有十一级台阶,高度更增加了。若望穿着沉重的盔甲,一手扶梯,一手持弩,相当艰难地向上爬。爬到梯子中间,他悲伤地朝遍布石阶的那些可怜巴巴的黑话帮死者瞥了一眼,说:"唉!这一大堆尸体真值得载入《伊利亚特》第五篇章啊!"话音一落,他继续向上攀登。流浪汉尾随其后。每一梯级上都有一个人。看到这一行披坚戴甲的背影在阴暗中波动着往上升,仿佛是一条钢鳞的蟒蛇贴着教堂昂首竖立。若望排在最前头,打着呼哨,使得这种幻象更逼真了。

> **过渡**
>
> 本段既承接前文流浪汉们要通过梯子爬上教堂,又笔锋一转,写到隐藏的伽西莫多,由此引出下面的故事情节。

若望终于触到了柱廊的阳台,在全体流浪汉的喝彩声中颇为麻利地一步跨了上去。就这样他成了这要塞的主人,高兴得喊叫起来,可是突然又停住,呆若木鸡。原来他发现在一座国王雕像后面,伽西莫多躲在黑暗中,独眼闪闪发光。

还没等第二位围攻者踩上长廊,那令人生畏的伽西莫多一下子跳到梯顶上端,一声不吭,伸出那双有力的大手,一把抓住梯子的一头,把梯子掀离墙壁。在一阵惊恐的喊叫声中,从高到低,上上下下爬满流浪汉的长梯摇晃了一会儿,猛然,由一种超凡的力量一推,这串人被扔下广场去。有片刻工夫,即使最果敢的人,心也怦怦直跳。梯子被往后一推,直挺挺地立了一会儿,似乎犹豫不决,随后晃了晃,接着突然画了一个半径为八十尺的可怕圆弧,满载着那班流浪汉向地面倒下去,比

铁索断了的吊桥下落还要急速。只发觉一阵震天响的咒骂声，随后一切无声无息了，只有几个断臂残腿的可怜虫从死人堆中爬出来。围攻者中间先是一阵胜利的欢呼，接踵而至的却是一阵痛苦和愤怒的叫骂声。伽西莫多无动于衷，两肘撑在栏杆上，注视着下面。那副神态就像一个长发的老国王在凭窗眺望。

若望·孚罗洛，他正处在千钧一发的情势之中。他孤身一人，在长廊里面对着凶神恶煞的伽西莫多，脚下是一堵八十尺高的陡墙，将他与其同伴们隔绝开来。就在伽西莫多奋力掀翻梯子时，若望冲向那道他以为开着的暗门。其实不然。伽西莫多走进柱廊时把身后的门关死了。若望遂躲在一座国王石像的后面，大气不敢出，盯着那魔鬼似的伽西莫多，吓得魂不附体。一开始，伽西莫多并没有注意到他，可是后来，一回头，猛然挺起身子——他瞅见了若望。

若望准备受到猛烈的攻击，可是伽西莫多却纹丝不动，只不过紧盯着他。

"嗬！嗬！你干吗用这忧伤的独眼看着我呢？"这样说着，若望暗中准备着他的弩。"伽西莫多！"他嚷道，"我要给你改个诨名，以后你就叫瞎子吧。"

箭射了出去。羽箭呼啸，直射伽西莫多的左臂。<u>伽西莫多无动于衷，就好像法拉蒙国王石像被蹭破了点皮。他伸手抓住箭杆，把箭从手臂上拔出来，不动声色地往那粗壮的膝盖上一磕，折成两段丢下，确切地说，是把两段扔到地上。</u>可是，若望来不及射第二箭了。箭一折断，伽西莫多喘了口粗气，蚱蜢般一蹦，扑到若望身上，若望被一击，护胸甲碰到墙上撞扁了。

于是，在火光飘忽不定、若明若暗的映照下，隐约可以看见一件可怕的事情。伽西莫多用左手一把捉住若望的两只手臂，若望觉得他要完了，不再挣扎。伽西莫多又伸出右手，

> **动作描写**
> "伸""抓""拔""折"等动词连用，生动刻画出伽西莫多的勇敢，他为保护心爱的女郎而勇敢战斗。

阅读笔记

不声不响，凶狠狠、慢悠悠，把若望的全身披挂，剑啦、匕首啦、头盔啦、护胸甲啦、臂铠啦，一件一件剥了下来，俨如猴子剥核桃那般。若望看到自己落在这可怕的手掌中，被解除武装，剥去衣服，软弱无力，赤身露体，便不想与这个伽西莫多说什么，只是厚着脸皮冲着伽西莫多的面孔大笑起来，并且以他十六岁少年那种百折不挠、无忧无虑的精神，唱起当时广为流传的一首歌曲：

  康布雷城市
  她穿戴整齐
  马拉分将她劫洗……

  他来不及唱完。只见伽西莫多站在长廊的栏杆上，用一只手抓住若望的双脚，像投石那样，令若望在深渊上凌空旋转。随后传来一种声响，如同一只骨制的盒子碰在墙上爆裂一般，然后便有什么东西坠落下来，在中途下坠三分之一时，被建筑物一个凸角挂住了。原来是一具死尸挂在那里，身子折成两截，腰部摔断，脑袋开花。

  流浪汉中响起一阵恐惧的喊叫。图意弗叫道："要报仇！"群众应道："抢啊！冲啊！冲啊！"于是人群中爆发出一阵奇妙的咆哮，其中交织着各种语言、各种方言、各种口音。可怜的若望的死在这人群中激起一阵愤怒的狂热。一个伽西莫多竟把他们阻挡在教堂门前这么久，令他们一筹莫展，因此他们感到又羞耻又恼怒。狂怒的人群找来一架架梯子，增加一支支火把，不一会儿工夫，疯狂的伽西莫多看见这可怕的人群，蚂蚁般从四面八方一齐拥上，向圣母院发起猛攻。没有梯子的人就用打结的绳索，没有绳索的人就攀附在雕像的突出部分往上爬，他们前后彼此攥着破衣裳。<u>这一张张可怕的面孔，有如上涨的潮水，汹涌而上，势不可当。由于愤怒，这些狂野</u>

外貌描写

群相的外貌刻画，表现了流浪汉丑陋的外表，描绘得逼真、形象。

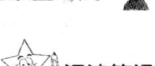

的脸膛红光焕发，泥污的脑门汗如雨注，眼睛闪耀着光芒。所有这些鬼脸，所有这些丑类，都一起围攻伽西莫多，好像某一其他的教堂把它的蛇发女妖、猛犬、山怪、最荒唐古怪的雕像，一股脑都派来攻打圣母院了。这真是在教堂正面那些石雕的鬼怪上面又加上了一层活生生的鬼怪。

这时广场上的千盏火把如星罗棋布。这一混乱的场景在此之前一直隐没在黑暗中，突然一下子被火光照得通亮，仿佛着了火一般。教堂广场火光闪耀，一道火光直射天空。高高的平台上点燃的柴堆一直熊熊燃烧，远远地把城市也照亮了。两座塔楼的巨大剪影，远远地投射到巴黎屋顶上，在这片亮光上打开了一个庞大的阴影缺口。城市似乎骚动起来了。远方的警钟悲鸣。流浪汉们吼叫着、喘息着、咒骂着、攀登着，而伽西莫多无力对付这么多敌人，他为爱斯梅拉达担惊受怕，眼见那一张张狂怒的面孔越来越靠近他所在的长廊，不由得祈求上天显现一个奇迹，他绝望地扭着双臂。

> **环境描写**
> 一句话将当时交战的场景刻画出来，充满着紧张与残酷的气氛。

名师伴你读

▶ **品读与赏析**

这是一场最激烈的交战描写，是一个人与很多人的战斗，而交战的双方却为了同一个目的：救助或者保护爱斯梅拉达。伽西莫多因为要保护心爱的女郎进行一个人的战斗，而乞丐王国的流浪汉们为救爱斯梅拉达进攻教堂。本章的战斗场面惊险而残酷，细节描写生动形象，把伽西莫多与流浪汉交战的情景描绘得逼真、惊心动魄，让人们在感慨他们为爱斯梅拉达拼搏的时候，也为彼此受到的伤害而惋惜，这是一场阴谋的战争，而为救助或保护而战的真情却深深地打动每一个读者。

▶ **学习与借鉴**

1.场面描写：本章是《巴黎圣母院》最精彩的一场场景描写。作者运用大量的细节描写，刻画出伽西莫多与乞丐王国流浪汉们的战斗，汇聚了战斗的残酷与险恶，场景宏大，突出了整个对抗的进展；同时残酷的场面描写更凸显了副主教与甘果瓦的卑劣，他们让本是保护同一个人的双方发生激烈的战争，具有悲怆色彩。

2.内容充实：圣母院的战斗是本章的主要内容，这是一个惊心动魄的故事，由伽西莫多的一次次小的战斗推动情节发展，故事性强；中间还穿插人物的对话，为我们一一展现整个故事内容，极具感染力，丰富而充实的内容为文章增添了魅力和光彩。

十六　流浪汉的口令

甘果瓦像一匹脱缰的马，飞快地沿圣安东尼街往下跑。到了博杜瓦耶门，他径直向这个广场中间的石头十字架走去，在黑暗中仿佛能辨认出一个坐在十字架下的台阶上身着黑衣、头戴黑帽的男人的面孔。

"是你吗，老师？"甘果瓦说道。

黑衣人站起身来说："死亡和痛苦哇！你让我等得急死了，甘果瓦。圣日耳曼钟楼上的报时人刚叫过凌晨一点半。"

<u>伽西莫多正处于万分危急之中。</u>这个老实正直的聋子，受到四面八方的进攻，虽然没有丧失全部的勇气，却不再抱什么希望能救出爱斯梅拉达，而不是救出他自己，他不在乎自己的生死。他在柱廊上狂奔乱跑。圣母院眼看就要被流浪汉攻陷了。突然，一阵巨大的马蹄声响彻邻近的街道，只见火把如长龙，龙骑兵密密麻麻，横戈伏鞍，浩浩荡荡冲向前来。那狂呼怒吼的嘈杂声，宛如暴风骤雨，席卷广场："法兰西！法兰西！把贱民碎尸万段！弗比斯援救来了！巡检使！巡检使！"

流浪汉们惊慌失措，连忙掉头。

伽西莫多听不见喊声，却看到刀剑出鞘，火把通明，戈矛闪亮，整个骑兵队，他认出为首的是弗比斯队长，还看到流浪汉一片混乱，有的人惊恐万状，最勇敢的也慌乱不安。他从这意外救援中又重新鼓起勇气，把已经跨上柱廊的头一批进攻者

阅读笔记

插叙

由讲述甘果瓦笔锋一转，插叙介绍伽西莫多的战斗，补充内容和事件的进展，使文章内容丰富充实，结构曲折有致。

阅读笔记

扔到教堂外面去。

流浪汉英勇抵抗，拼死自卫。国王的龙骑兵穷凶极恶，毫不留情，乱砍乱杀，刀尖未刺死的，利剑再劈。流浪汉们装备极差，怒气冲天，却只能用口撕咬。男人、女人、孩子个个奋不顾身，扑向马背，冲到马前，用牙齿和手指甲像猫似的紧紧抓住不放，有的人抢起火把猛戳弓手的脸，还有的人用铁钩狠刺骑兵的脖子，用力往下拉，被拖下马的人顿时被碎尸万段。其中有个流浪汉手执一把明晃晃的长镰，见到马腿就砍，一直砍个不停，真是厉害极了。他带着鼻音哼着一支歌，挥镰不懈，收镰不止。大镰一挥，砍断的马腿在他身边四周的地上丢下一大圈。他就这样在骑兵密集的地方大肆砍杀，沉着冷静，徐徐前进，就像一个庄稼汉开镰收割麦田那样晃着脑袋，均匀喘气。他就是图意弗。然而，火枪一响，他应声倒地，再也没有爬起来。

> **动作描写**
>
> 使用第三人称进行细致描写，把砍马腿当作庄稼汉收割麦田，"砍""挥""收"等动词把图意弗骁勇善战的样子写得轻松自如，也为他的牺牲渲染了悲凉的色彩。

这时候，四周的窗户又打开了。附近的居民听到工上的人马的喊杀声，也加入了战斗，各层楼房上弹如雨下，朝流浪汉们射来。流浪汉终于败退了。他们疲惫不堪，缺乏精良武器，遭到突然袭击所引起的恐惧，以及从窗口射来的枪弹、国王兵马的肆意冲击，所有这一切把流浪汉们压垮了。他们突破了进攻者的防线，往四面八方逃散，前庭广场上尸横遍地。

伽西莫多一刻也没有停止战斗，突然看到流浪汉们溃逃，不由得跪倒在地，举手向天，随后，他欣喜若狂，如癫似醉，好像鸟一般飞速奔跑，爬上那间他曾那样英勇保护不许人进犯的小室。此刻他只有一个念头，就是跪倒在他刚再次搭救的那个姑娘面前。

他进小室一看，里面却空无一人。

> **设置悬念**
>
> 伽西莫多走进小室应该看到爱斯梅拉达，而里面却空无一人，设置悬念，下文一一解答。

流浪汉进攻教堂时，爱斯梅拉达正在睡梦中。不一会儿，圣母院周围的喧嚣声越来越大，小山羊先惊醒了，惊恐不安，咩咩叫着，把爱斯梅拉达从睡梦中吵醒了。她一骨碌翻身坐起,听一听,看一看,她被火光和喧嚣声吓坏了,遂一头冲出小室,跑到室外看个明白。

只见广场上一片恐怖景象,那在黑暗中隐约可见,犹如一大群青蛙那样腾挪跳跃的丑恶人群,那乌合之众的哇哇喊叫声,那在黑暗中飞奔穿插的宛若夜间雾霭弥漫的鬼火似的若干通红的火把,所有这一切顿时使她觉得眼前是巫魔会的鬼魂正在跟教堂的石头妖怪进行一场神秘的战斗。从儿时起,她满脑子就充满了吉卜赛部落的迷信思想,因此首先想到的是撞见了夜间才出没的怪物正在兴妖作法。于是,吓得魂不附体,连忙奔回小室,躲在她那张破床上,缩成一团。

> **环境描写**
> 以爱斯梅拉达的视角进行战斗时的环境渲染,突出战斗的残酷性。

正在惶惶不安的时候,她忽然听到跟前有脚步声,遂转头一看,只见有两个男人,其中一个提着一盏灯,刚走进她的小室。她不禁发出一声微弱的惊叫。

"别怕,是我呀。"一个她似曾相识的声音说。

"谁?你是谁?"她问道。

"比埃尔·甘果瓦。"

听到这个名字,她放心了,抬头一看,果真是诗人。可是,他旁边有一个从头到脚被黑袍遮住的人影,一声不吭,她顿感心惊。

"啊!"甘果瓦以责怪的口气接着说,"加丽倒先认出我来了!"

小山羊确实没有等到甘果瓦自报姓名就认出他来了。他一进门,小山羊就蹦了过去,温柔地挨着他的身子蹭来蹭去,让他沾满了白毛,因为它正在换毛哩。甘果瓦也亲热地抚摸着它。

"跟你在一起的是谁?"爱斯梅拉达低声问道。

"放心好了。"甘果瓦应道,"是我的一个朋友。"

甘果瓦挽起她的手,他的那个同伴捡起灯笼,走在前面。姑娘由于恐惧,晕头转向,任凭他们随便带着走。他们迅速走

阅读笔记

下钟楼的楼梯，穿过教堂，向庭院通至"滩地"的小门走去。黑衣人用他随身带的钥匙开了门，径直向滩地尖岬走去。那儿，紧靠水边有一排钉着板条的木桩，就在这排木栅的阴影里藏着一只小船。那人做了个手势，叫甘果瓦及其女伴上船。小山羊跟在他俩后面也上了船。那人最后才上船。那人随即割断缆绳，用篙一撑，船离开了岸边，然后抓起双桨，坐在船头，拼命向河中间划去。

甘果瓦上了船，首先是小心翼翼地把山羊抱在膝上，在后面坐了下来，而爱斯梅拉达，由于那个陌生人使她产生了一种难以言表的不安心情，也过来坐下，依偎在甘果瓦的身边。甘果瓦感到船在摇晃，高兴得拍着手，吻了一下加丽的额头，说道："哎呀！我们四个总算得救了。"紧接着，又摆出一副高深莫测的神态说："伟大事业的圆满结局，有时取决于时运，有时取决于计谋。"

"对啦，老师！"甘果瓦蓦然又说，"刚才我们从那些狂怒的流浪汉中间穿过，来到堂前广场时，你那个聋子在列王柱廊的栏杆上把个小鬼的脑袋砸得稀巴烂，老师是否注意到了那个可怜的小家伙呢？我视力不好，看不清他是谁。你知道是哪个吗？"

巧妙铺垫

陌生人停止划桨，胳膊低垂，一阵阵叹息，暗示了陌生人的身份。陌生人是谁？这些描写为揭示陌生人的身份做了铺垫。

<u>陌生人不搭腔，可他猛然停止了划桨，两只胳膊像折断似的低垂了下来，脑袋耷拉到胸前，爱斯梅拉达听到他一阵阵的叹息声，她不由得打了个寒噤：这种叹息声她曾经听到过。</u>

小船无人掌舵，一时间随波漂荡。不过黑衣人终于振作起来，又抓紧双桨，重新溯流而上。小船绕过圣母院岛的尖岬，朝草料港的码头驶去。

"啊！"甘果瓦说道，"看哪，那边就是巴尔博府邸……那可是一座漂亮的府宅……某位著名的公主和一位多情而才气横溢的法兰西大司马曾在这里相爱过……老师，巴尔博府邸的故事，有必要讲给你听……结局是悲惨的。那是在1319年，法

国在位时间最长的国王菲利浦五世的统治时期。这个故事的含义是，肉体的欲望是有害的、恶毒的。邻居的老婆，不管姿色多么诱人，别人也不应老盯着看。私通是十分放荡的念头，通奸是对别人……哎哟！那边的吵闹声更响了！"

圣母院周围的喧哗声确实更厉害了，他们倾听着，胜利的欢呼声听起来是那样清晰。突然，教堂上上下下、钟楼上、柱廊上、扶壁拱架下，许许多多火把齐明，把武士的头盔照得闪闪发光。这些火把似乎正在四处搜寻什么。不一会儿，远处的这些喧哗声清晰地传到这几个逃亡者的耳边，只听见他们喊道："抓吉卜赛女人！抓女巫！处死吉卜赛女人！"

那不幸的姑娘一下子垂下头来，用手托住脸，而那个陌生人拼命朝岸边划起桨来。这时候，甘果瓦正在暗暗思量，紧紧抱住小山羊，悄悄从爱斯梅拉达身边挪开，她却益发紧偎着他，仿佛这是她绝无仅有的庇护所了。小船震动了一下，他们知道船终于靠岸了。老城那边，始终喧嚣不止，令人毛骨悚然。陌生人站起身，向爱斯梅拉达走了过来，伸手要挽住她的胳膊，扶她下船。她一把推开他，紧紧攥住甘果瓦的袖子，而甘果瓦一心照料着小山羊，几乎毫不犹豫就把她推开了。于是，她独自跳下船，心慌意乱，连自己要做什么，要往何处去，全都茫然。她就这样糊里糊涂，木然地站了一会儿，望着流水出神。等她稍微清醒过来，发现只剩下自己一个人和陌生人一起待在码头上。看来甘果瓦在下船之时，已经牵着小山羊溜走了，躲到水上谷仓街那片密密麻麻的房屋中去了。

爱斯梅拉达一看只有自己跟这个黑衣男人待在一起，不由得浑身直打哆嗦。她竭力想要呼唤甘果瓦，舌头却在嘴里动弹不了，连一丁点声音也发不出来。突然，她发觉陌生人的一只手搁在她的手上，这只手冰冷而有力。她顿时直打冷战，上下牙齿咯咯响，脸无血色，比洒在她身上的月光还惨白。那个男人一言不发，紧紧拽住她的手，迈开大步向河滩广场走去。此

> **阅读笔记**
>
> **对比修辞**
>
> 一边没有一点声响，一边喊声震天的对比，一静一动渲染出恐怖的气氛，突出爱斯梅拉达的迷惑与惧怕。

时，她迷迷糊糊感到命运是一种不可抗拒的力量。她再也无力抵抗了，任凭他拖着。她四下里张望，河岸一片荒凉，听不到一点声响，看不到一个行人，唯有与塞纳河一水之隔的老城那边喊声震天，火光通红，在那阵阵高喊声中，可以听见要处死她而嚷叫她的名字的声音。除此之外，巴黎城在她周围四处扩散开去，只见黑影憧憧。

黑衣人一声不吭，紧紧抓住她，越走越快。她筋疲力尽，不时集中一点力气，问道："你是谁？你是谁？"由于石板路高低不平，跑得她气喘吁吁，她说话的声音断断续续。对她的问话，陌生人毫不搭腔。就这样，他们沿着河岸走，来到了一个相当大的广场。月色微明，这是河滩。只见广场中央矗立着一个黑黝黝像十字架的东西，那是绞刑架。她认出了这一切，明白自己身在何处了。

那男子停住脚步，转身向她，掀起他头上的风帽。她一看，吓得魂飞魄散，张口结舌，说："呃，我应该早料到是他！"

这人正是副主教克洛德。他看上去并不像个活人，而是他的幽魂。

"听我说！"他开口道。这种阴郁的声音，她好久没有听到了，不由得战栗起来。他继续往下说，语气急促，断断续续，气喘吁吁，说明他内心惊惶不安，震颤动荡："听我说，我们就在这里了。我有话要对你说。这是河滩广场。这里就是一个终点。命运把我们彼此交给对方。我即将决定你的生死，你即将决定我的灵魂。你要好好听我说。我要对你说的……首先，别向我提起你的弗比斯（他说这话时，就像一个片刻也不能安静的人那样，来回走动，并拖着她跟他走），切勿跟我谈他，听见了吗？你如果说出这个名字，我虽不知道会干出什么事来，但肯定是极其可怕的。"说罢，他像个恢复其重心的物体，又静止不动了。

阅读笔记

尽管如此，他的话语依然透露出他的烦躁不安："别这样转过脸去。听我说，这是一件生死攸关的事情。首先，事情的来龙去脉是这样的……这一切都不是闹着玩的，我向你发誓……我说什么来着？提醒我一下！啊！……大理院做出了判决，要把你送上断头台。我刚把你从他们手中救了出来。可是他们正在追捕你，你看！"他伸出手臂指向老城。确实，搜捕看上去还在继续，喊叫声越来越近了。

在河滩广场的对面，刑事长官府邸的塔楼那边，人声嘈杂，灯火通明，可以看见许多士兵举着火把，在河对岸跑来跑去，喊声不断："吉卜赛女人！吉卜赛女人在哪里？绞死！绞死！"

"你知道了吧，他们正在追捕你，我并没有欺骗你。我……我爱你。别开口，最好别说话，如果只是想对我说你恨我，我已经横下心来，绝不再听了……先让我把话说完……我完全可以搭救你，现在就看你愿意不愿意。只要你愿意，我就能够做到。"说到这里，他猛然顿住，接着又说，"不，要说的不是这回事。"

话音一落，他拔腿就跑，也拽着她跑——因为他始终没有松开她的手臂——径直向绞刑架跑去。他指着绞刑架，冷冷地对她说："在我和它之间抉择吧。"

她刚要开口搭腔，他赶忙跪倒在她面前，毕恭毕敬地聆听她的话语，说不定从她口中说出来的是一句情意缠绵的话语。她却说："你是个杀人犯。"

克洛德疯了似的把她紧紧搂住，纵声大笑起来，那笑声令人毛骨悚然。他说道："那又怎样，是的！杀人犯！我非得到你不可。你不要我做你的奴隶，那我就做你的主人。我一定要得到你。我有个巢穴，我要把你拖到那里去。<u>你将跟我走，也只得跟我走，如若不然，我就把你交出去。美人，你只有两条路可走：要么死，要么属于我！属于这教士！属于这叛教者！</u>

用词准确

"美人""叛教者"等词语本不该出自一个教士之口，而通过他激烈的语言显露出来，表现其卑劣虚伪的本性。

属于这杀人犯！从今夜起，你就属于我，听见了吗？来！吻我吧，你这疯女人！要么进坟墓……"

由于想满足欲望，由于狂怒，他眼睛里闪闪发光。

她在他的怀抱中拼命挣扎。

"不许咬我，你这魔鬼！"她嚷叫起来，"啊！你这可恶的臭僧侣！放开我！"

他脸上红一阵白一阵，随后松开她，神情忧郁地望着她。她觉得自己胜利了，继续说道："我告诉你，我属于我的弗比斯，我爱的是弗比斯，弗比斯才漂亮呢！而你，神父，你是丑八怪！滚开！"

他吼叫一声，如同一个不幸的人被烧红的铁烙了一下。他咬牙切齿地说道："你死定了！"她看到他可怕的目光，想要逃走。他一把抓住她，拼命摇晃，将她推倒，攥住她秀美的双手，把她在地上拖着，急步向罗朗塔的拐角跑去。

名师伴你读

▶ 品读与赏析

伽西莫多与乞丐王国的战斗突然转变为骑兵队与流浪汉的战斗，而在另一边，爱斯梅拉达被救走的全过程展现了克洛德与甘果瓦的阴险计谋——尤其是克洛德利用流浪汉和骑兵队达成自己强占爱斯梅拉达的企图，是宗教掩盖下扭曲私欲的表现。本章运用大量的景物描写来衬托人物的心情，营造出浓重的阴冷的氛围。

▶ 学习与借鉴

1.环境描写："那儿，紧靠水边有一排钉着板条的木桩，就在这排木栅的阴影里藏着一只小船""河岸一片荒凉""巴黎城在她周围四处扩散开去，只见黑影憧憧"，类似的环境描写，渲染了浓浓的悲凉的气氛，衬托出女主人公凄凉、惊恐的心境和未来命运的黑暗。环境的衬托，更加有利于表现人物心境，增强了文章的感染力。

  2.对话运用：本章对话主要集中在克洛德与甘果瓦救走爱斯梅拉达时：甘果瓦几乎是自言自语，根本不关心爱斯梅拉达的生死；克洛德与爱斯梅拉达的对话精妙无比，是一场语言的战争，将二人的内心世界刻画得惟妙惟肖。

十七　重逢又分离

一到那里,他转过身,问她:"最后一次问你,愿意不愿意属于我?"

她坚决地说道:"不!"

于是,他大声嚷道:"古杜尔!古杜尔!吉卜赛女人在这儿!你报仇吧!"

姑娘感到手肘猛然被人抓住,一看,是一只从墙上窗洞口伸出的瘦骨嶙峋的胳膊,像一只铁手把她牢牢抓住。

"抓紧!"克洛德说道,"她就是逃跑的吉卜赛女人,别松开她。我去找捕快,你就要看见她被绞死啦。"回答这些带血腥味话语的,是从墙内传出的一阵发自喉咙的朗笑声:"哈!哈!哈!"

爱斯梅拉达认出了凶恶的隐修女,吓得她直喘气,竭力挣扎。可是,隐修女用一种闻所未闻的力量死死抓住她,肮脏、瘦削的手指深深掐进她的肉里。突然,隐修女大嚷起来:"你对我怎么了?你说!……啊!你对我怎么了,你这吉卜赛女人!那好!听着……我有过一个孩子,我!你明白吗?我有过一个孩子!老实跟你说!……一个漂亮的小女孩!……我的阿妮丝。"她魂不附体,在黑暗中吻着什么东西,接着说:"你可知道,吉卜赛女人?有人抢走了我的孩子,偷走了我的孩子,吃掉了我的孩子。这都是你干的。"

姑娘像一只小羊羔一样应道:"哎呀!那时我也许还没出生呢!"

"呸!"隐修女又说道,"她要是活着,也应该像你这么大了!就是这样!……我在这里已经十五个年头了,我受了十五年的苦,祈祷了十五年,十五年来我不断把头往墙上撞……我告诉你,是那些吉卜赛女人把她偷走的,你听明白了吗？是她们用利牙把她吃掉的……一个吃奶的孩子，一个睡觉时的孩子，那是何等天真烂漫哪！唉！正是这样一个孩子，她们把她抢走了，杀害了。慈悲的上帝全清楚！今天，轮到我了，该我来吃吉卜赛女人的肉了。啊！要不是铁栅栏挡住，我要狠狠地咬你几口。我的头太大了，伸不过去！可怜的小宝贝！是在她睡着的时候！话说回来，即使她们抢走时把她弄醒了，她哭叫也没有用，我那时并不在家！啊！吉卜赛女人，你们吃了我的孩子！现在就来看看你们孩子的下场吧。"于是，她哈哈大笑，或者说是咬牙切齿，在这张愤怒的脸上，两者一模一样。天开始破晓，灰白色的曙光隐隐约约照着这一场面。绞刑架在广场上越发清晰了。另一边，在圣母院桥那个方向，可怜的女囚仿佛听到骑兵的马蹄声越来越逼近了。

爱斯梅拉达精疲力竭，全身骨头像散了架，一下子瘫倒了，目光模糊，就像一个垂死的人那样。她结结巴巴地说："呃！你找你的孩子。我……我找我的父母。"

"还我的小阿妮丝！"古杜尔继续说道，"你不知道她在哪儿？那你就死吧！……我来告诉你，我当过妓女，有过一个孩子，人家把我的孩子抢走了……那是吉卜赛女人干的。你现在明白了，你得去死……要不你就还我的孩子……你知道我的小女儿在哪儿？瞧，我指给你看。那是她的小鞋，她唯一留下来的东西。你知道同样的一只在哪儿，要是你知道，就告诉我，哪怕是在世界的另一头，我也会爬去找的。"

她这样说着，用伸在窗洞外面的另一只手臂指着小绣鞋给爱斯梅拉达看。这时，天色已明，可以看清鞋的形状和颜色。

"把小鞋给我看看。"爱斯梅拉达战栗着说，"上帝呀！上帝呀！"同时，她用空着的一只手，连忙打开戴在脖子上的那只饰着绿玻璃片的小袋子。

"去！去！"古杜尔嘟哝着，"掏什么魔鬼的护身符！"突然，她打住话头，浑身颤抖，用一种发自肺腑的声音，大喊一声："我的女儿！"

原来爱斯梅拉达刚从小袋里掏出一只一模一样的小鞋。这小鞋上缝着一张羊皮纸，上面写着谶语：当同样的一只小鞋重新找到，母亲就会伸出双臂将你拥抱。在疾如闪电的一瞬间，隐修女已将两只鞋做了对比，读了羊皮纸上的文字，她欢天喜地，把容光焕发的面孔贴在窗洞口的铁栅栏上，放声喊道："我的孩子呀！我的孩子呀！"

"妈妈！"爱斯梅拉达应道。

突然，她直起身来，把披在额头上的花白头发往两边撩开，像母狮子一样，用双手狠命摇撼小屋窗洞上的铁栅栏。铁栅栏纹丝不动。于是，她转身到屋角去，找来一块平日当枕头用的大石板，使出浑身的力气，用劲向铁栅栏砸去，只见火花四溅，一根铁条被砸断了，她又砸了一下，那古老的十字铁栅栏完全掉了下来。这时，她用手把铁栅栏生锈的残段一一弄断，统统拔除。有时候，一个女人的双手也具有超人的力量！

她滔滔不绝地给她说了许许多多荒唐的话，她弄乱可怜少女身上的衣服，用手摩挲她那丝一般的秀发，还吻她的脚丫、膝盖、额头、眼睛，一切都使她这个做母亲的心醉神迷。爱斯梅拉达任她爱抚，不时以无限的温柔，悄悄地一再喊道："妈妈！"

"你看，我的孩子，"隐修女接着说，说一句就吻一下，"你看，我会好好疼爱你的。我们将从这里逃出去，我们会很幸福的。我在我们家乡兰斯继承了一点产业。兰斯，你知道吗？啊！不，你不知道，你那时太小了！你四个月时长得漂亮极了，要是你知道就好了！一双小脚丫多逗人喜欢，有人好奇，从二三十里外的埃佩奈赶来看呢！我们就要有一块田地、一座房子了。我要你睡在我的床上。上帝呀，上帝！这有谁会相信呢？我找到了我的女儿！"

"噢！妈妈！"少女激动不已，她终于有力气说话了，"吉卜赛女人早就对我说过了。我们当中有个心地善良的吉卜赛女人，一直像奶妈一样照料我，去年去世了。是她把这个袋子挂在我脖子上，她常对我说：'小宝贝，留神把这个精巧的东西保存好。这可是个珍宝哇！凭着它，你将来有一天可以……找到你的生母。'她真是未卜先知，这个吉卜赛女人！"

就在这时候，小屋里回响着兵器的撞击声和奔驰的马蹄声，这马蹄声似乎从圣母院桥驰来，离河岸越来越近了。爱斯梅拉达惶恐不安，一头扑进母亲的怀抱里。

"救救我！救救我！母亲！他们来了！"

古杜尔顿时脸色煞白。

"哦，天哪！你说什么？我却忘了！他们追捕你！那你干了什么呢？"

"我不知道，"不幸的孩子应道，"可我被判处了死刑。"

"死刑！"古杜尔好像遭到雷打电劈，打了个趔趄。接着，她目光定定地盯着女儿，缓慢地又说："死刑！"

兵卒们终于向老鼠洞逼来，要带走爱斯梅拉达。古杜尔见此情景，猛然跪了下来，拨开垂在脸上的头发，两只擦伤的瘦手一下子又垂落在大腿上。她的泪水夺眶而出，大滴大滴的泪珠顺着她的面颊的皱纹簌簌往下直淌，如同冲刷出河床的湍流一样。与此同时，她开口了，声音是那样哀婉，那样温柔，那样顺从，那样令人心碎。

"各位大人！各位捕快先生，请听我一言！这是我的女儿，你们知道吗？是我从前丢失的小不点！请听我说吧，这事说来话长。当你们知道真相以后，你们会把我的孩子留下的！我是一个可怜的卖笑女子，是吉卜赛女人把她偷走的，我甚至把她的一只小鞋一直保存了十五年。喏，就是这只鞋，她那时只有这样小的脚。在兰斯！拉·尚特孚勒里！苦难街！这些你们可能全晓得，那就是我。那时候，你们还年轻，正是美好的时光。那时日子过得多么轻松愉快。你们会可怜可怜我的，是不是，各位大人？吉卜赛女人偷走了我的女儿，把她藏了十五个春秋。想想看，我的好大人们，我还以为她死了呢！我在这里度过了十五个年头，就在这地洞里，冬天连个火取暖都没有。这，可太艰难了！"

"我每天呼天唤地，慈悲的上帝终于听到了。昨天夜里，上帝把我的女儿还给我啦。这真是仁慈的上帝显示的奇迹呀！我的女儿并没有死。你们不会把她抓走的，我深信不疑。再说，如果换上我被逮捕，我二话不说，可是她，一个十六岁的孩子呀！她还很年轻，让她见见天日吧！……"

"她有什么对不住你们的地方呢？一点也没有。我也没有。我只有她这点血脉了，我已经老了，她回到我身边，这是圣母恩赐给我的福分，你们要是能设身处地地替我想一想，就好啦。再说，你们都是好人！你们本不知道她是我的闺女，现在你们知道了。啊！她是我心头上的肉哇！巡检大老爷，我宁愿我的肚子被捅上一个大窟窿，也不愿看见她手指头擦破一点皮！"

"看你的样子是个和善的大老爷！啊！你也有母亲，大人！你是长官，求求你把我的孩子留下吧！你看，我跪着求你，就像祈求耶稣基督那样！我并不向任何人乞求什么，我是兰斯人，各位老爷，我有一小块田地，是我的舅舅马耶特·勃拉东留给我的。我并不是叫花子。我什么都不要，只要我的孩子。啊！我要留住我的孩子！仁慈的上帝，他是万物之主，不是平白无故就把孩子还给我的。"

"国王！你说大王！就是把我的女儿杀了，这并不能给他增添许多乐趣！况且国王是仁慈的！这是我的女儿！她是我的女儿，是我的，而不是国王的，也不是你的！我愿意走开！我们愿意走开！说到底，无非是两个过路的女子，一个是母亲，一个是女儿，让她俩过去不就得了！放我们过去吧！我们是兰斯人。啊！你们都是好人，捕快老爷们！我喜欢你们大家。请你们别抓走我的爱女，那是不行的！难道这做不到吗？我的孩子！我的孩子！"

她的手势，她的声调，她吞泣饮泪的倾诉，合掌绞扭的动作，令人伤心的微笑，泪水盈眶的目光，痛苦的呻吟，辛酸的叹息，撕心裂肺的惨叫，颠三倒四和语无伦次的诉说，所有这一切，是那样令人心碎。她不再作声了，特里斯丹紧蹙眉头，那却是为了掩饰他虎视眈眈的眼睛中滴溜溜直转的一颗泪珠，然而他克制了这种软弱心肠，口气生硬地说了一句：

"这是王上的旨意。"

这个刽子手和捕快们闯进小屋里。母亲没做任何抵抗，只是向女儿爬过去，奋不顾身扑上去。爱斯梅拉达看见兵卒走进来，死亡的恐惧使她振作起来，她高喊："妈妈！我的妈妈呀！他们来了！快保护我呀！"其声调的悲怆难以言表。"来了！我的心肝宝贝！妈妈来保护你！"母亲应道，声微气弱，一把将她紧紧搂住，拼命吻她，将她全身吻遍。母女俩就这样躺在地上，母亲伏在女儿的身上，此情此景，实在催人泪下。

昂里耶·库赞把手伸到爱斯梅拉达漂亮的肩膀下面，把她拦腰抱住。她一触碰到这只手，"啊"了一声，便昏死过去。刽子手也情不自禁地眼泪直淌，一大滴一大滴地洒在爱斯梅拉达的身上。他要把她抱走，拼命想把母亲拉开，可是，母亲双手紧扣住女儿的腰间，抱得那样紧，要分开她们是不可能的。昂里耶·库赞只得把爱斯梅拉达拖出洞穴，顺带着把在爱斯梅拉达身后的母亲也拖了出来。母亲同样紧闭着眼睛。

真是无巧不成书，原来麻衣女就是爱斯梅拉达的亲生母亲！她们相认，让我们感到了母爱的无上伟大。虽然麻衣女最终也没有救出自己等了十五年的女儿，但是这种连刽子手都感动得掉泪的无限深情，有谁敢说不是世界上最崇高、最伟大、最催人泪下的感情呢？

爱斯梅拉达精疲力竭，全身骨头像散了架，一下子瘫倒了，目光模糊，就像一个垂死的人那样。

名师伴你读

▶ 品读与赏析

本章写隐修女与爱斯梅拉达母女相认的情景，这是本部小说的离奇笔法的又一次展现：一直痛恨爱斯梅拉达的隐修女竟然是爱斯梅拉达的母亲，这样的巧合与怪诞，让整个故事曲折多变，但又是真实的情节，大大加强了小说的戏剧性，从而增强了小说的感染力。尤其是母女相认后的情感表达，充满了温情色彩，而母亲祈求人们饶恕女儿，更是令人动容，将伟大的母爱展现得震撼人心而感人至深。

▶ 学习与借鉴

1.离奇的情节：本章充分展现了小说离奇的情节，隐修女与爱斯梅拉达竟然是母女，极富戏剧性，充满了现实生活中罕见的巧合。同时离奇又在情理之中——前文做了很好的铺垫，让人既觉得荒诞离奇又觉得合情合理。

2.情感饱满：母女相认，思念之情尽情流露。隐修女"用手摩挲她那丝一般的秀发，还吻她的脚丫、膝盖、额头、眼睛"，把一位母亲对女儿的感情展露无遗，而她向逮捕女儿的人求情，更让所有人为之动容，每一句语无伦次的话都是对女儿毫不掩饰的爱，这爱让整篇文章情感饱满、动人。

十八　殉葬的爱情

　　伽西莫多发现小室里空无一人，吉卜赛姑娘不见了，就在他的保护下被人劫走了。这一看，把他气得双手直扯自己的头发，惊慌和痛苦得直跺脚。紧接着，他在教堂上下奔跑，到处寻找他的吉卜赛姑娘，向每个墙角狂呼乱叫，悲恸欲绝，疯疯癫癫。就是一只雄兽失去其母兽，咆哮不已，丧魂落魄，也不过如此。最后，他确信她已不在教堂了，一切都完了，有人把她从他手里偷走了，于是他慢慢顺着钟楼的楼梯往上爬。就是这座楼梯，在他抢救她的那天，他攀登时是何等狂奋，何等得意呀！如今再经过同样的地方，他却脑袋低垂，没有声音，没有眼泪，几乎连呼吸也没有了。

　　教堂又变得冷冷清清，再次坠入往常的死寂。弓手们早已离开了教堂，到老城追捕爱斯梅拉达去了。这宽敞的圣母院刚才还被围得水泄不通，人声鼎沸，现在只有伽西莫多独自留在里面。他遂又向小室走去，小室始终是空的。伽西莫多慢慢在室内转圈，掀起床垫，仔细察看，好像她会躲在床垫与石板之间似的。随即，他摇摇头，呆若木鸡。突然，他狠狠地用脚把火炬踩灭，没有说一句话，没有叹息一声，急速一冲，用头往墙壁猛撞，一下子他便晕倒在石板上不省人事了。

　　等他苏醒过来，随即扑倒在床铺上打滚，狂热地吻着姑娘睡过的余温尚存的地方，仿佛快要断气似的，好一阵子躺在那里一动也不动，然后，他翻身起来，汗流如注，气喘如牛，神志不清，把脑袋往墙上直撞，那节奏有如他敲钟时的钟锤，那力度有如一个人执意要把头颅撞碎。末了，他再次跌倒在地，精疲力竭。他屈膝爬出室外，在房门对面蜷缩着，一动不动，眼睛定定地盯着那空寂的小室，就是一个颓然坐在空了的摇篮和装了死婴的棺材之间的母亲，也不比他那样神情阴郁，思绪交错。他一言不发，只是每隔一段时间，便发出一声呜咽，全身猛烈抖动。然而，这种没有眼泪的呜咽，恰似夏天没有雷声的闪电。似乎就在此刻，他痛苦地搜肠索腹，寻思有谁这样出人意料地劫走了吉卜赛姑娘。这时他想起了克洛德。

他想起，只有克洛德才有一把通往小室的楼梯门道的钥匙。他还想起克洛德曾经两次在夜里企图要对吉卜赛姑娘胡作非为，头一回是伽西莫多自己帮了他的忙，第二回是他加以制止了。他还联想到其他许许多多细节来，顷刻间疑团顿消，克洛德抢走了吉卜赛姑娘，那是毋庸置疑的了。然而，他对这位教士是那样毕恭毕敬，对此人感恩戴德，忠心耿耿，满怀敬爱，这种种情感在他心中根深蒂固，甚至就在此时，连嫉妒和绝望的利爪都奈何不得。他想着此事是克洛德干的，若是换作任何人，伽西莫多准会感到不共戴天的愤恨，用鲜血和死亡都不足以泄愤，如今却是克洛德，伽西莫多内心的这种愤恨就化作不断增长的痛苦。

正当他的思想集中在克洛德身上时，晨曦把扶拱垛涂上了灰白色，伽西莫多忽然看见圣母院顶层，在环绕半圆形后殿的外栏杆的拐角处，有个人影在走动。这个人影朝他这边走来。他一眼认出来了：正是克洛德。克洛德的脚步庄重而缓慢，他走着，眼睛并不朝前面看。他向北边钟楼走去，面孔却转向另一边，朝着塞纳河右岸，而且头昂得高高的，好像竭力想越过屋顶看什么东西似的。他的这种侧斜的姿势就像猫头鹰飞向某一点，却瞅着另一点。克洛德就这样从伽西莫多头顶上方经过而没有看见他。

这幽灵的突然出现，令伽西莫多惊呆了，浑如木雕泥塑一般。他看见他钻进北面钟楼的楼梯门道里，伽西莫多遂站起身来，跟踪克洛德去了。

伽西莫多爬上钟楼的楼梯，仅仅是想弄明白克洛德为何要爬上楼去。话说回来，可怜的敲钟人，他，伽西莫多，究竟想干什么，想说什么，想要什么，他心中全然无数。他满腔怒火，也满怀畏惧。克洛德和吉卜赛姑娘在他内心里水火不相容，正在互相撞击。

他来到了钟楼的顶上，先小心翼翼地察看了克洛德在哪里，才从楼梯的阴影里出来，走到了平台上。克洛德背朝着他。钟楼平台的四周环绕着一道栏杆，克洛德伏在向着圣母院桥的那面栏杆上，聚精会神地向外城眺望。伽西莫多蹑手蹑脚地从他身后走过去，想看看他这样聚精会神在张望什么。克洛德是那么全神贯注地望着别处，连伽西莫多从他身边走过去都没有注意到。

巴黎，尤其是此刻的巴黎，在夏日黎明时分的清新霞光的映照下，从圣母院的钟楼顶上眺望，景色真是灿烂多彩，绚丽迷人。这一天，晴空万里，几颗残星疏疏落落，太阳正从最明亮的天际升起。旭日喷薄欲出，巴黎开始活跃起来了。东边鳞次栉比的房舍，映着无比洁白的晨曦，其万般的轮廓显得格外分明。圣母院钟楼的庞大阴影，逐渐从这个屋顶移到另一个屋顶，从这广袤的城市的一端移到另一端。有些街区已经人声、嘈杂声可闻。这儿一声钟鸣，那儿一声锤响，还有远处大车滚动的嘈杂碰击声。在这片屋宇的表面上，已有零零落落的炊烟袅袅升起，好似从巨大火山口的缝隙中冒出来的一般。塞纳河的流水，在一座座桥拱下，在一个个小岛尖岬处，泛起重重波纹。城市四周，纵目向城垣外远眺，只见云雾中隐约可以分辨出那一望无际的平川和连绵起伏的山丘。万般喧闹声，在这座半睡半醒的城市上空飘荡消散。晨风吹拂，从山丘间那羊毛般的雾霭中扯下几朵云絮，只见这朵朵云絮随风掠过天空，向东飘去。教堂广场上，有几个拿着牛奶罐子的女人，看到圣母院大门前那残破的奇怪景象和砂岩裂缝间那两道凝固的铅流，惊讶异常，指指点点。这是昨夜骚乱留下的痕迹。伽西莫多在两座钟楼中间点燃的柴堆早已熄灭。特里斯丹也派人清扫过广场，把死尸扔进了塞纳河。

钟楼栏杆外面，恰好在克洛德停下脚步的那个地方下面，有一道石头檐槽，雕刻得奇形怪状，这在哥特式建筑物上是屡见不鲜的，从这檐槽的裂缝中长出两株美丽的紫罗兰，鲜花盛开，在晓风吹拂下，摇摇曳曳，活像两个人在彼此逗乐，相互问候。钟楼上空，高处，浩渺的天顶上，传来啁啾的鸟鸣声。

但是，对这良辰美景，克洛德什么也不听，什么也不看。在他的心目中，什么清晨哪，小鸟哇，花朵呀，全不存在。他置身在这景象万千的广漠天际之中，唯有聚精会神地凝视着某一点，别的都视而不见了。伽西莫多心如火燎，急着想问他把吉卜赛姑娘弄到哪里去了，可是克洛德此刻似乎魂飞天外。显而易见，他正处在生命激烈动荡的时刻，即使天崩地裂，也感觉不到。他两眼始终紧盯着某个地点，呆立不动，默默无言，但这种沉默，这种静止，却有着某种令人生畏的东西，就是粗蛮的伽西莫多见了也不寒而栗，不敢造次。不过，还有另一种打听的方式，那就是顺着克洛德的视线，看他在看什么，这样一来，伽西莫多的目光便落在河滩广场上了。这样，伽西莫多看见克洛德在注视什么了。

在那常备的绞刑架旁边已经竖起梯子，广场上聚集了一些民众，还有许多兵士。有个汉子在地上拖着一个白色的东西，这东西的后面又拽着一个黑乎乎的东西。这个汉子走到绞刑架下停了下来。

那里发生了什么事，伽西莫多没有看清楚。这并不是他的独眼不能看得那么远，而是一大堆兵卒挡住了他的视线，让他无法看清。再说，此刻，旭日东升，地平线上霞光万道，巴黎的一切尖顶，诸如尖塔、烟囱、人字墙，都沐浴在阳光的照射中，仿佛一齐燃烧起来。这时候，那个汉子开始爬上梯子，伽西莫多一下子看得一清二楚了。那个汉子肩上扛着一个女子，一个身穿白衣的少女，这个少女的脖子上套着一个绳结。伽西莫多认出来了：这是她！

那个汉子就这样爬到了梯子的顶端，站在上面调整了一下绳结。这边，克洛德为了看得更清楚，爬上栏杆跪了下来。突然，那个汉子用脚后跟猛地踹开梯子，已有半响连气都透不过来的伽西莫多，顿时看见那不幸的孩子吊在绞索的一端，离地有一丈两尺高，左右晃动，而那个汉子蹲坐着，把两脚踩在她的肩膀上。绞索转了几转，伽西莫多看见吉卜赛姑娘全身可怕地抽搐了几下。克洛德呢，伸长着脖子，眼睛圆睁，眼珠快要掉出来似的，凝视着那令人毛骨悚然的一对：那个刽子手和那个少女。就在这惨绝人寰的最恐怖的一刹那，克洛德脸色铁青，猝然迸发出一声魔鬼般的狞笑，只有当人已非人时方能发出这种笑声。伽西莫多听不见笑声，却看出来了。伽西莫多在克洛德背后后退了几步，突然，疯狂地向他猛扑过去，用两只巨掌向着克洛德的后背狠命一推，把克洛德推下了他正欠身俯视的深渊。

克洛德大叫一声"该死"，随即掉了下去。他往下坠时，他原来所站的地方下边那道檐槽，恰好把他挡了一下。他赶紧伸出双手，垂死挣扎，一把拼命抓住。正当他开口要喊第二声时，猝然看见头顶上方，栏杆边沿上，正探着伽西莫多那张可怕的复仇的面孔。于是，他不作声了。他下面就是二百多尺的深渊，而且底下是石板路面。在这可怕的处境中，克洛德没有说半句话，没有呻吟一声，只是使出闻所未闻的力气，攀住檐槽扭动着身子，拼命想再爬上去。可是他的双手在花岗石上找不到攀附之处，双脚在黑溜溜的墙壁上划了一道道痕迹，却踩不到什么支撑点。凡上过圣母院钟楼的人都知道，就在顶层栏杆的下方，恰好有块石头凸出来。可怜的克洛德的双脚恰好就在这凹角上挣扎着，逐渐精疲力竭。他的脚下不是陡峭的墙壁，而是使不上劲的墙壁。伽西莫多只要一伸手，就可以把他从深渊中拖上来，可是他连看都不看他一眼。他凝望着河滩，凝望着绞刑架，凝望着吉卜赛少女。伽西莫多双肘撑在栏杆上，就在克洛德刚才站过的地方，目不转睛地死盯着此刻他在世界上唯一的目标，纹丝不动，无声无息，就像遭过雷击似的。他那只独眼在此之前还只流过一滴眼泪，这时却默默地泪流如河。

这时候，克洛德上气不接下气，秃脑门上大汗淋漓，指甲在石头上抠得鲜血直淌，膝盖在墙上磨得皮肉绽开。他听见挂在檐槽上的身上的道袍，随着自己的每一次晃动，撕裂声刺啦刺啦直响。更加倒霉的是，这道檐槽的末端是一根铅管，这根铅管在他身体的重压下渐渐弯了下去。这可怜虫心想，一等到双手疲软，一等到道袍撕碎，一等到铅管弯曲，他必定坠落下去，他想到这里，心惊胆战，恐惧万分。有几回，他魂不附体，望着身下十尺左右的地方，有个因雕刻起伏不平而形成的狭小平台，于是他从心底绝望地乞求上苍，让他在这两尺见方的平台上度其余年，哪怕待上一百年。还有一回，他往身下的广场，往身下的深渊望了一眼，连忙抬起头来，双目紧闭，头发也直立起来。这两个人都默不作声，真有点叫人毛骨悚然。克洛德就在伽西莫多身下不远处，这样可怕地垂死挣扎着，伽西莫多则痛哭流涕，紧望着河滩广场。

克洛德看到自己的每个小动作都让他仅存的脆弱支撑点摇晃得更厉害，遂打定主意不再动弹了。他就这样悬吊在那里，抓牢檐槽，几乎大气不出，连动也不敢动，唯有腹部还机械地痉挛着，俨如一个人在睡梦中觉得自己往下坠落时所体验到的那样。他目光无神，惊恐地直翻白眼。然而，渐渐地，他支持不住了，手指头在檐槽上滑动，感到双臂越来越酸软无力，身体益发沉重，支撑着他的铅管本来就已弯曲，这时分分秒秒都一点一点地往深渊弯斜下去。他往下看去，真是触目惊心，圆形圣若望教堂的屋顶小得像一张折成两半的纸牌。他又一个接一个地望着钟楼上那些毫无表情的雕像，一尊尊都像他一样悬吊在深渊上空，可是它们并不对自己的存亡有半点恐惧，也不对他的生死有丝毫的怜悯。他周围的一切全是石头的，眼前，是张开大口的石头妖怪，下面，最底下，是铺着石板的广场；头顶上，是哭哭啼啼的伽西莫多。

教堂广场上聚集着一些看热闹的人，三五成群，平心静气地竭力猜想，这个如此别出心裁寻开心的疯子到底是谁。他们说话的声音一直传到他耳边，清晰而尖细，只听见他们说："他不跌得粉身碎骨才怪哩！"

伽西莫多一直哭个不停。

终于，克洛德气得发狂，明白一切全是徒劳的，但他还是尽其余力，做最后一次挣扎。他吊在檐槽上把身子一挺，双膝猛力推墙，双手抠住石头的一道缝隙，拼死拼活，总算向上攀缘了一尺左右。但是，这一猛烈的挣扎，使得他赖以支撑的铅管一下子弯垂下去，道袍也一下子裂开了。于是，他感到身下失却了依托，什么也没有了，唯有两只僵硬和乏力的双手还抓着什么东西，克洛德遂把眼睛一闭，手松开檐槽，掉了下去。

伽西莫多看着他往下坠落。从这么高的地方摔下去，是难以垂直往下坠的。克洛德向空中抛落下去，先是头朝下，双臂伸开，然后旋转了几下。风把他吹到一座房子的屋顶，骨头撞断了，可是他还没有死。伽西莫多看见他还拼命想用手抠住山墙，但山墙的剖面太陡峭，再说他一点力气也没有了，只见他像块脱落的瓦片，急速从屋顶上滑落下去，摔在石板地面上弹了一下，就在那儿，再也不动了。

伽西莫多于是再抬眼望着爱斯梅拉达，只见她的身子远远悬吊在绞刑架上，在白衣袍下面，微微颤抖，那是临终时最后的战栗。接着，伽西莫多又垂目俯视克洛德，只见他横尸在钟楼下面，已不成人形。这时，他泣不成声，胸脯鼓起，说道："天哪！这就是我所爱过的一切！"

就在当天傍晚时分，主教的司法官们来到教堂广场，将克洛德支离破碎的尸体从石板地上抬走，伽西莫多却从圣母院失踪了。

这件奇闻逸事，众说纷纭。但有些看法是一致的，大家毫不怀疑，按他俩之间的协约，伽西莫多即魔鬼带走克洛德即巫师的日子已经来到了。大家推测，伽西莫多摄走克洛德的灵魂时，先砸烂其肉体，就像猴子吃核桃，先要把核桃壳敲碎。

为此，克洛德没有葬入圣地。

爱斯梅拉达受刑的那天夜里，收尸的差役将其尸体从绞刑架上解下来，并按常规，移尸鹰山地窖。鹰山，如同索瓦尔所言，乃"王国最悠久、最华美的绞刑台"。

在这篇故事结束之后两年或一年半，有人到鹰山地穴里来寻找两天前被绞死的公爵奥利维埃的尸体，因为查理八世恩准他移葬圣洛朗。就在那些丑恶的残骸中，人们发现有两具骷髅，一具搂抱着另一具，姿势十分奇怪。这两具骷髅中有一具是女的，身上还残存几片白色衣袍的碎片，脖子上挂着一串用念珠树种子制成的项链，上面系着饰有绿玻璃片的小绸袋，袋子打开着，里面空无一物。这两样东西不值分文，刽子手大概不要才留下的。紧抱着这一具的另一具骷髅，是男的。只见他脊椎歪斜，头颅在肩胛里，一条腿比另一条短，而且，颈椎丝毫没有断裂的痕迹，显然他不是被吊死的。因此可以断定，这个人是自己来到这里并死在这儿的。人们要把他同他所搂抱的那具骨骼分开时，他顿时化作了尘土。

名师伴你读

▶ 品读与赏析

本章作为全书的终结，讲述了一个凄美的殉葬的爱情故事。该故事主要以伽西莫多为线索，他发现吉卜赛姑娘不见了而怨恨自己进而想到副主教，然后他目睹自己所爱的一切：爱斯梅拉达被绞死、副主教被他推下摔死的悲惨局面。伽西莫多最后选择拥抱死去的爱斯梅拉达。全文以唯美的语言描写了整个巴黎的美好景象，而在平和之内却有不幸的死刑：爱斯梅拉达的死写得安静、委婉；克洛德的死却写得详细、逼真，结尾深化了文章主题。

▶ 学习与借鉴

1.侧面描写：以伽西莫多的视角来展现广场上发生的一切，用委婉的方法描写爱斯梅拉达被处以绞刑，用细节刻画的方式描绘克洛德的死，一步一步，用这种慢镜头的方式来刻画他的罪有应得。整个描写充满了感染力，使读者随着伽西莫多伤心、矛盾的心情而痛苦不已。

  2.结构明确：本章在结构安排上，以伽西莫多的哭为线索，交叉描写爱斯梅拉达与克洛德的死。从"默默地泪流成河""痛哭流涕""哭哭啼啼"到最后的"泣不成声"，既反映出整个情节的发展过程，也是伽西莫多最真实的情感表露，结构安排合情合理，尤其是克洛德的死充满紧张气氛，扣人心弦。

一朵出水的芙蓉
——读《巴黎圣母院》有感

《巴黎圣母院》虽已读完，但我却仍沉浸在小说的情节中无法自拔，仿佛书中的女主人公爱斯梅拉达没有死，她还活在我的脑海中。

爱斯梅拉达，这个生活在社会最底层的姑娘，终日与乞丐、盗贼、土匪、流氓为伍，但却丝毫没有沾染不良习气。相反，她纯洁善良，如一朵清水芙蓉，出淤泥而不染。

她美貌绝伦，舞姿迷人，"是一个巧夺天工的尤物"。她不仅外貌美，比外貌更美的是她的心灵。

当伽西莫多在烈日暴晒的广场上遭受鞭打，口渴得发出痛苦的呼号时，围观人群中没有一个表示出一丝同情，反而发出哄笑声并且凌辱他。只有爱斯梅拉达，这个曾经被他劫持的姑娘，不计前嫌走上前去，"从腰带上解下一个水壶，轻轻地把水壶送到那可怜人干裂的嘴唇边"。她的这一举动，使伽西莫多生平第一次感受到人世间的温暖，"平生第一次"流下了眼泪。这个细节充分表现出她心灵的崇高。

当那个以卖文为生的诗人甘果瓦深夜误入巴黎的"乞丐王国"即将被杀的时候，又是她挺身而出，让诗人置身于她的保护之下，虽然她并不爱他。她的纯真与善良不是源自教诲，而只是一种本能，体现出的是一种人性之美！

天真善良的姑娘啊，以为世人也都像她一样纯洁无瑕，至死还对负心的弗比斯抱有幻想，丝毫没有察觉这个纨绔子弟会欺骗自己、背叛自己。

面对克洛德的淫威，她宁为玉碎，不为瓦全，保持了高尚的节操。爱斯梅拉达，一朵出水的芙蓉，她是美的化身，纯真、善良、美丽，三者和谐地统一在她身上。

但是清水芙蓉，最终却凋零在罪恶之手！

她最后的悲剧令人扼腕叹息，但又发人深省：她，一个纯洁的姑娘，生活在那样一个宗教势力、封建势力猖獗的时代，除了被毁灭以外，还会有其他结局吗？

我想，这正是名著的魅力所在吧！它不仅告诉我们一个简单的故事，更给人以启迪：它能涤荡人的心灵，给人以真善美的熏陶，激发人对美好的追求和向往！

读《巴黎圣母院》有感

《巴黎圣母院》是一部浪漫的、催人泪下的小说，具有强烈的反封建教会的精神，揭露了法国中世纪路易十一政教合一王朝的黑暗，批判了路易十一的残忍。他统治的王国实际上是个人间地狱，到处都有魔鬼的奸笑和被压迫者的哀号，爱斯梅拉达就是其中的受害者。爱斯梅拉达是一位美丽、善良、纯真的吉卜赛少女，她有追求爱的权利，却因她的纯真被国王的卫队长欺骗；更讽刺的是，她的美丽为她带来灾难——副主教克洛德因为爱慕她而不得，对她百般刁难甚至害死她。

副主教克洛德是道貌岸然、内心阴险毒辣的宗教恶势力的代表。在他身上，我们看到了教会禁欲主义对人性的摧残，"人之初，性本善"，克洛德也一样，他的本性不是那样的。他追求爱斯梅拉达，这无可厚非，但是他一面打着宗教的旗帜愚弄人民；一面又撕下宗教的伪善面具迫害爱斯梅拉达，他人格分裂，简直是披着宗教外衣的狼。

　　作者塑造的伽西莫多是千千万万无辜者中一个值得同情与热情歌颂的低贱者的形象，这个被人嫌弃的"丑八怪"，在见到爱斯梅拉达之前，他的生活犹如一潭死水：要么麻木地过日子，要么以"恶"报"恶"，以冷眼看世界。但是，一旦他内心深藏的美的潜力被激发出来，便可以释放出奇异的光彩和无穷的力量。烈日下爱斯梅拉达送来的水，打开了这个"丑八怪"心灵的窗户，这使他发现了生活真正的意义，激起了他追求美好生活的决心和勇气，还使他把自己的整个生命和热情都与这位象征人类美好事物的心地善良的少女联系在一起。为了她，他可以赴汤蹈火；为了她，他可以献出生命。伽西莫多美好心灵的复苏，意味着人类善良美德的觉醒，它是一种强有力的反封建教会的力量。

　　另外，作者对"奇迹王朝"乞丐们的见义勇为，"一方有难，八方支援"的团结友爱精神也进行了歌颂。

　　我读过的书中，《巴黎圣母院》是最深奥的之一。本书的作者把一个形体上畸形可怕、可厌、不完整的人物安置在最底层、最被人轻蔑的一级上，并用阴森的对照从各方面照射这个可怜的人，然后给他灵魂，并且给这个灵魂赋予人类具备的极纯净的一种感情——这种高尚感情根据不同的条件而炽热化，在你眼前使这种卑下的造物换了形状，渺小变成伟大，畸形变成了美……

　　正如"一千个人心中有一千个哈姆雷特"一样，每个人读《巴黎圣母院》的感觉都不一样，但我相信，人们对美的热爱与追求是相同的，这就是《巴黎圣母院》迷人的原因之一吧！

读《巴黎圣母院》有感

《巴黎圣母院》这本书看完好几天了，就像有一团说不清是什么的东西一直堵在心里，我很想找人和自己探讨，很想让它澄清。

让我印象深刻的场景是作者笔下的当时的那些建筑，那些奢华的象征权力的教堂，当时的人们还不知道可以拥有自己的思想，以及为了自己的愿望可以做什么事情，一切都假借神圣的宗教、假借神圣的教堂来展现，展现建筑家的审美观，也就是个人的才华；或者展示自己的能力。我想那时的人们，把人性深深地埋在神圣的宗教的外衣下面，典型的人物就是副主教克洛德。通过那错综复杂的毫无章法的建筑群，我们不难看出，当时人们的内心是怎样压抑，怎样狂躁，那些像雨后春笋一般从地下冒出来的教堂的尖顶，正是人们扭曲的灵魂在对着苍天做着无声的哀号！

教堂里面是那么阴森恐怖，这让人联想到在宗教的遮掩下，当时社会是怎样肮脏和败坏，"真善美"的宗教和利用宗教制造血腥事件，形成了强烈的对比。通篇都是在这样的对比下进行的，让人的心灵产生迷茫、困惑和不安。如果有一把利剑，你会尽你的全力去刺破那层蒙在社会上空的阴云，那阴云是邪恶的，你对它充满了愤怒和鄙视，就像书里面的那些流浪汉对社会的疯狂的报复。

让我印象深刻的还有代表美丽与善良的姑娘——爱斯梅拉达。她不仅有迷人的外貌，更有一颗纯真善良的心，从她对待那只山羊、救下那个落魄的诗人、对伤害过自己的伽西莫多送上的水和怜悯、对待爱情的牺牲等行为上，我们看到她是美丽的，她的心灵没有污垢，她是没有被污染的。可是，这个天使一样的姑娘，受到的是怎样的对待呢？流浪，在肮脏的环境里面生活，被所谓的上流社会排斥和嘲讽，被玩弄，被抛弃，被诬陷，被威胁，最后，做了彻底的牺牲。

书中描写了一个那样的社会，和在那个社会生活中的种种人物的状态，麻木的如那个弗比斯，最底层的如老鼠洞里的那个隐修女，还有尽全力反抗的丑陋的伽西莫多，上层中疯狂的副主教。副主教和伽西莫多形成了人性上的鲜明对比，他们同样爱上了美丽的姑娘，同样遭到了拒绝，他们的爱都是那么热烈，那么诚挚，可是，一个是占有，一个是奉献；以占有为目的的，当目的无法达到的时候，他想到的是毁灭，毁灭别人；以奉献为目的的，当无法奉献的时候，他想到的也是毁灭，毁灭自己。

  我想这就是名著的魅力所在，它让人看到的不是一个简单的故事，它揭露了当时社会的一些弊端，展现了人类的复杂性。我们应该学会看待小说所反映的人性复杂的问题，我想每个人都会有所收获。

中考真题回放

❶ (江苏宿迁)

下列有关名著的表述不正确的一项是(　　)

A. "服饰比画上还简单,不拿铁索,也不带算盘,就是雪白的一条莽汉,粉白朱唇,眉黑如漆,蹙着,不知道是在笑还是在哭",描写的是《朝花夕拾》中的无常。

B. 《巴黎圣母院》中,刑场上的伽西莫多撕心裂肺地说要喝水,人们却不断诅咒。爱斯梅拉达把水壶送到他唇前,这个不幸的丑人流下了也许是人生的第一滴眼泪。

C. 《水浒传》中的祝家庄凭三庄联防,机关密布,易守难攻。梁山好汉孙立利用和祝家庄老师栾廷玉同门师兄弟的关系,打入庄内,里应外合,攻下祝家庄。

D. 《骆驼祥子》中,刘四爷卖掉人和车厂并抛弃虎妞,二强子踢死老婆并逼女儿卖身,阮明因没借到钱而告发曹先生,这些自私冷漠的人物体现了社会的凉薄。

❷ (山东泰安)

下列文学常识表述错误的一项是(　　)

A.《范进中举》选自我国清代长篇讽刺小说《儒林外史》,作者是小说家吴敬梓。

B.《纪念伏尔泰逝世一百周年的演说》的作者是法国作家雨果,他的代表作品有小说《巴黎圣母院》《悲惨世界》等。

C.《史记》是我国第一部纪传体通史,主要写诸侯之事,其中也包括对诸如长勺之战等著名战例的精彩描述。

D. 凡尔纳被公认为"现代科学幻想小说之父",他的《海底两万里》主要讲述"诺第留斯号"潜艇的故事,描绘了人们在大海里的种种惊险奇遇。

❸(贵州黔南布依族苗族自治州)

下面关于文学常识的说法,不正确的一项是(　　)

A. 法国作家莫泊桑被称为短篇小说巨匠,《我的叔叔于勒》就选自其小说集《羊脂球》,其代表作品还有《项链》《巴黎圣母院》《九三年》等。

B. 同样以母爱为主题,现代著名作家冰心在散文诗《荷叶·母亲》中借助具体形象来表达,而学者胡适在《我的母亲》中通过回忆母亲的教子方式来体现。

C. 《论语》是儒家经典,记录了春秋时期思想家、教育家孔子和他的弟子的言行;《庄子》属于道家经典,是战国时期哲学家庄周及其后学的著作集。

D. 《桃花源记》借虚构的故事寄托社会理想,《五柳先生传》用传记的形式表现人物的性格志趣,这两篇文章都是东晋诗人陶渊明的作品。

❹(浙江杭州)

填空题。

《巴黎圣母院》的作者是法国的_____,小说中的驼背敲钟人_____(人名)是一个外表丑陋、心灵美好的艺术形象。

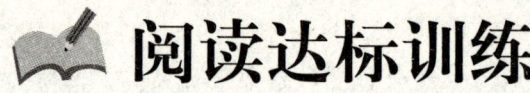

阅读达标训练

❶ 根据题干要求选出下面正确的一项。

（1）《巴黎圣母院》的作者是_____，生于_____世纪，本篇小说是一部___作品。（　　）

　　A. 雨果　19　浪漫主义
　　B. 雨果　18　现实主义
　　C. 都德　19　浪漫主义
　　D. 雨果　18　浪漫主义

（2）《巴黎圣母院》的主要人物有_____、_____、_____。小说揭露了宗教的虚伪，宣告禁欲主义的破产，歌颂了下层劳动人民的善良、友爱、舍己为人，反映了雨果的_____思想。（　　）

　　A. 伽西莫多　　甘果瓦　　冉阿让　　反抗
　　B. 克洛德　　　弗比斯　　爱斯梅拉达　浪漫主义
　　C. 伽西莫多　　爱斯梅拉达　克洛德　　人道主义
　　D. 若望　　　　克洛德　　伽西莫多　　人道主义

❷ 《巴黎圣母院》中的女主人公爱斯梅拉达是_____的化身，她为了救助_____，而与他结成有名无实的夫妻；她给受惩罚的伽西莫多送水，可谓_____；同时她又具有反抗精神，比如她勇敢地拒绝了副主教的私欲。

❸ 根据要求回答问题。

　　伽西莫多非但没有松开缰绳，反而设法让那匹马掉头往回走。他不能理解弗比斯为什么要拒绝，连忙对弗比斯说："跟我走吧，队长，是一个女人在等你。"他使劲又加上一句："一个爱你的女人。"

（节选自雨果《巴黎圣母院》）

（1）上段文字中"女人"指谁？"一个女人在等你"指什么事？那个女人因为何事爱上队长？

_____

_____

（2）请谈谈下面画横线句子所表达的情感。

伽西莫多于是再抬眼望着爱斯梅拉达，只见她的身子远远悬吊在绞刑架上，在白衣袍下面，微微颤抖，那是临终时最后的战栗。接着，伽西莫多又垂目俯视克洛德，只见他横尸在钟楼下面，已不成人形。这时，他泣不成声，胸脯鼓起，说道："天哪！这就是我所爱过的一切！"

（节选自雨果《巴黎圣母院》）

_____

_____

❹ 雨果说："丑就在美的旁边，畸形靠近着优美，粗俗藏在崇高背后。"请以作品中的主要人物或故事情节加以说明。

_____

_____

❺ 阅读下文，回答问题。

过了一会儿，伽西莫多用绝望的目光环视了一下人群，并用更加令人心碎的声音再次喊道："水！"

又是一阵哄笑。

"喝这个吧！"有人嚷着，并对着他的脸掷过去一块在阴沟里浸过的抹布，"拿去，可恶的聋子！算我欠你的情吧！"

有个女人朝他的脑袋扔去一个石块："给你尝尝这个，看你还敢不敢深夜敲那丧门钟，把我们都吵醒！"

"喂，小子！"一个跛脚一边号叫，一边吃力地想用拐杖揍他，"看你还敢从圣母院钟楼顶上向我们施展魔法不？"

"这是一只碗，给你舀水喝！"一个汉子把一只破瓦罐朝他的胸脯扔过去，叫道，"就因为你从我老婆面前走过，她才生了一个双脑袋的东西！"

"还有我的猫下了一只长着六个脚的猫崽！"一个老太婆捡来一块瓦片向他砸去，尖声叫道。

"水！"伽西莫多上气不接下气，喊了第三遍。

就在这时候，他看见人群突然闪开一条路，走出一个打扮奇怪的少女，身边带着一只有金色犄角的白山羊，手里拿着一只巴斯克手鼓。伽西莫多那只眼睛顿时亮了，这正是昨夜他千方百计想要抢走的那个吉卜赛女郎。他模模糊糊地意识到，自己正是为了这起袭击事件，此时才受到惩罚的。他毫不怀疑，这个吉卜赛姑娘也是来报仇的，也会像其他人一样来揍他、奚落他。

果然，只见她快步登上台阶，他愤怒和悔恨交加，连气都透不过来。她一言不发，默默走近那个扭动着身子妄图避开她的罪人，然后从腰带上解下一个水壶，轻轻地把水壶送到那可怜人干裂的嘴唇边。这时，只见他那只干涸、焦灼的眼睛里，滚动着一大滴泪珠，随后沿着那张因失望而长时间皱成一团的丑陋脸庞，缓慢地流下来。这不幸的人掉眼泪，也许还是平生第一次吧。可是，他竟忘记了喝水。吉卜赛女郎不耐烦地噘起小嘴，脸带笑容，把水壶紧靠在伽西莫多张开的嘴上，他实在渴得口干舌焦，一口接一口地喝着。一喝完，可怜人伸长污黑的嘴唇，大概想吻一吻那只刚援救过他的秀手。但是，姑娘也许有所戒备，并且想起昨夜那未遂的暴行，便像一个孩子怕被野兽咬着那样，吓得连忙把手缩回去。于是可怜的聋子盯着她看，目光充满责备的神情和无法表达的悲伤。这样一个女郎，娇艳、纯真、妩媚，却又如此纤弱，竟这样诚心诚意地跑来援救一个奇丑无比、心肠歹毒的家伙，这也许是世上最感人肺腑的一幕了，尤其是发生在耻辱柱上，这真是无与伦比的了。

所有的民众无不为之感动，一齐鼓掌并高呼："妙极了！妙极了！"

（节选自雨果《巴黎圣母院》）

（1）小说中众人围攻咒骂这一场面描写有何作用？

（2）鲁迅先生说："要极俭省地画出一个人的特点，最好的是画他的眼睛。"选文中四次写到伽西莫多的眼睛，请逐条分析他的心理活动。

_____

_____

（3）爱斯梅拉达为伽西莫多送水喝这一情节在文中有什么作用？

_____

_____

（4）读完选文，你得到了哪些启示？

_____

_____

参考答案

中考真题回放

❶ D

❷ C

❸ A

❹ 维克多·雨果　伽西莫多

阅读达标训练

❶（1）A

（2）C

❷ 美与善　甘果瓦　一滴水，一滴泪　克洛德

❸（1）爱斯梅拉达。爱斯梅拉达在圣母院等待伽西莫多把弗比斯带来见她。爱斯梅拉达遭遇伽西莫多与克洛德抢夺时，弗比斯救了她，爱斯梅拉达于是爱上了他。

（2）伽西莫多看到心爱的姑娘在绞刑架上颤抖，他的心都碎了；看到钟楼下不成人形的养父，他心痛、悔恨……这两种情感交织，为他后面的选择埋下了伏笔。（言之有理即可）

❹ 示例：伽西莫多外貌奇丑，心地善良。他因副主教克洛德对他的养育之恩而极其感激。在愚人节，他被选为"愚人王"，又受克洛德指使劫持爱斯梅拉达。他在受刑时对爱斯梅拉达送水的做法感动不已。他勇劫法场，把爱斯梅拉达救到圣母院悉心照顾，并深深爱上了她。最后他杀死了邪恶的克洛德，自己也抱着爱斯梅拉达的尸体而死。

❺（1）①表现了群众对伽西莫多劫持爱斯梅拉达这一行为的愤怒；②同时表现了群众的冷酷、刻薄；③反衬爱斯梅拉达的善良、纯洁和宽容；④为伽西莫多感激爱斯梅拉达做铺垫。

（2）①第一次描写表现了他因无人送水而感到失望；②第二次描写表现他对爱斯梅

拉达的出现由惊讶到愤怒的心理变化；③第三次描写表现了他因爱斯梅拉达无私救助而惊讶惭愧和感激的心情；④第四次描写表现了他被误解时的责怪和悲哀。

（3）①与众人的表现形成鲜明的对比，使情节更具波澜，推动了情节的发展；②她的善行感化了伽西莫多和众人，塑造了爱斯梅拉达善与美的形象。

（4）①要学会宽容；②给每个人改过的机会；③善良能感化丑恶的灵魂；④真善美是人们追求的理想境界。（言之成理即可）